El centro del aire

El centro del aire

José María Merino

© 1991, José María Merino
© De esta edición:
1991, Altea, Taurus, Alfaguara, S. A.
1991, Santillana, S. A.
Juan Bravo, 38. 28006 Madrid
Teléfono (91) 578 31 59
Telefax   (91) 578 32 20

ISBN:84-204-8091-6
Depósito legal: M. 16.477-1991
Diseño:
Proyecto de Enric Satué
© Ilustración de la cubierta:
Juan Ramón Alonso

PRIMERA EDICIÓN: ABRIL, 1991
PRIMERA REIMPRESIÓN: NOVIEMBRE, 1991

Todos los derechos reservados.
Esta publicación no puede ser
reproducida, ni en todo ni en parte,
ni registrada en o transmitida por,
un sistema de recuperación
de información, en ninguna forma
ni por ningún medio, sea mecánico,
fotoquímico, electrónico, magnético,
electroóptico, por fotocopia,
o cualquier otro, sin el permiso previo
por escrito de la editorial.

Para Ana

1.

Basi pronunció las palabras por tercera vez, entrecerrando los ojos. Su rostro de arpillera había adquirido la rigidez de las tallas benditas y su voz estaba envuelta en el gangoso temblor de los augurios.

Confundido por la atropellada dicción de la vieja, Bernardo tardó unos instantes en sospechar que la insistencia era acaso malévola: como si Basi pretendiese fraguar un conjuro capaz de diluir el sentido del nombre y, con ello, de anular y hacer desvanecerse a la persona misma que denominaba; mas, de haberse utilizado como invocación de una hechicería, sin duda aquel nombre habría producido un efecto distinto al del propósito originario, pues era él mismo quien parecía sometido a su influjo, para verse arrancado de pronto de una estupefacción de infinita densidad.

Se sintió emerger de un espeso y negro corazón, de allí donde no existe centro ni hay tampoco límites, e imaginó que, creado por el puro poder de las palabras de Basi, en aquel mismo instante comenzaba su existencia en el mundo.

¿Estoy naciendo?, se preguntó.

Lo familiar del espacio que le rodeaba, en que no aparecía ninguna pureza inaugural, sino solamente señales de larga postrimería —bajo sus pies la tarima crujiente; cerca del rostro la cortina que mantenía con inalterable equilibrio los contrapuestos efluvios de la cocina y de la escalera de la torre; a sus espaldas una penumbra coagulada más por la fosilización del polvo que por la inconsistencia de la luz— le hizo considerar que no brotaba, sin pasado, de la inmutable y sólida nada, sino que regresaba de una existencia anterior, quizá separada de la nueva por una muerte antigua, a juzgar por aquellos espacios domésticos que manifestaban con tanta certeza la ruina íntima y apacible de los sepulcros cerrados durante muchos años.

No estoy naciendo, juzgó entonces. Resucito.

Miró el reloj: eran las diez y veinticinco de un miércoles. Desde el descansillo, el frío del invierno hacía manar la corriente húmeda de los sótanos. Estornudó y, como tenía el torso a medio girar —todavía entre el impulso de la carrera que le había sacado del desván y su repentina detención tras la cortina, para no tropezar con la vieja, separada dos pasos del emplazamiento del teléfono— sintió un fuerte tirón muscular en el pecho. La voz de Basi —cuyo temblor de chicharra, escuchado tan cerca, no reflejaba vaticinios ni emociones morales, sino el mero desgaste de los años— repetía el nombre una vez más.

Recién nacido o resucitado, sin duda estoy vivo, pensó, soportando con esfuerzo el esguince, pues la vida se hacía notar precisamente en tales calambres, como florecía en cada malestar de los resfriados que se atrapaban al descender en pijama a lugares como aquellos, en la mañana de un día de invierno. Acaso tampoco resucito. Acaso solamente despierto, o recupero mi ser, como esas bellas que duermen sin plazo o esos príncipes metamorfoseados en seres grotescos, cuando se cumple el destino de su encantamiento.

—Aquí estoy, Basi, no grites más, mujer, no chilles— exclamó.

—¿No me oías? Es aquel Lesmes, Julio Lesmes, aquel Julito.

Al asumir el nombre y evocar en su imaginación la figura del nombrado, dentro de Bernardo se enfrentaron sentimientos simultáneos, la sorpresa temerosa y hostil y el hastío de reconocer que los innumerables olvidos que habían precedido aquel momento quedaban cancelados y que, vigentes los recuerdos, estaba obligado a soportar de nuevo la conciencia que había permanecido amortiguada durante tantos años.

Con claridad entonces, de modo menos difuso, tuvo el barrunto de emerger de unas entrañas viscosas, con gesto similar a ese de nacer que, según dicen, nunca se borra de la memoria profunda. Era como una resurrección y aunque no provenía de la muerte real, sino de un insondable aturdimiento, la padecía como si fuese auténtica y la comprobaba dolorosamente, entre estiramientos y contracciones propicios al desgarro, como el que había originado su torcedura.

—Dame, anda. Trae.

Sujetó el teléfono, que Basi le alargaba más desde sus ojos de jabonosa opacidad que desde la mano flaca con que lo agarraba y repitió en voz alta el nombre, casi interrogándose a sí mismo. Pero en el aparato resonó una voz que llegaba desde el pasado ensartando los años con la puntería de una identidad inconfundible —el carraspeo ronco que precedía a cada período oral— y recuperó, con esa resignación ante lo forzoso que nos deja inermes, al antiguo amigo, compañero de tantas horas perdidas.

—Julio Lesmes —repitió el otro—. No me digas que tampoco tú te acuerdas de mí.

Bernardo mantuvo un silencio dubitativo, mientras contemplaba el tronco de apretadas partículas, brillantes y veloces, que el sol vertical de la mañana plantaba en mitad del vestíbulo, entre el peludo contorno de los cortinones y los muebles que, en la sombra, mostraban las osamentas de sus patas y respaldos; le rodeaba un conjunto de estructuras sepulcrales, apropiadas un momento antes a su condición pero de pronto ajenas, con las que su presencia no parecía armonizarse.

—El patio, los piratas de Anguila, Sangre en el Ojo —añadió el otro.

Jadeaba casi, como después de un gran esfuerzo, enarbolando lo festivo —que, tras la larga separación, adquiría la lúgubre resonancia de las fórmulas caducas —como una bandera blanca.

—Cómo no me voy a acordar —repuso al fin Bernardo y al recobrar la memoria del Pelfo Tanubre encontró signos de un código muy añejo, que se proyectaba con el automatismo de las experiencias asimiladas en las edades tiernas de la vida.

—Me alegro de volver a hablar contigo, desde entonces —añadió el otro con cautela.

El adverbio proclamó unos tiempos mucho más cercanos que los evocados por su interlocutor en sus primeras alusiones e hizo que Bernardo se estremeciera, al suscitar en él un estímulo que sin duda no había sido voluntariamente considerado por el otro. Pero cuando se resucita es preciso acomodarse cuanto antes al nuevo estado, para evitar quedar flotando en las orillas del remolino, como un desperdicio errante entre las avalanchas de esa realidad que fluye sin tregua sobre los cascotes del marasmo perdido.

—Es Julio Lesmes, mujer —exclamó Bernardo, vocalizando tan claramente como si masticase lo que decía, en un esfuerzo por dominar su pavor, soportando la mirada de los ojos lechosos de Basi.

Basi suspiró y, encogiendo los hombros, lanzó una exclamación quejumbrosa —mientras sus manos, frotándose contra el delantal, se mostraban como única traza de vida entre la decrepitud terrosa de su aspecto— antes de volverse y desaparecer lentamente entre las sombras del corredor.

—¿Qué haces? —preguntó Bernardo.

—¿No lees mis artículos? También he escrito un par de novelas. Escribo, doy charlas.

—No, no he leído nada, ni siquiera sabía que habías vuelto a escribir desde aquellos poemas. ¿Cómo te ha dado por ahí?

—¿Cómo puedes existir sin leerme? —interpeló el otro, con tono jocoso que manifestaba una ironía conciliadora—. ¿Y no me has visto en la tele?

Bernardo continuaba contemplando el gran cilindro luminoso donde giraba la minúscula y apretada galaxia de polvo, entre las sombras macizas del vestíbulo que iba adquiriendo la apariencia de esos lugares sagrados en que los límites de la sombra prevalecen y derrotan la expansión de la luz hasta establecer un ámbito favorable al temeroso recogimiento.

Sonaron las campanas de la catedral anunciando o marcando las ceremonias de algún rito, y mientras su reciente resurrección enardecía dentro de él un insoslayable deseo de fumar —tras muchos años de haber abandonado tal práctica— tuvo la sospecha de que la llamada que le había obligado a despegarse de una estupefacción tan silenciosa e inmóvil como la muerte o la nada, era anuncio de otras señales que marcarían también en él nuevas transformaciones.

—No leer, ni escuchar la radio, ni ver la televisión. Ésas son algunas de mis aficiones favoritas —añadió Bernardo con énfasis.

Esperaba receloso el momento en que el diálogo, abandonando las convenciones, enseñaría su filo.

—Tengo que acercarme por ahí para hablar contigo.

—Oye, Pelfo —exclamó Bernardo, reticente—, yo estoy muy tranquilo aquí, he alcanzado el nirvana.

—¿Todavía me lo tienes apuntado? Quiero que sepas que ya no vivimos juntos.

Pese al aire de confidencia, Bernardo creyó advertir en la voz del otro el titubeo de los vendedores inseguros y se sintió obligado a seguir respondiendo con reserva.

—No seas prepotente, Pelfo, hace milenios que lo he olvidado. Pero de qué podemos hablar tú y yo. La verdad es que no hay nada de lo que pueda hablar contigo, ni con nadie. Felizmente, a estas alturas he olvidado hasta la tabla de multiplicar.

Su reticencia no forzó al antiguo amigo a poner de manifiesto más interés: quedó en silencio

—de manera que sólo la suave resonancia indicaba que no había cortado la comunicación— y cuando habló recuperó un tono vago, que no hacía evidente la decepción.

—Hay algo que tienes que saber.

—Ya te digo que no hay nada que pueda interesarme.

—Algo sobre Heidi.

Bernardo permaneció indeciso, dejándose resbalar en un silencio que se alargaba como el estertor del diálogo y que al cabo interrumpió nerviosamente él mismo, arruinando sus improvisadas defensas.

—¿Sobre Heidi?

—Algo muy extraño, que quiero contarte personalmente.

—Mira, no me interesa nada, sea lo que sea —repuso Bernardo con aparente seguridad, pero sintiendo que se le iba a quebrar la voz —. Puedes ahorrarte el viaje.

—¿Nada de nada? ¿Ni siquiera la posibilidad de que esté viva?

Bernardo se atragantó con la saliva que había aflorado repentinamente en su boca. La resurrección incorporaba dentro de él otro cuerpo macizo, capaz de asfixiarle.

—¿Cuándo vienes? —dijo luego.

—El viernes próximo. Podemos cenar juntos, en el Salamón. ¿Sigue abierto?

—Creo que sí. Desde que regresé, no he vuelto a salir de casa.

El silencio extendió por fin entre ellos una distancia insalvable.

—De acuerdo —añadió Bernardo, con voz neutra.

—Sangre en el Ojo —musitó Julio Lesmes, como apresurada despedida.

Bernardo colgó el teléfono y se dirigió a la escalera de la torre, atisbando a Basi, que acechaba desde la puerta de la cocina. En los ojos del gato acurrucado a sus pies el reflejo del rayo polvoriento exaltaba un fulgor impropio de materia viva.

—Ay Dios —exclamó Basi cuando pasó junto a ella, y él se detuvo, modificando súbitamente su intención de no hacerlo.

—¿A qué vienen esos gimoteos? —preguntó.

—No sé si los presagios son malos o buenos.

—Vamos, es Julio Lesmes, que viene a darse una vuelta ¿Es que ya no te acuerdas de él? —dijo, y continuó andando.

Pero ella no le hacía caso y su voz temblona borboteaba a sus espaldas.

—Anoche, al abrir el armario, me pareció ver por un momentín, reflejada en el espejo, a la señorita Heidi. Estaba saliendo de un ataúd blanco que parecía una bañera.

Desde que la recordaba, desde los primeros años de una vida al parecer antiquísima, o en la sucesión de vidas interrumpidas por resurrecciones como la presente, a Bernardo le habían sorprendido siempre las peculiares asociaciones que encendía en la imaginación de Basi cualquier suceso poco usual. Se detuvo otra vez y, sobre los desvaríos de aquella debilitada razón, se encontró acometido por una evidencia violenta de realidad, que le llevó a considerar no sólo su inequívoca presencia en aquel pasillo oscuro, sino la del pasillo en la casa en que éste se hallaba, y la del solar sobre el que se alzaba la casa, y la de los infinitos puñados de tierra y cieno que le separaban del fuego interior del planeta.

El silencio estaba tejido sin una sola deshilachadura y de la vieja, cuatro pasos más allá, se desprendía un tufillo amoniacal. Tocó la pared y separó la mano con un respingo, porque había sentido en su tacto la frialdad pegajosa de una piel de batracio. El puntazo del pecho se hizo más fuerte.

No irá a ser otra cosa, pensó.

Regresó del fuego planetario hasta atravesar los sótanos y quedar de pie otra vez sobre la tarima en que la desidia había sucedido a los esfuerzos de épocas pasadas, como distinta expresión de la costumbre, fijando un sólido barniz de suciedad. La conciencia de la realidad seguía siendo acuciante y percibió una continua y sutil vibración, imaginando la ciudad que rodeaba la casa y la comarca toda que rodeaba la ciudad perdidas en la corteza de un planeta que giraba ciegamente en el infinito vacío. Nunca estuve muerto, ni dormido, pensó. Esto es una forma de condena perpetua.

—Vieja imbécil —musitó—. Vieja loca.

Escrutaba la oscuridad buscando el rostro de la mujer que, desde el lugar en que entonces se hallaba, había quedado disimulado entre los perfiles sombríos del pasillo, como un pliegue más de la cortina o un pedazo de moldura.

—No estaba muerta, sólo dormida —añadió Basi—. Y ahora llama aquel Lesmes, aquel Julito endemoniado.

—Vieja idiota. Vieja meona.

El brillo de los ojos del gato denunció su posición, pero ella no habló nada más. Sus suspiros evolucionaron rápidamente hasta un suave resollar que se confundió con el ronroneo del animal y Bernardo continuó andando, con la intención de subir rápidamente las escaleras y el ademán encogido de quien huye por un paraje desértico en la zozobra de no conseguir pasar desapercibido.

Cruzaba con sigilo el primer descansillo, pero sin duda habían llegado a oídos de su madre los gritos de Basi llamándole al teléfono, la posterior reiteración del nombre del comunicante, todos los extremos del incidente, pues escuchó la voz materna que le interpelaba desde el otro lado de la puerta, interesándose por la causa de aquellas voces.

—Me llamaron al teléfono —dijo Bernardo, con voz bastante alta, sin abrir.

—¿Aquel Julio Lesmes? – preguntó su madre.
—Sí.
—Pasa un momento, por favor —pidió su madre, con la cortesía que utilizaba para impartir las órdenes perentorias.

Al abrir volvió a reconocer que, como los cielos estrellados del verano, aquella habitación enorme que ocupaba el primer piso de la torre permanecía inalterable en sus dimensiones y en sus brillos. Era una imagen fijada firmemente desde la infancia, acaso porque sus visitas al cuarto materno adquirían una solemnidad peculiar y sólo sucedían en ocasiones especialmente señaladas, pues la convivencia cotidiana solía tener lugar en la salita, al otro lado de la casa, donde Basi le contaba cuentos cuando era muy pequeño y sus sueños más tarde, y donde se entretenía él con los juguetes y los libros o preparaba los deberes escolares.

La entrada a la habitación de la madre era bastante rara y sólo se justificaba en causas poderosas, como analizar las calificaciones mensuales conseguidas en los estudios. Bernardo recordaba con precisión algunas de aquellas ocasiones: la prueba de su traje de primera comunión, ante la gran luna del armario, y las despedidas llenas de consejos, la víspera de su salida de la ciudad, cuando iniciaba cada curso de la carrera; pero, sobre todo, aquellas veces en que permaneció largo tiempo sentado junto a su madre, con motivo de las muertes que tenían especial relación con ellos —la del tío Alfonso o la del mismo Buenaventura— y de otros sucesos extraños y deplorables, como la aparición del esqueleto en la Valcueva o la carta de María Luisa comunicando su decisión de abandonarle.

En su memoria, la habitación se presentaba siempre así, en el contraluz de la media mañana, con la cama hecha y su madre sentada ante el pequeño velador, de espaldas a la puerta, ocultando el rostro familiar que, mientras se volvía para mirarle, en el ademán de girar sobre el cuello, le hacía sospechar con angustia que una misteriosa metamorfosis podría haberlo trocado en otro rostro, tal vez en un semblante que no mostraría la habitual serenidad triste, sino una ferocidad crispada.

A lo largo de los años de la niñez, a Bernardo le había parecido que debía existir en aquella habitación, mediante mecanismos que a él no le era posible imaginar, una invisible alarma que solamente su madre conocía, pues siempre que intentaba entrar de modo subrepticio, con la mezcla aventurera de incertidumbre y osadía que le empujaba a intentar descubrir por sí mismo los secretos que guardaban los cofrecillos de madera oscura, la caja de lata con un elefante troquelado en la tapa o los pequeños estuches de cuero que cerraba un pezón de cobre retráctil, la irrupción de su propia madre —como si, misteriosamente alertada de su invasión, se trasladase hasta el cuarto instantáneamente, utilizando un mágico poder— frustraba sus propósitos.

Su madre estaba, como de costumbre, en el centro del contraluz, sentada tras el velador de madera, manteniendo ante sí un libro abierto.

Durante mucho tiempo, Bernardo había pensado que el libro era siempre el mismo y que se trataba de la Biblia, pues de muchacho había echado muchas ojeadas a las páginas en que parecía haberse detenido la lectura materna, encontrando las mismas sentencias arcaicas del libro sagrado. Había pensado entonces que acaso la actitud de su madre simulaba la disposición del acto de leer, mientras se entretenía sin embargo en una permanente meditación, o tal vez utilizaba la lectura de aquella página, repetida infinidad de veces, para abstraerse.

Sin embargo, otra vez que, casualmente, curioseó aquellas páginas desde la confianza voluntariosa que intentaba formar parte de una seguridad más amplia, descubrió con extrañeza que ya no se trataba de la Biblia. El cambio se produjo varias veces más, hasta que a él le pareció un símbolo desalentador, como si en la continua mutación de aquel objeto de su cercanía manifestase su madre una señal de que nunca sería posible la absoluta diafanidad en su comunicación.

Aquella actitud materna era su postura más común desde que ella comenzó a vestir invariablemente de oscuro. Pero cuando rebasó el límite del deslumbramiento y pudo contemplarla claramente, Bernardo comprendió también que incluso a ella la veía de modo diferente al que había tenido hasta entonces para contemplar todas las cosas —al menos, durante el largo paréntesis de ensimismamiento del que le había obligado a salir la llamada del antiguo amigo— y sintió que miraba por primera vez aquel rostro lleno de arrugas y pequeños estigmas oscuros, marcado por la vejez progresiva, donde sólo se mantenía inmutable la perfección artificial de los dientes.

Mientras su contemplación absorbía con igual ansia los claroscuros del cuarto y las patas de gallo del rostro materno, tuvo la idea de que todo ello, más que ofrecerse como un refuerzo para su reinserción en lo cotidiano —señalado en aquel caso por los listones de luz y las manchas de sombra que hacían resaltar los dobleces y frunces de una colcha de ganchillo— inducía a imaginar, tal era la precisión inalterable de la luz, que otro artificio accionado también por las blancas manos de su madre, había vestido súbitamente la desnudez de unos muros e iluminaba de pronto las tinieblas.

—¿Qué quería? ¿Ya olvidó el daño que te hizo? ¿Es posible que todavía le quede cuajo para llamarte?

—Viene el viernes y quiere hablar conmigo. Me dijo que ahora escribe novelas, que da charlas.

Bernardo comprendió que, como en otras conversaciones antiguas en que ella pretendía imponer su criterio en el comportamiento del hijo, aquel diálogo se alargaría durante el tiempo necesario hasta que su conformidad quedase suficientemente moldeada.

—Aunque te creas que estás curado del todo, estas cosas son muy lentas.

—No te preocupes, mamá —aseguró Bernardo, observando que las ropas oscuras de su madre parecían descoloridas por la luz—, me encuentro estupendamente.

—No se te ocurrirá verle. No puedo imaginar que lo hayas pensado.

Tras tantos años de convivencia, estaba acostumbrado a la pesadumbre de aquella mirada.

—Sí, mamá, que quieres que te diga. Me ha pedido que cene con él.

—¿De verdad estás bien? —preguntó ella, alzando una mano y sorprendiéndole con la repentina aparición de las tijeras que sostenía entre los dedos.

Bernardo se acercó aún más y pudo ver que, sobre el regazo, su madre tenía una pieza de ropa. Toda la luz de la habitación se desplomaba alrededor de ella, tras tropezar con el breve volumen oscuro de su cuerpo. Entre aquella corriente de claridad ella se afirmaba como el único bulto sólido. En el resto de la estancia se confundían los brillos y las sombras, conformando contraste suaves, pero el cuerpo de ella ocupaba el centro, sin claroscuros ni reflejos engañosos.

—No deberías hacerlo —dijo, hablando con firmeza.

Sus palabras manifestaban más un designio que un consejo y cortó con las tijeras el aire varias veces. También sus ojos y sus labios se mostraban descoloridos.

—Mamá, todo aquello pasó hace muchos años.

—Cómo puedes decir eso —repuso ella.

—Si no quieres que le vea, no le veré —dijo Bernardo, con la convicción de las mentiras imprescindibles.

—Cómo puedes decir eso —repitió ella, como si no le hubiese oído—. Para esas cosas no corre el tiempo. Eso acaba de pasar, está pasando ahora mismo. No dejará de pasar hasta que desaparezcamos todos los que lo sufrimos.

Volvió por fin los ojos a su labor, desentendiéndose claramente de él, que abandonó la claridad de la habitación mirándolo todo ávidamente, como si siguiese siendo el niño que quería descubrir si aquella inmutable disposición de luz y sombra era solamente la ilusión suscitada por un artilugio.

Tras cerrar la puerta a sus espaldas, encendió la luz del descansillo y subió el tramo que separaba la habitación de su madre de la del tío Alfonso y luego el que separaba ésta del desván, iluminado por la claridad vertical de los tragaluces: aquel era el lugar que había ocupado para su retiro y trabajo, cuando regresó a la casa natal.

Entró en el desván y cerró de golpe la puerta a sus espaldas. No podía haber en el mundo otro lugar que se ajustase tan exacta y blandamente a los relieves de su carácter ni que pudiese acoger con tanta placidez los flujos y reflujos de su ánimo.

Sobre el largo tablero que usaba como mesa de trabajo se dispersaban casi sesenta pedazos de cráteras y vasos que, después de tanto tiempo sin que hubiese acometido su posible restauración, habían adquirido la consistencia de esos fragmentos que en los museos ofrecen la única dimensión posible de ciertas vidas antiguas. En las estanterías de las paredes, improvisadas con tablas de tarima que había encontrado arrumbadas en el propio desván, se amontonaban los innumerables documentos del archivo de Oblanca, cuya clasificación había comenzado una vez para abandonar enseguida, tras comprender que tal tarea necesitaría toda la vida del más meticuloso de los archiveros. En las estribaciones del desván, allí donde la inclinación del tejado iba adelgazando el espacio hasta hacerlo tan angosto que solamente permitía el acceso de los ratones, se extendían las cajas que guardaban periódicos y revistas antiguas, vistas estereoscópicas de valles suizos y de balnearios y viejos objetos mecánicos de inimaginable aplicación.

Dispuesto a dejarse ungir por el sosiego que se había ido depositando allí tras tantas horas de abúlica desgana y aburrido recogimiento, se echó sobre el lecho que, a pesar de las protestas de Basi, había trasladado desde su alcoba juvenil del primer piso. La estufa llevaba apagada muchas horas y un frío intenso se desmenuzaba en esquirlas que caían sobre su piel con la quemazón de brasas diminutas. Se arropó bien, contempló el cielo grisáceo a través del tragaluz y sintió una repentina convulsión en su memoria, como si alguno de los pilares que la cimentaban hubiese cedido, ocasionando un temblor que mostraba súbitamente que el edificio se había sostenido sólo por la concurrencia de incesantes esfuerzos.

El temblor abrió la grieta que descubre, bajo los solados, el subsuelo negro y sin vida. Sospechó entonces que el desván, los cascotes milenarios, los pergaminos venerables, no le pertenecían naturalmente, sino que se acompasaba a ellos con la desfachatez con que, por la pura memorización de unos cuantos párrafos, aparenta el estudiante conocer los entresijos de una ciencia.

Sopesó aquella idea con serenidad, comprendiendo que podía estar en el borde de la verdad y que, de encontrarla, ya no existirían coartadas para su extrañeza. Aquella mañana, la llamada telefónica no había sido una señal de nacimiento ni de resurrección, sino el seco castañeteo que sacude al hipnotizado para separarle de su embeleso.

Su extrañeza tenía raíces mucho más complejas que la muerte o la nada. Sentía en los dientes la vibración de la casa, sobre el planeta que giraba en el espacio, y esa era la única percepción certera. Todo lo demás era una impostura: algo que había aprendido y aceptado como propio, pero que no le pertenecía, y que era además sólo parte de un simulacro incomprensible. Él ocupaba un lugar ajeno y se identificaba con un nombre ajeno. Con la fervorosa aplicación de los espías de las películas, había adoptado aquella apariencia, se había familiarizado con el viejo caserón y con sus ocupantes, había asumido como propia otra memoria.

Dejó que la hipótesis se fuese disolviendo lentamente en su pensamiento, pero cuando se acercaba la hora de comer decidió apuntalar la memoria que se desplomaba y seguir admitiendo que era Bernardo, que había regresado a la casa materna después de que su mujer se marchase con el amigo de la infancia y de que la amiga de la infancia se matase en un accidente de aviación; que en el trayecto había tenido él mismo un grave accidente; que en el casa materna había convalecido hasta curarse, contrayendo al cabo una especial hipocondría que le había hecho concebir el propósito de dedicar el resto de su vida a la ordenación de los mismos papeles y objetos que habían ocupado los ocios perezosos de su tío Alfonso.

Las nubes movedizas habían dejado libre el mediodía y otro rotundo pedazo de sol se implantó en mitad de aquella estancia como una columna palpitante. Soy Bernardo pero también soy otro, pensó. He nacido y he resucitado.

—Menuda mañana —exclamó—. ¿Qué querrá contarme el Pelfo? —y un inesperado rumor al fondo del desván denunció la huida de un ratón que desaparecía con la implacable celeridad de las intuiciones que no se convierten en ideas.

Tras su conversación telefónica con Bernardo, Julio Lesmes se sintió desfallecido. Había pasado la noche en duermevela, llevado continuamente del estupor del balanceo al sobresalto de las paradas, donde la oscuridad quedaba rasgada por bruscas líneas de luz y al monótono ruido del traqueteo sucedían las palabras perdidas en estaciones invisibles. Aquel vaivén interminable, en la dudosa vigilia, llegó a hacerle aceptar el tránsito como un destino, mientras persistía impresa en su imaginación, con un desvaído blanco y negro, la imagen de Heidi localizada de modo tan incongruente.

Había regresado por fin a casa; después de reconocer la ausencia de María Luisa con una mezcla de pena y fastidio y llenar la bañera de agua muy caliente, permaneció dentro inmóvil, con los ojos cerrados, intentando reencontrar una tranquilidad amniótica.

Las visitas a ciudades desconocidas se mantenían siempre en su recuerdo con el tatuaje de los delirios, hecho de esas imágenes menudas en que se mezclan rostros, objetos y espacios de irrepetible bosquejo. El poco dormir de la noche y la fatiga del viaje hacían resaltar aún más la memoria deforme de la ciudad donde había permanecido los dos días anteriores y él intentaba recoger aquellos espejismos y mantenerlos dispuestos para su utilización, como hacía con sus hallazgos el náufrago que había sido su modelo de vida durante tantos años.

Desde que había leído en la infancia la novela del náufrago industrioso que consigue mantenerse vivo gracias a un esfuerzo que culmina cada jornada sin desaliento, hasta hacerse señor de su destierro y transformar su soledad para constituirla en oficio productivo, Julio Lesmes había comprendido que aquel libro –y todos los que con el mismo tema fue buscando con ansiedad desde entonces– presentaban como ejemplos admirables las descripciones de cuantas habilidades le eran necesarias para su supervivencia en un mundo donde, según él barruntaba, había sido arrojado como consecuencia de algún inimaginable naufragio.

La primera lectura de la novela, en una de aquellas convalecencias de las enfermedades de rutina, breves y placenteras como vacaciones, fue veloz, nerviosa, colmada de ansiedad por ir descubriendo de qué modo los restos del desastre, los animales salvajes y los elementos de la naturaleza iban siendo domesticados por aquel ser inicialmente abandonado e inerme, en una actividad incansable en que se mezclaban la obstinación y la buena fortuna.

Releyó luego muchas otras veces el libro y, cuando la trama quedó vacía de toda sorpresa, empezó a analizarlo como si cada uno de los capítulos formase parte de un texto escolar en que era posible encontrar conocimientos realmente útiles, ya que él era el único ser de carne y hueso en una isla vacía en la que solamente conseguiría sobrevivir si tenía el ingenio suficiente para utilizar cuanto le rodeaba en construir los enseres de su vida cotidiana, los instrumentos para el trabajo y la defensa, las vestiduras y hasta la propia compañía de sus semejantes.

Había permanecido casi dos días en aquella ciudad e intentaba descubrir qué era lo que podía aprovechar de ella para mejorar un proyecto de novela en cuya elaboración estaba empeñado, pues necesitaba acumular de modo acuciante –su imaginación no se manifestaba muy fecunda aquellos tiempos– materiales diversos que pudiesen emplearse en el desarrollo de un relato.

La mañana del segundo día había contemplado desde la ventana del hotel, más allá del vierteaguas de zinc marcado por la incesante lluvia de los residuos industriales, el cielo plomizo que se amontonaba sobre las arquitecturas soñolientas, barnizadas de carbonilla.

Sin citas ni obligaciones, le esperaban calles nunca antes recorridas, donde ejercitaría esa exploración gratuita de los lugares ignotos que es el primer estímulo de los verdaderos aventureros. En aquella ciudad lejana y desconocida, y hasta la última hora de la tarde, en que debía exponer su conferencia, el día le pertenecía solamente a él, como si también hubiese conseguido cazarlo mediante una red construida con más habilidad que medios.

Estaba a punto de abandonar la habitación cuando le llamó por teléfono el organizador de la conferencia, que expresaba una obsequiosidad prolija. Le dijo que tenía mucho interés en que cenasen juntos después del acto, pero que algunas incidencias de carácter familiar se lo impedían, y quería expresarle vivamente —pronunció la palabra con afectación de orador— su deseo de acompañarle a almorzar; le citaba en un restaurante famoso por las referencias de la mitología gastronómica y Julio Lesmes aceptó, aunque con pocas ganas, ya que aquel encuentro podía limitar sus propósitos de libre callejeo; mas cuando dejó la llave y el conserje le informó de que aquel restaurante se encontraba precisamente en el corazón del barrio antiguo, recuperó la euforia del despertar.

Las ciudades desconocidas aparecían a sus ojos como nuevos parajes silvestres de aquella isla desierta en que su vida venía transcurriendo. Avanzaba cauteloso; cubrían su cuerpo los pellejos de los animales cazados con sus manos y su cabeza un estrafalario pero utilísimo sombrero; sostenía en una mano, prevenido para su defensa, el largo mosquete.

Vistas desde la calle, las manchas de las fachadas simulaban surcos de lágrimas en rostros sucios de hollín. La ciudad lloraba la sucesión infinita de los días grises y lluviosos, mostrando muecas que plasmaban algunos rasgos del rostro humano, presentando en la misma disposición física de sus calles y plazas, desfiladeros y barrancos donde las puertas y ventanas no eran sino las cavidades y relieves que habían ido ocasionando la erosión de un tiempo sin medida y el instinto de las alimañas.

Se dejó llevar por el flujo invisible que, tras deslizarse por los pasajes tortuosos, se remansaba en las tiendas vetustas. Al cabo de unas horas había inspeccionado algunas librerías de viejo –cuya principal oferta la constituían añosos libros de rezos– y tiendas en que la penumbra se situaba como otra mercadería, entre los botes de pimientos y los colgajos de los bacalaos.

Lo contemplaba todo con perezosa quietud, pero la aparente inercia de su mirada iba escrutando cada cosa en busca de ingredientes que pudiesen nutrir su imaginación: el mensaje insólito entre las hojas del viejo sermonario o el objeto raro, poseedor de fabulosos atributos.

La visión apresurada y discontinua de los portales y las aceras iba ofreciéndole fragmentos de zapatos a punto de apoyar su tacón, pantorrillas huidizas, abrigos oscilantes, orejas y mejillas que, al sucederse ante su mirada, componían un asimétrico carrusel. Las gentes iban y venían, pero su absorto deambular sugería que tal apresuramiento no respondía a la ejecución de un propósito determinado, sino al alocado titubeo con que las multitudes se mueven después de una catástrofe.

En el restaurante, viejos bodegones desvaídos y restos de ornamentación eclesial cubrían las paredes, entre un olor suave a humedad y carne asada. Su anfitrión apareció ante él y le saludó con la familiaridad excesiva de quien ostenta un mecenazgo institucional. Le llevó luego hasta una mesa, donde permanecía sentada una joven, y justificó su presencia en el interés que ella había declarado, como lectora apasionada y admiradora del escritor Julio Lesmes. Al parecer, tenía también alguna relación oficial con la fundación que le había llevado a aquella ciudad a dar una conferencia.

Cuando los tres estuvieron sentados y mientras el camarero llegaba hasta ellos, la muchacha habló con tono ligero, como si informase de un suceso intrascendente que sólo por alguna graciosa particularidad merecía ser narrado, para decir a Julio Lesmes que le debía la vida.

El camarero les había entregado grandes carpetas rojas que contenían, sujeto con una cinta de seda, el cuadernillo del menú. Julio Lesmes apoyó la carpeta en la mesa y observó brevemente a la mujer. La luz de la vela, que relumbraba contra las carpetas dándoles apariencia de antifonarios, se reflejaba en su rostro declarando una piel clara, de grandes poros, en un rostro estrecho, con ojos pequeños pero vivos, enmarcado por el pelo castaño.

—¿La vida? —preguntó Julio Lesmes.

La mujer sostenía con ambas manos, todavía cerrada, la gran carpeta roja. Tenía el cuello largo y llevaba una blusa negra de lunares blancos, con escote que anunciaba pechos pequeños. Los rabillos de sus ojos estaban señalados por una infinidad de arrugas y Julio Lesmes comprendió que no era tan joven como le había parecido al verla por primera vez.

—Un libro tuyo de versos. Yo estaba en Nueva York, un verano. Quería suicidarme —dijo la mujer con la misma falta de dramatismo de su declaración inicial, y guardó silencio mientras repasaba la lista de platos.

Julio Lesmes había comenzado también a leer las largas columnas en que el restaurante exponía las especialidades de su cocina, pero estaba tan desconcertado por la confesión de la mujer que no era capaz de descifrar la afectación con que aparecían denominados los platos.

—Solamente publiqué un libro de poemas, hace muchos años —repuso.

Lo había publicado un editor pintoresco, que le había perdido tres veces el original. Era un hombre de ideas radicales, que entendía su labor como una cruzada contra la dictadura. Propietario de una tienda de aparatos electrodomésticos, había fundado la modestísima editorial con el propósito de publicar también su propia obra poética, pero había puesto la selección de los libros y la dirección artística en manos de un profesor depurado tras la guerra civil que, cuando comenzó a ejercer su función, declaró que no consentiría la publicación de los versos del editor hasta que éste no consiguiese mayor madurez poética. Qué suerte tienes, le decía el editor a Julio Lesmes cada vez que éste le entregaba un nuevo juego de copias, tú ya estás maduro, y bajo sus cejas peludas fulguraba una expresión brevísima, que parecía tanto de admiración como de odio.

—Hace tantos años, que creo que ya ni siquiera me quedan ejemplares. Era una edición desastrosa, se despegaban todas las hojas la primera vez que se abría el libro —añadió.

—Ese libro me salvó —repitió ella —. Yo era muy joven y andaba con gente rara. Me fui allí con una beca y me enamoré de un pintor que se pasaba el día fumando mariguana.

El anfitrión había encargado la comida y el camarero servía el vino con parsimonia, absorto en el gorgoteo del líquido.

—Pero la vida, la vida —exclamó Julio Lesmes, que había descubierto en el derramarse de aquel vino una figura especialmente eyaculatoria.

—Ya te dije que es una gran admiradora tuya —había dicho el anfitrión, alzando la copa con alegre ademán—. Salud.

—La vida, sí —repuso la mujer —. El tipo no me quería, hacía mucho calor, yo apenas entendía inglés y vivía en un apartamento lleno de cucarachas. Todo me daba igual y pensé matarme.

—Cómo —dijo Julio Lesmes.

—Pensé tirarme al mar y nadar hasta que no pudiese más. Todavía no lo tenía decidido.

—Salud —dijo Julio Lesmes—. No sé si me quedará algún ejemplar. Era una porquería de edición. Se deshacía entre las manos.

—Lo encontré en la basura —explicó la mujer —. Estaba tan deprimida que a veces rebuscaba en los cubos, como hacen los sin hogar, pero no por hambre, ni nada de eso. Una tarde entré en un vagón del metro y me coloqué delante de un negro que estaba sentado, inmóvil. Tardé unos instantes en percibir que todos los demás pasajeros estaban al otro lado del vagón, en actitud de intenso ensimismamiento. Por fin me fijé en que al negro le faltaba una mano. No hacía demasiado que la había perdido, aunque la sangre del muñón ya estaba seca. Pero tardé mucho más en descubrir que estaba muerto.

—Vamos, vamos —dijo el anfitrión—. No te pongas macabra.

—Encontré el libro aquella misma tarde, con un montón de periódicos españoles, y me puse a leerlo. Lo leí muchas veces.

—¿No se te desmoronó?

—Lo leí por lo menos una docena de veces —añadió ella.

En Julio Lesmes suscitaba más embarazo que halago la presencia de aquella lectora que proclamaba una relación tan sagrada con su libro de versos. Cuando terminaban el segundo plato, ella —tal vez excitada por las copas de vino que había bebido— comenzó a increparle con una franqueza que, por lo inadecuada, hacía más duras sus palabras, reprochándole que hubiese abandonado la poesía a cambio de una prosa abstrusa y sin sentimientos. Él se había encontrado cada vez más incómodo. El anfitrión mantenía su alegre campechanía y subrayaba con muecas de inoportuna complacencia la exaltación de la mujer.

—Pero qué diablos viste tú en mis versos —dijo Julio Lesmes, intentando adoptar un talante afable.

—Emoción, vitalidad, esperanza, qué sé yo —repuso ella, con los ojos brillantes—. Describías los objetos como testimonios de una vida plena. Y aquellos atardeceres. Al leerlo, lloraba de alegría.

Julio Lesmes la miraba fijamente, intentando descubrir en su conducta un asomo, aunque fuese levísimo, de la burla que quizá disimulaba. Hacía muchos años que no había vuelto a leer aquel libro suyo, pero no creía que en sus poemas hubiese tales objetos llenos de vida, ni aquellos atardeceres capaces de hacer llorar de alegría. A su juicio, no había en el libro poemas líricos, sino todo lo contrario: en él había recogido un puñado de baladas más o menos sarcásticas sobre algunos sucesos de la infancia, contraponiendo el colegio y los territorios adultos a aquella Anguila de los mares del patio, en que los piratas acumulaban sus victorias secretas como los campesinos sus cosechas en las tierras fructíferas.

—Nunca pude imaginar que mis poemas suscitasen una adhesión tan apasionada.

Durante el resto del almuerzo, intentó conseguir que la mujer hiciese referencias más concretas a los poemas, para identificar con exactitud aquellos versos salvadores, pero ella mantenía sus ambiguas alusiones y hablaba de los olores y de los brillos como si, en lugar de un libro, estuviese rememorando una huerta o un jardín.

Se habían despedido después del café y él había regresado al hotel recorriendo otra vez los vericuetos grisáceos que formaban aquellos edificios altos y juntos, mientras consideraba que las elogiosas palabras dedicadas por la mujer a su viejo libro eran tan imprecisas que podrían relacionarse con muchos otros.

También la mujer había hablado más de las sensaciones propias que de las imágenes poéticas que las habían suscitado, y Julio Lesmes sospechó que acaso aquella devoción no fuese sino puro engaño. Su presencia reiterada en una reciente tertulia televisiva había suscitado en personas de su cercanía —la mujer del portero, o el joven ordenanza de un periódico— una peculiar intimidad, producto de la morbosa fascinación del medio. Tal vez los halagos de aquella sedicente lectora no fuesen sino la justificación de un acercamiento que pretendía culminar incluso en la confianza para el reproche. Así, la mujer no habría leído jamás su libro y su testimonio sería solamente una superchería.

Ya en el hotel y mientras recogía los papeles que habrían de servirle en su charla, había pensado que acaso la mujer, siendo sincera, había equivocado el origen de su emoción. Era cierto el momento —aquel verano febril— y real la memoria de su pesar y de su angustia, pero el libro que había hallado en sus rebuscas no había sido el suyo, sino otro. Con buena fe, la mujer le atribuía un libro del que él no era autor, un libro en que vibraban imágenes capaces de vencer a la muerte, que él no había escrito. Un libro en que los objetos reflejaban el vigor de sus creadores y los atardeceres pregonaban la culminación y no el declive. La mujer hablaba sin duda de otro libro, que no era el suyo, y de otro escritor, que no era él.

Aquella idea le desalentó y deseó haber sido verdaderamente él el autor del libro y que hubiesen sido suyos los poemas que, entre el calor pringoso de un verano lleno de soledad e indefension, habían hecho renacer en aquella lectora las ganas de vivir. El desánimo, apartado por el puro ajetreo del viaje, recuperó su vigor dentro de él y a los motivos de su abatimiento —la marcha de María Luisa, que parecía definitiva; la persistente sequía de su inventiva, que le hacía incapaz de acometer la novela— se unió la consideración de que él nunca podría escribir un libro como el que aquella mujer le quería atribuir, cuya lectura hiciese desistir a un suicida de su desesperado propósito. Su libro de poemas, aquel que un pintoresco editor publicó tantos años antes, era sólo un caprichoso conjunto de desahogos personales, a los que únicamente su habilidad les había dado apariencia literaria.

El desánimo repercutió en su charla y comenzó a hablar con poca convicción, descubriendo con extrañeza —como si fuese ajeno— el discurso tantas veces repetido, en que exponía que la imaginación literaria era una parte sustantiva, de índole especial e independiente, de la propia realidad. Había llegado al punto en que, señalando las paredes del salón, sus lámparas y ornamentos, afirmaba que también todo ello era producto de lo imaginario.

Si lo imaginario no hubiera mediado, ni el primer ladrillo se habría cocido, ni de la arena se habría fabricado el cristal. La imaginación había producido los lápices con que el arquitecto diseñó la estructura del edificio, que durante un tiempo fue solamente una ensoñación, y posteriormente el dibujo de todas sus formas y volúmenes, antes de ser erigido para contener dentro de sí, dos pisos por encima del nivel de la calle, aquel salón que les albergaba a todos.

– Solamente por la virtud de una serie de procesos de lo imaginario estamos aquí, flotando a veinte metros de la superficie terrestre. Toda la realidad que nos rodea proviene de la acción de lo imaginario sobre el mundo natural. Mas la ficción literaria es una realidad más sutil y, si me lo permiten, menos violenta, ya que no trabaja con la materia física sino con algo tan inaprensible y blando como son las palabras.

Mientras hablaba, descubrió que aquella sala en que medio centenar de personas le escuchaban inmóviles era también una playa vacía en una orilla de su isla, cuya silenciosa quietud sólo turbaba el eco de las olas, y que el desasosiego suscitado en él por el singular testimonio de aquella pretendida lectora no era sino un fragmento de madera tallada que, depositado en la arena por la fuerza de las olas, hacía aún más obvio su aislamiento, al traer hasta él los signos incomprensibles de una cultura lejana.

Recuperó el aliento y consiguió dar mayor convicción al desarrollo de su retórica, hasta que sus oyentes fueron desordenando su impasibilidad con sonrisas y ademanes de asentimiento. Entonces recordó que, del mismo modo que aquella sala era también una playa vacía, el Patio que debía ser escenario de su novela, donde los piratas de Anguila realizaban sus salvajes y bárbaras proezas, tenía un atolón que resonaba a lo lejos bajo la infatigable sacudida del oleaje.

La charla resultó un éxito y, tras las últimas despedidas, quedó a su lado solamente aquella lectora. Julio Lesmes salió con ella a la calle cubierta de bruma verdosa e iniciaron un largo paseo a la orilla de la ría; la mujer decía que había entendido muy bien sus argumentos, pues sólo la imaginación, mediante la formación de volúmenes y el añadido de tinturas e incisiones, podía convertir el barro en cerámicas como las que ella trabajaba. Ciertamente todo cuanto les rodeaba tenía el mismo origen, la ordenación de las calles, las farolas, las hojas de las puertas; tierra, madera, nada más, transformados mediante la imaginación.

—En la literatura el camino es aún más puro —dijo Julio Lesmes— pues se trabaja sólo con palabras, algo evanescente. Debe ser esa la causa de que a la mayoría de la gente le parezca más real una farola que una novela.

Estaban separados del tráfico que alborotaba la otra orilla de la ría por una negrura intensa. Julio Lesmes miró a la mujer para identificarla entre los elementos que la marea había abandonado en las primeras arenas de la orilla.

—Vente a cenar conmigo —dijo.

Ella aceptó con evidente placer y propuso otro lugar del barrio viejo donde no habría turistas ni ejecutivos. Como si la invitación de Julio Lesmes le hubiera otorgado un especial valimiento, se agarró de su brazo, apretando el cuerpo, y fueron paseando lentamente hasta el restaurante.

—He pensado en lo que contaste esta mañana sobre mi libro de poemas —dijo él—. Creo que sufres un error.

—¿Un error?

—No puede tratarse de mi libro. Aquél tenía poemas muy personales, que hablaban de experiencias concretas, con una ironía bastante amarga.

—Claro que era tu libro. Iba a habértelo traído para que me lo firmases, pero me olvidé.

—Dime un poema. Uno sólo.

—No me acuerdo de los poemas, sino de las alegorías. Me acuerdo de los sueños, como caminos de salvación. Había muchos olores. Hasta el paso del tiempo olía, y el sonido del agua, al recordarlo. Había muchos tesoros invisibles.

¿Será cierto?, había pensado Julio Lesmes, cauteloso. ¿Había todo eso en mi libro? La mujer estaba bebiendo bastante vino e insistía en que él tenía que volver a escribir poemas. Lo suyo eran los poemas, decía una y otra vez. Pero Julio Lesmes apenas la escuchaba. Pensaba en la lejana coincidencia entre su libro y una muchacha llena de angustia, en aquella ciudad tan literaria, y le parecía que no había metáfora que pudiese iluminar un hecho tan absurdo.

—¿Sabes que todo esto podría ser la huella de un pie en la arena? —preguntó.

—¿La huella de un pie en la arena? —exclamó la mujer, sin comprenderle, pero sacudió la cabeza afirmativamente.

El restaurante estaba lleno de humo y los clientes habían ido aumentando el volumen de sus voces, hasta que Julio Lesmes y su acompañante tuvieron que forzar mucho la propia voz para poder entenderse.

—Vamos a mi estudio a tomar una copa y me firmas el libro —propuso la mujer cuando terminaron la cena.

El estudio estaba lejos y tomaron un taxi, que dio bastantes vueltas en las calles impregnadas de la pestilencia de los humos industriales. Cuando llegaron, la mujer le contaba las características del gran mural que preparaba para la institución en que Julio Lesmes había dado su conferencia; ella decía que le agobiaba la curiosidad pueril de sus clientes sobre su trabajo, que además no estaba demasiado bien pagado. Ella vivía sobre todo del diseño gráfico, dijo, señalando algunas revistas que se amontonaban sobre la mesita de mimbre.

Objetos grandes y heterogéneos ocupaban la estancia: un torno de alfarero, varios cubos de plástico, un organillo. La verdadera identidad del lugar, su condición inhóspita de taller, se concentraba en el lavadero adosado a una de las paredes, sobre el que goteaba un grifo de metal. El suelo estaba manchado de pintura y lleno de grumos de arcilla.

Sobre un tablero que sostenían grandes caballetes se esparcían las piezas del mural, de distintas formas y tamaños, en un desorden que las ofrecía más como residuos de un conjunto destruido que como elementos de una obra futura. Hacía bastante frío y la mujer, tras anunciar que iba a buscar algo de beber, desplegó una manta y la extendió sobre las rodillas de Julio Lesmes.

—Hielo no tengo —dijo.
Julio Lesmes alzó una mano.
—Muéstrame ese libro salvavidas.
Se sentía aguijoneado por la curiosidad de tenerlo entre sus manos. La mujer se dirigió a una destartalada alacena de cocina y rebuscó entre los cacharros que se amontonaban en las estanterías. Al fondo,

la puerta entreabierta de una mufla parecía mostrar el secreto interior de un sagrario impío. La mujer regresó con un libro y Julio Lesmes, al comprender que no era el suyo, se puso en pie y la voz se le quebró.

—Ése no es mi libro.

La mujer se detuvo en medio del taller. En su sonrisa, Julio Lesmes creyó percibir por fin la burla que había estado rastreando en vano a lo largo del día.

—Claro que no —dijo ella.

Había llegado hasta el sofá con aquel libro, un volumen blanco de forma cuadrada. Se lo entregó y regresó otra vez a la alacena, donde continuó revolviendo.

—Claro que no. Ése es un libro donde salgo yo. Tu libro tiene que estar por aquí. A veces, mi cuidado en guardar bien una cosa se convierte en un escamoteo. ¿A ti no te pasa nunca eso?

Julio Lesmes hojeaba sin demasiado interés aquel folleto en que figuraban fotografiadas varias ceramistas, con una biografía escueta y alguna muestra de su obra.

—Estoy al principio —dijo la mujer— trabajando en el torno.

Julio Lesmes contempló las fotografías de la mujer, pero luego hojeó de nuevo el libro buscando una imagen que había vislumbrado entre las páginas y, cuando la encontró, su cuerpo tuvo un estremecimiento.

—Aquí está —dijo la mujer, con una exclamación satisfecha—. Ahora dime que éste no es tu libro. Voy con el whisky.

Pero Julio Lesmes estaba absorto en la contemplación del catálogo.

—¿Qué miras? —preguntó la mujer.

—Esta foto —contestó él—. ¿La conoces?

La mujer leyó el nombre de la ceramista.

—Trabaja allá, en las islas —dijo la mujer, alzando un brazo—. Es alemana. ¿La conoces tú?

—No puede ser la misma —había exclamado él.

Sin embargo, aunque el nombre era diferente, el rostro parecía el de Heidi, y en su mano derecha, apoyada en la panza de una vasija, relumbraba un brillo segmentado que recordaba la sortija de los delfines.

—Es imposible. Murió hace varios años —murmuró Julio Lesmes.

—¿Y no es tu libro éste?

Era sin duda su libro. Tras dejar el catálogo sobre su vientre, Julio Lesmes lo abrió, pero la cola que unía el lomo de las páginas a la cubierta se deshizo con un chasquido y las páginas saltaron por los aires.

El hallazgo de la fotografía le había turbado tanto que perdió toda curiosidad por conocer si, a pesar de las apariencias, era aquel libro el mismo que había salvado a la mujer de la desesperación. Ella ordenó cuidadosamente las páginas y le hizo firmar una dedicatoria. Luego le habló de su trabajo y de su vida y le hizo bastantes confidencias, pero él era incapaz de mantener fija la atención en sus palabras y permaneció el resto de la velada con la mente dispersa en fragmentos, como el conjunto desordenado del mural de cerámica.

Tres poderosos aldabonazos resonaron en el zaguán y Magdalena –que acababa de acomodarse en un sillón de la sala con una revista entre las manos– se sobresaltó. Sin duda las advertencias de su madre habían terminado por suscitar en ella una nebulosa inquietud y al constatarlo no sintió temor, sino humillación. La casa encajaba un silencio macizo, que no alteraba el fuego de la chimenea, ya muy manso, y el núcleo del silencio era precisamente aquella enorme sala, que tras la restauración de la casa ocupaba el lugar del antiguo patio central, cubierta a la altura del tejado por grandes láminas de vidrio en forma de pirámide.

Hacía solo unos meses que se había trasladado a aquella vivienda, un edificio de piedra que perteneció a un linaje de señores campesinos y que ella había adquirido y hecho restaurar, procurando que los espacios resultasen más grandes que los originales, de modo que la casa tuviese pocas habitaciones, pero de gran tamaño.

Toda la familia y especialmente su madre, habían considerado antojadiza la decisión de Magdalena de comprar aquel inmueble vetusto y desmoronado y gastar tanto dinero en su arreglo; pero el propósito de trasladar allí su definitiva residencia les pareció el colmo de la excentricidad.

La casa estaba en una antigua aldea, en aquellos tiempos ya casi abandonada, lo suficientemente lejos de la ciudad como para que no se pudiese encontrar a su alrededor ninguna traza urbana. Allí no había luces, ni tiendas, ni bares, y el paisaje de oteros rojizos que se alejaba hasta el horizonte propiciaba la conciencia del solitario desierto que se había impuesto al fin tras los abandonos y los despoblados.

¿Es que no le daba miedo estar tan sola?, preguntaba su madre con insistencia senil. A ella le daría muchísimo miedo, ella se moriría de miedo allí sola, imagínate una noche, cuando alguien desconocido llamase a la puerta. Decía que sólo de pensarlo le temblaban las piernas: encontrarse de noche sin ninguna compañía en aquella casona y sentir los golpes sucesivos de la aldaba retumbando en el zaguán.

Los golpes sonaron de nuevo con una cadencia más lenta y Magdalena se levantó. A ella nunca le había amedrentado la soledad y hasta encontraba en la soledad un cobijo bastante placentero. Por otra parte, desde los años en que, tras terminar la carrera, había regresado a la ciudad y había comenzado, casi como un envite para derrotar el aburrimiento, la reorganización del antiguo negocio familiar, lo único que a veces echaba de menos era, precisamente, el tranquilo aislamiento.

La gestión del negocio había resultado cada vez más eficiente y la coincidencia continua de su habilidad con la suerte favorable la empujó a comprometerse sucesivamente en mayores inversiones, hasta el punto de que, quince años más tarde, sin que la antigua guarnicionería hubiese perdido nada de su tradicional carácter, ella era propietaria de dos tiendas, un buen apartamento en el centro, un automóvil de tres millones y aquella casona, todo ello a costa de una dedicación incesante, que le dejaba pocos momentos para ella misma.

Además, ya no hay sistemas de seguridad que valgan, insistía la madre, y fíjate cómo están ahora las cosas, el tipo de gente que anda por ahí. Por lo menos que tuviese un arma, sugería el marido de su hermana, muy aficionado a la caza, una pistola automática, algo poco pesado y fácil de manejar.

Magdalena se sentía muy a gusto entre el olor a cuero de su negocio, mientras percibía, con otro sentido que no se podía explicar y sin necesidad de verificar los estadillos de los bancos, cómo iba creciendo el dinero de sus cuentas. Pero del mismo modo que se abstraía sin reservas en el trabajo de la empresa o en el estudio minucioso de los balances, hasta escudriñar y conocer los últimos detalles de su actividad, y en la búsqueda del modo más eficaz para multiplicar su dinero, le gustaba alejarse del mundo cotidiano, en los rápidos viajes para comprar novedades y conocer fábricas, o en los que hacía a veces para permanecer sin compañía en lugares muy lejanos, donde todos los lazos con su familia y sus negocios parecían tan frágiles e insignificantes que podía jugar con la idea de que la decisión de modificar a su capricho el siguiente punto de destino la convertiría instantáneamente en otra persona, sin aquellas raíces ni aquellos intereses, una persona para quien el olor del cuero pasaría a ser solamente la señal de una actividad de las muchas que se podían encontrar al recorrer los mercados y las tiendas de las ciudades desconocidas. Como también le gustaba ensimismarse bajo el agua en un recodo solitario de alguna costa, hasta que los puros reflejos musculares y el ritmo preciso de la respiración, entre la opacidad azulada de los bajíos, convertían su cuerpo, entregado a la fruición de unos instantes que se hacían eternos, en el de un animal acuático, sin nostalgia ni futuro.

    Dejó la revista sobre la mesa y se dirigió al zaguán. En el mundo había habido siempre delincuentes y los ladrones del tiempo clásico habían tenido divinidades protectoras, pero en los tiempos presentes la escoria humana se había multiplicado, exclamaba su cuñado, y su madre añadía que todos los principios se habían derrumbado y que al criminal y al ladrón tradicionales habían sucedido nuevos malhechores enardecidos por pasiones mucho más terribles y destructivas.

Mientras en los titubeos de la falta de costumbre tanteaba con la mano en busca del interruptor de la luz, Magdalena, que asumía aquellas filípicas como una de las obligaciones filiales a las que no es posible sustraerse, intentaba apartar los temores maternos y la imagen del rostro de su cuñado, con los ojos saltones y la nariz enrojecida por las jornadas cinegéticas, enumerando parsimoniosamente marcas de pistolas y revólveres. Recordó también con malestar una partida defectuosa de carteras de mano y de nuevo se sintió humillada y agarró con decisión el picaporte.

Al otro lado de la robusta hoja, un ladrido lejano definió los contornos del silencio acumulado alrededor de la casa, que en su densidad marcaba una simetría perfecta con el que se extendía dentro. No podía empezar a asustarse, resolvió, sintiendo por toda su familia un aborrecimiento natural, mucho más sincero que el afecto que se veía obligada a profesarles habitualmente.

—Quién es, quién llama —dijo, levantando la voz.

Nadie respondió y tres nuevos aldabonazos —cuya sacudida, tan cercana, retumbó en su cuerpo— hicieron vibrar los engranajes de la cerradura.

—Quién es —repitió, sin provocar ninguna respuesta.

En lo profundo de sí misma aleteó la sombra confusa de una fantasmagoría amedrentada que se hubiese alojado siempre allí, esperando el momento propicio para manifestarse. Enojada de sorprender en sí misma el inesperado huésped, desechó la idea de sujetar la hoja con la cadena de seguridad y abrió la puerta bruscamente, tensando todo el cuerpo, como si aquel endurecimiento de sus músculos pudiese convertirse en una fuerza visible, disuasoria de cualquier amenaza.

En el exterior de la casa la bruma hacía aún más opaca la negrura de la hora; el ladrido apresurado volvió a repetirse a lo lejos y Magdalena tardó unos momentos en percibir la figura humana que estaba inmóvil, unos pasos más adelante —a la izquierda de la portalada— sobre la que se vertía con sesgo violento la luz del farol de la fachada iluminando tan sólo sus cabellos y sus hombros y dejando su identidad en la indefinición de algunas siluetas que acechan desde los espacios de las pesadillas.

El temeroso espectro que se incorporaba dentro de Magdalena le inspiró una idea brusca de desamparo y de grotesco sinsentido: el proceso de enriquecimiento, la búsqueda de una vetusta y venerable morada, las largas conversaciones y trámites para su adquisición, las deliberaciones sobre la forma de restaurarla, las obras llenas de incidentes y retrasos hasta parecer interminables, el rastreo y localización de antiguos muebles, alfombras, porcelanas y candelabros antañones, estaba al parecer destinado a aquel momento en que entre la noche húmeda permanecía quieto ante ella un bulto oscuro, manifestando acaso el ademán expectante del definitivo destinatario de los esfuerzos y de los logros. Estuvo a punto de cerrar la puerta de golpe, pero no lo hizo y endureció aún más sus miembros.

—¿Qué quiere usted? —preguntó, rudamente.

—Ya veo que me he convertido en el ominoso desconocido —repuso Bernardo, acercándose a ella—. Vengo hasta aquí en peregrinación y se me recibe con sospecha y hostilidad.

Magdalena soltó una risa que conmemoraba muchas cosas.

—Anda, pasa, nos vamos a helar.

La aparente amenaza dramática de aquella aparición se correspondía bien con ciertas actitudes antiguas de Bernardo, a quien ella conocía desde los tiempos de la infancia —primero en aquel patio, cuando se hizo amiga de la hermana de Julio Lesmes— y con quien había intentado conservar siempre la relación, aunque apenas volvieron a encontrarse después de que él se casó con María Luisa.

—Vine a conocer tu nueva casa ¿No te da miedo estar tan sola?

—No. Y aborrezco que me lo digan —repuso ella secamente —. No me da ningún miedo, me gusta. Adoro la soledad.

—No parecías alegrarte demasiado de la visita.

Bernardo tenía empapada la gabardina y ella le ayudó a quitársela. Por encima del cuello del jersey asomaban las puntas inconfundibles de la solapa de un pijama.

—¿Cómo has venido? Estás empapado.
—Andando.
—¿Andando?
—Un paseo crepuscular entre la bruma. Legua y media de profunda reflexión.

Magdalena le empujó ligeramente hacia la chimenea y, al percibir bajo sus manos la espalda flaca del hombre, sintió en la carne de sus palmas un suave temblor.

—Anda, siéntate, sécate, descansa un poco. A quién se le ocurre, venir andando.

—Espera —dijo él, quedándose de pie y echando un vistazo circular—, déjame ver esto, parece una plaza. Puedes echar discursos desde esa balaustrada.

—Ahí detrás está mi dormitorio. Es también muy grande, como todo, pero esto es lo que a mí me apetecía, sitio para mis cosas, poder moverme.

—¿Moverte? Y volar también, si quieres.

Encontraba en Bernardo una manera de actuar y hablar que contrastaba con la disposición adusta de los últimos años, pues el Bernardo que había regresado a la ciudad, tras la separación de María Luisa y el grave accidente, era muy distinto; y después de su larga convalecencia había perdido al parecer el sentido del humor, convirtiéndose en un ser ensimismado y huraño que vivía encerrado en un desván polvoriento y que rechazaba con firmeza la comunicación.

Volvió a tocarle, agarrándole de un hombro y de un brazo, y a sentir su delgadez bajo la ropa. El cuerpo de él soportaba el contacto con doméstica mansedumbre y a Magdalena le pareció que su piedad era bien acogida y en aquella correspondencia halló el gusto de una caricia.

—Anda, acomódate, luego te lo enseño todo.

—¿Todo? —preguntó él con risueña insolencia y se sentó en el sofá. Ella puso en el fuego dos grandes leños y se sacudió las manos.

—Ha sido una sorpresa tenerte aquí, que te hayas decidido a venir.

Era una sorpresa verle allí, recuperado de una larga voluntad de alejamiento y como destilación paradójica y benigna de una noche en que parecían fraguarse extrañas amenazas.

Magdalena había ido a visitar a Bernardo cuando supo que había regresado a la ciudad y que, en la casa de la torre, se reponía de su accidente. Después de larga espera, él la había recibido en batín, con la barba descuidada y en los ojos el falso sosiego de quien ha perdido la memoria o, al contrario, ha quedado de tal modo sujeto a ella que no podrá alcanzar nunca la fisura propicia que continuamente se abre entre el ayer y el mañana.

Ella había intentado recuperar algo de la camaradería de los tiempos del patio y hasta de sus encuentros juveniles, pero aquel Bernardo absorto solamente respondía con frases breves, cerradas, nada estimulantes del acercamiento.

Qué iba a hacer a partir de entonces, le había preguntado ella y él se había encogido de hombros antes de responder que no sabía, que tal vez se pusiese a ordenar los papeles y las antigüedades de su tío Alfonso, aquellas piezas recogidas en el yacimiento del valle de Fenar.

Se vieron algunas veces, nunca más de dos al año y siempre por iniciativa de la propia Magdalena. Ella se decía que necesitaba verle porque Bernardo era uno de los pocos amigos con quien le unía ese pasado singular de la infancia, un tiempo ya desdibujado que parecía pertenecer más a una crónica que a la propia vida.

Le había visto por última vez una tarde, en las anteriores navidades, después de llamarle por teléfono para anunciarle su visita, llevando como ofrendas un regalo para Basi y otro para su madre, pero le encontró hundido en una abulia cada vez más espesa que él intentaba disfrazar de serenidad. Bernardo no había expresado contento alguno por su presencia y ella se despidió al poco rato, después de felicitarle las pascuas con dos besos que encerraban una inocua llamada y de invitarle a conocer la casa que acababa de estrenar.

Que fuese cuando quisiese, que no necesitaba avisar, había insistido ella con una sinceridad sin esperanza, y de pronto le tenía al lado suyo, aceptando el calor del fuego en el gesto de sus manos y en la disposición de su cuerpo y su compañía sin ninguna hosquedad.

—Mientras caminaba hasta aquí, entre la oscuridad y esa lluvia tan fina, recordé la primera imagen tuya que conservo.

—¿La primera imagen? —preguntó Magdalena y recorrió su ánimo un sentimiento de sorpresa gustosa.

— Tu primera imagen en mi recuerdo está asociada a una sensación molesta. Me hiciste daño.

—¿Te hice daño? —dijo ella, sintiendo un repentino desconsuelo.

—Yo estaba en el patio, jugando a las bolas. Preparaba con la mano una bola, dispuesto a lanzarla, cuando noté una opresión cada vez más fuerte en la otra mano, que tenía apoyada en el suelo, una opresión que me la iba aplastando suavemente pero sin cesar. Eras tú. No te había visto llegar. Habías puesto un zapato encima de mi mano, con cuidado de que no lo advirtiese hasta el último momento. Me pisabas adrede, lentamente, sin que parecieses dispuesta a dejar de hacerlo. Te miré y tenías un aire cruel en los ojos y en la boca.

—¿Te hice mucho daño?

La mirada era sarcástica pero muy inquisitiva y Bernardo desvió sus ojos.

—Recuerdo la firmeza del apretón y el tacto de las piedrecitas en mi palma. Había tal decisión en ti que no te dije nada, fui retirando la mano, con algo de esfuerzo, porque no dejabas de pisarla.

El par de leños que había colocado en la chimenea comenzaba a crepitar y Magdalena, rompiendo a reír abiertamente, tomó una de las manos de Bernardo, encontrándola pesada y caliente como un animal. La naturalidad de su gesto encubría una audacia de la que ella misma se admiró.

—Pobre. Te habrán quedado cicatrices.

Bernardo esbozó una sonrisa.

—Yo no me acuerdo de eso —añadió Magdalena—, pero no me extraña que lo hiciera. Me recuerdo contemplándoos con una atroz sensación de impotencia. Deseaba jugar con vosotros, pero nunca me dejabais.

—El guá no era un juego de chicas —repuso Bernardo.

El fuego había alcanzado un vigoroso centelleo y hablaban con las cabezas muy cercanas, como si se comunicasen asuntos secretos. A Magdalena le desconcertaba la actitud del hombre, que parecía haber recuperado de pronto un talante nuevo, distinto incluso al de los tiempos de la Facultad.

—Eres un cínico —contestó ella—. Éramos al principio sólo dos chicas y nos maltratabais. Luego llegaron más y tuvisteis que aguantaros. Pero yo recuerdo que iba siempre detrás de vosotros sin que me hiciérais el menor caso.

—Nunca olvidaré aquel pisotón. Con el tiempo, llegué a considerarlo una experiencia sexual.

—Pero qué cosas dices.

—Con el tiempo, evocándolo. Porque lo he evocado otras veces, aunque sin recordar exactamente a la agresora. Ha sido hoy cuando te he identificado claramente. Me tumbé a echar una siesta y, sin saber cómo, me vino otra vez aquel recuerdo tan preciso. Había decidido hacerte una visita y luego, cuando venía entre la llovizna, un coche me ha deslumbrado con los faros, iluminando los árboles desnudos, y te he encontrado a ti con tus piernas flacas y el uniforme del colegio, mirándome con ojos despiadados mientras me pisabas.

—Voy a preparar un té —dijo ella, levantándose.

—Había algo extraño en ti, como una ansiedad. Me mirabas de modo raro, con ferocidad. Entreabrías la boca como si fueses a jadear.

Ella se alejó hacia el fondo, sin decir nada, pero regresó enseguida y se sentó otra vez a su lado. Bernardo no había perdido el hilo del relato.

—Me mirabas con aire de posesión, de dominación. Como si yo fuese una conquista tuya.

—Qué absurdo —volvió a exclamar Magdalena—. Os gustaban todas, todas, menos yo.

—Tú eras muy alta, eras mucho más alta que nosotros.

—En mí no veíais nada femenino. Hasta me confiábais vuestros secretos, la pasión por fulanita, el hechizo de los ojos de María Luisa. Estabais bobos por María Luisa. Yo no era un chico para jugar, ni una chica para que os gustase. Llegó un momento en que, por intentar identificarme con vosotros, aquellas chicas empezaron casi a gustarme también a mí. Como yo era tan grande, las cogía en brazos, las consolaba de alguna tontería y me parecía que os había vencido, que las había conquistado yo, que podía tocarlas, lo que vosotros no podíais ni soñar, y besarlas, e ir con ellas al cuarto de baño.

Se calló y volvió a desaparecer, pero regresó muy pronto llevando una bandeja con el servicio de té.

—A mí no me sirvas —dijo Bernardo —. Es que eras muy alta. Aún no tenías tan buenas proporciones.

—Pero qué dices —exclamó ella—. ¿Quieres otra cosa?

—De verdad. Te contemplo ahora, después de tantos años y veo que estás muy guapa. Tienes un tipo precioso. No sé dónde he tenido los ojos.

Ella había tomado una taza y le miraba otra vez con intensidad.

—Me confundes. Estás muy raro.

Bernardo se retrepó en el sofá, extendiendo ante él las piernas y cruzando las manos sobre el vientre.

—Yo no soy Bernardo —dijo— sino alguien que ha vivido hospedado en este cuerpo durante muchos años, creyendo ser Bernardo.

—¿De verdad que no quieres nada?

—Fumar. He vuelto a fumar. Me fumaría un puro ahora mismo. Basi comenzó a chillar desde el teléfono y lo primero que pensé fue en eso, después de mil años. Luego sentí que había resucitado, o que nacía en aquel mismo momento, aunque más tarde se me ocurrió que era otro. Que tengo todos los recuerdos de Bernardo pero que no soy él, felizmente, porque era un tipo inaguantable, ¿no crees?

Magdalena iba bebiendo su té sin dejar de mirarle. Pensaba otra vez en los temores de su madre y observaba que el desaliño de Bernardo le daba la apariencia más tópica del malhechor furtivo. El pelo todavía no se le había secado del todo y permanecía pegado sobre la frente, como un mal peluquín. Descubrió que los ojos del hombre le miraban los muslos a través de la abertura de la bata, pero su instintivo propósito de cubrirlos quedó anulado por una determinación más fuerte, que provenía de una secreta curiosidad.

—Yo dejé de fumar hace años. ¿Quién te llamaba?

—Julio Lesmes.

Magdalena comprendió que en aquella llamada estaban seguramente las razones de la transformación de Bernardo, pero conocía los motivos más externos y públicos de la ruptura de aquella amistad e hizo un gesto de extrañeza.

—¿Julio Lesmes?

Rememoró de nuevo el patio y a ellos dos ocupándolo con prepotencia. No la impedían entrar, pero creaban entre ellos una complicidad que parecía encubrir secretos decisivos, cuyo conocimiento ella nunca alcanzaría. Más tarde, el acceso de otros rompería el equilibrio y la cerrada amistad de los dos acabaría abriéndose un poco a los demás; pero aquella intimidad, traducida en susurros, risas, gestos mínimos que mostraban una comunicación profunda en la unanimidad de la actitud, no dejaría de marcar durante aquel tiempo su trato, haciendo que ella sintiese su exclusión como una naturaleza que los dos la imponían.

—Yo os odiaba cuando niños.

—¿A Julio y a mí?

—Os odiaba porque no me dejábais penetrar en vuestra amistad y porque sabía que no me aceptaríais tampoco aunque yo me obligase a que me gustasen las niñas. Luego, cuando nos empezamos a enterar de las cosas de la vida, os odiaba tanto que deseaba que pertenecieseis a esa clase de hombres de quien se decía que les gustaban los hombres y no las mujeres, y os espiaba para encontrar entre vosotros algún gesto decididamente equívoco, que me presentase vuestra unión bajo una luz pecaminosa.

Bernardo extendió una mano y la colocó sobre una de sus rodillas desnudas, y Magdalena relajó todos los miembros para prevenir el desasosiego que le producía aquel contacto. Observaba los troncos incandescentes, carcomidos por el fuego, que estaban a punto de quebrarse, y envidió esa crepitación de la leña que pasaba sin conciencia. Bernardo le dio dos palmaditas y retiró la mano.

—Con lo buena y cariñosa que parecías. Yo te recuerdo como una niña muy alta, muy flaca y muy servicial.

Pensó pedirle que dejase de recrear aquel pasado desde una visión tan complaciente y benévola, pues en el patio, como en la generalidad de las acciones cotidianas de la vida, en el verdadero juego entraban muy pocos y los demás eran puros instrumentos, y debía aceptarse serenamente el papel instrumental, si no había otro remedio, para conservar siquiera la apariencia de la dignidad en la participación. Pero no lo dijo y prefirió ejecutar una inescrutable venganza, invitándole a cenar con ella.

—No, de veras, gracias —repuso él—. Yo me vuelvo a mi casa. Vine sólo a visitarte, a conocer tu palacio.

—¿Cómo vas a volver?

—Paseando, como vine. En hora y pico estoy allí.

—Eso no puede ser, yo te llevo.

Bernardo se puso de pie con rapidez.

—Ni hablar de eso —exclamó—. Me apetece otro paseo. Me resulta estimulante esta oscuridad, ir recorriendo una carretera sin estar muy seguro de dónde desembocará al final. Mientras venía, pensaba que tal vez no llegase a tu casa, sino a ese lugar misterioso que a todos nos espera, sin que sepamos encontrarlo nunca. Quién sabe. ¿Dónde está mi gabardina?

Magdalena buscó la gabardina, que aún estaba muy mojada. Bernardo la recogió de sus manos y, cuando parecía que iba a despedirse, hizo el gesto de quien se ve asaltado por la constatación de un olvido.

—Por cierto —dijo—, mañana viene Julio Lesmes y he quedado con él a cenar. ¿Por qué no cenas con nosotros?

Magdalena sospechó –confirmando una intuición que desde el primer momento la había prevenido contra el desencanto– que en aquella invitación y camuflada en la despedida como una noticia casual, podía estar la razón profunda de la visita de Bernardo. Observó con cuidado su rostro, mientras expresaba ante la información un gesto suspicaz, que justificaban los datos públicos sobre el fin de la relación entre los dos hombres.

—Ya lo sé, ya lo sé –exclamó él moviendo un brazo para apartar aquella suspicacia–. Basi, mi madre, tú también. Pero aquello sucedió hace muchos años. Yo ya lo he olvidado.

—¿A qué viene?

—Ya te dije que me llamó esta mañana y me dijo que necesitaba verme. Que quería hablarme de Heidi.

—¿De Heidi?

Él afirmó lentamente con la cabeza y ambos permanecieron quietos y silenciosos.

—Me dijo que podía estar viva.

—Anda, espera un minuto, me cambio enseguida y te llevo a tu casa –exclamó Magdalena, dirigiéndose a la escalera.

Subió al piso superior y, durante un instante, le contempló desde la balaustrada, parado en mitad de la gran estancia, con las manos en los bolsillos y la cabeza y el torso inclinados ligeramente hacia adelante, como si más abajo, en otro piso inferior e invisible para ella, él estuviese contemplando a otro absorto visitante.

Pero poco más tarde, cuando se retocaba el rostro ante el gran espejo del cuarto de baño, vislumbró su figura más allá de la puerta abierta, en el espacio del vestidor que se situaba junto al dormitorio. Ella se había quitado la bata y estaba vestida solamente con las bragas y el sujetador y, del mismo modo que le había sucedido en otras ocasiones aquella misma tarde, se obligó a refrenar el impulso que la llevaba a apartarse, en busca de una instintiva protección.

Crecía dentro de ella una desazón casi dolorosa, mientras imaginaba que Bernardo iba por fin a atravesar el límite de la sombra, a cruzar el dormitorio y a penetrar en el cuarto de baño, hasta acercarse a ella y rodearla con sus brazos. El espectro que había despertado en su interior cuando Bernardo golpeaba la aldaba de la puerta se alzó otra vez y la obligó a volverse y a cerrar la puerta.

—Enseguida estoy— dijo, atropelladamente.

Terminó de arreglarse y guardó el estuche de los cosméticos; mas, cuando volvió a salir, Bernardo ya no estaba ante la puerta de la alcoba. Se puso rápidamente las medias, una falda y una blusa, se calzó, recogió un chaquetón y descendió a la sala, pero Bernardo había desaparecido y, en la sala vacía, su ausencia flotaba como la verdadera atmósfera del lugar.

Aquel espacio mudo y abandonado le dió entonces vértigo, como si su belleza y comodidad no fuesen sino el engañoso camuflaje de una sima que ella se había empeñado en desconocer.

—Bernardo— exclamó, dirigiéndose al zaguán.

No estaba tampoco fuera de la casa y, aunque sacó el coche y recorrió la carretera hasta la ciudad, bajo la lluvia, no fue capaz de encontrarle.

2.

Cuando Bernardo llegaba al cruce de la carretera, la mole chirriante de un autobús se detuvo a su lado, sobresaltándole; el conductor había abierto la puerta y le miraba impaciente, como si estuviese seguro de que el caminante solitario estaba aguardando su llegada. Qué espera, exclamó con la voz quebrada y hosca de quien interrumpe su ensimismamiento por una exigencia no deseada, y Bernardo subió al autobús ejecutando un acto de pura obediencia que le recordó ciertos usos de sus años escolares, y buscó dinero en los bolsillos. Solamente media docena de personas ocupaba a aquella hora el vehículo, que guardaba el olor rancio destilado tras largas horas de trajín. En los rostros de los pasajeros, la jornada había impreso las huellas de su agresión.

El autobús reanudó con rudeza su marcha y Bernardo quedó sentado violentamente cerca del único pasajero que parecía mantenerse indemne del pasmo que a los otros les postraba, con las cabezas bamboleantes en el titubeo que precede al sueño. El pasajero murmuraba unas palabras casi inaudibles que fueron ordenando en los oídos de Bernardo el tono de una melodía descompuesta. Los focos del autobús iluminaban las densas aglomeraciones de chopos pelados y los zarzales que desbordaban las bardas, con sucesivos resplandores que, al cabo de unos instantes, parecían sincronizarse con el murmurar del pasajero. Entonces Bernardo creyó intuir que el hombre no tarareaba una canción sino que iba pronunciando un discurso, y que los cabeceos de los pasajeros no estaban motivados por el efecto de las sacudidas del autobús, en la inercia del embobamiento, sino que eran auténticos gestos de atención que corroboraban los períodos del discurso.

Bajo tal hipótesis intentó comprender las palabras del pasajero y, en determinado momento, creyó oírle pronunciar su propio nombre y le miró al instante, para descubrir unos ojos acurrucados cuyo ademán no le era posible descifrar.

Bernardo, Bernardo, le pareció que repetía el hombre; como aquella figuración carecía de sentido, intentó apartar su atención de él y fijarla en las primeras luces suburbiales, que se reflejaban en los charcos y hacían resaltar el perfil de los coches inmóviles y los cables tendidos entre las calles vacías. Mas enseguida volvió la vista hacia las cabezas oscilantes que seguían el ritmo del oscuro murmullo, para reconocer algunas de las posturas que habían caracterizado su larga estupefacción de los últimos años. Acaso también aquellos pasajeros permanecían desde hacía muchos años encerrados en el autobús que, como a él, les había recogido una noche de la orilla de una carretera solitaria; y acaso, cuando transcurriese el tiempo suficiente –que no se podía medir sino en lustros, o en décadas– y él se hubiese acostumbrado al viaje interminable, le fuese posible comprender el discurso borroso del otro pasajero.

Empezaba a sumirse en tales especulaciones sobre un viaje sin destino, con un abandono que era la expresión de la desidia más sincera, cuando el autobús se detuvo y él tardó unos instantes en descubrir que el conductor le miraba con la misma expresión que tenía cuando paró para recogerle. Le esperaba en el exterior la solitaria oscuridad de una calle alejada del centro, en que se mezclaban el asfalto urbano y los barros periféricos. Aquel vehículo debía cumplir su servicio entre las poblaciones aledañas a la ciudad y sólo tangencialmente atravesaba alguno de los barrios extremos.

Se levantó con torpeza y, al salir al pasillo, oyó que el pasajero hablador pronunciaba claramente su nombre. Le miró con mayor atención: pese a sus rasgos avejentados, encontró tras el brillo aceitoso de su mirada la imagen certera de un antiguo conocido. Durante un momento permaneció frente a él, balbuciendo un saludo; pero, como una señal, un acelerón del motor le devolvió a la mirada del conductor, que esperaba su descenso sin que sus brazos hubiesen dejado de rodear con gesto de tensa apropiación el enorme volante. Recorrió pues el pasillo del autobús y, antes de bajar los dos escalones que colgaban de la portezuela, miró otra vez al pasajero y le hizo un saludo casi furtivo con la mano derecha. Las cabezas de los otros estaban inmóviles y en todos los ojos brillaba también esa opacidad grasienta que se nutre de los cansancios perennes y de los agobios sin esperanza.

Ya no llovía y echó a andar lentamente en dirección a la casa materna. El rostro del pasajero le había devuelto vagas remembranzas antiguas del tedio colegial que se mezclaban con el recuerdo cercano de Magdalena. Evocó el cuerpo de ella en el sofá, sus largas piernas blancas y su figura casi desnuda ante el espejo, para considerar, con el mismo asombro que había ido sintiendo a lo largo de su visita —hasta que su desasosiego le obligó a abandonar la casa, empujado por una paradójica tensión— cómo se habían despertado en él sentimientos y deseos que parecían dormidos para siempre.

La casa estaba oscura y fue encendiendo con parsimonia las luces de los sucesivos espacios, hasta llegar a la cocina. Sentía mucha hambre y la satisfacción anticipada de saber que podría colmarla muy pronto. Buscó en el frigorífico una botella de cerveza y algunos fiambres y se fue con todo ello a la salita donde, en torno a la mesa camilla, habían transcurrido tantos episodios de su vida.

Al encender la luz, encontró el bulto de Basi, con el torso derrumbado sobre la mesa y la cabeza apoyada en los brazos. Colocó el plato enfrente, se sentó y observó la vieja cabeza mientras iba masticando con voracidad.

Contemplado en aquel momento, el bulto inmóvil de Basi tenía la imprecisa solemnidad de una figura soñada, y todos los objetos parecían pertenecer también a la misma fantasmagórica ceremonia, con la lámpara de polea colgada sobre el centro de la mesa para crear un haz de luz mate que contrastaba con una oscuridad sin perspectivas –un vacío pintado en que la antigua alacena y el televisor apagado ofrecían las miradas ciegas de sus vidrios frontales– y, más allá, los cortinones interponiendo sus grandes alas de murciélago ante el acceso invisible que permanecía no obstante tras ellos como amenaza de un enigmático exterior.

Pero Basi murmuró unas palabras y luego fue despertando hasta alzar la cabeza; su simple movimiento deshizo la apariencia quimérica del decorado y, sin modificar ninguno de sus elementos, le devolvió a la cotidiana firmeza de la vigilia, ni inquietante ni esperanzadora. Basi ahuecaba con las manos sus ralos cabellos, en la caricatura de un gesto juvenil.

—Estabas dormida, Basi. ¿Por qué no te acuestas?

—¿Cómo has tardado tanto? Tu madre se fue a la cama muy disgustada.

—Fui a dar un paseo.

—Jesús, que ganas de mojarse. Anda, que te frío unos huevos.

—¿Soñabas?

—Ya sabes que yo sueño siempre que duermo. Y últimamente, hasta cuando estoy despierta.

La vio salir andando muy despacio y consideró lo vieja que estaba. En aquella misma salita, en los tiempos de la niñez, Basi le contaba sus sueños muy a menudo. Para Basi, el dormir estaba ajustado a actividades tan atareadas y complejas como las de la vigilia y consistía en largos y enrevesados sucesos. A veces, sus sueños enlazaban con algún sueño anterior, tejiendo los hilos de una historia confusa, o se mezclaban con el argumento de algún hecho real, o de un relato imaginario.

Una poesía que Bernardo aprendió de memoria y que recitaba a menudo, se transformó dentro de los sueños de Basi, en un enjambre de imágenes donde infinitas golondrinas sobrevolaban una hoz abismal, en cuyo fondo se oía correr las aguas de un torrente invisible. En la mitad del puente estrecho que unía las dos orillas del abismo, Basi esperaba a una prima suya que le traía un pañuelo de París, a donde había emigrado para trabajar. Pero las golondrinas —que lo alborotaban todo con sus chillidos— desaparecían de pronto y Basi miraba el cielo, asustada por el brusco silencio, y veía un punto lejano que se iba aproximando rápidamente, hasta transformarse en una figura horrenda que tenía los rasgos del Papa.

Las noticias que transmitía la radio sobre lejanas actividades bélicas llenaban sus noches de terribles batallas, en que armamentos de pintoresca descripción —los sueños de Basi daban consistencia y forma a cualquiera de los conceptos de la vigilia, aunque la soñadora no conociese su significado y ni siquiera hubiese visto alguna vez el objeto— se empeñaban en feroces luchas.

Otros sueños eran más placenteros y se referían a los cielos de las noches del verano, a las verdes campas en que había transcurrido su niñez, dando sustancia onírica a coplas sentenciosas o a simples ensoñaciones de mítico sosiego.

Durante muchos años, el día era el tiempo en que se recordaban los sueños de la noche, pero conforme Basi fue haciéndose mayor, empezó a perder su capacidad de distinguir el momento en que soñaba del momento en que recordaba sus sueños, sumiéndose algunas veces en un ofuscamiento que, como una dolencia crónica, la dejaba inútil para cualquier cosa durante tres o cuatro días.

Regresó con una bandeja que contenía, con el plato de huevos fritos, un pequeño mantel y una servilleta.

—Aparta, no seas adán —dijo, mientras colocaba las cosas con sus manos temblequeantes.

—¿Qué soñabas?

Basi se detuvo y le miró un instante, lanzando un pequeño suspiro. Terminó luego de arreglar el mantelillo y ordenó los platos y los cubiertos.

—He visto otra vez a la hija del alemán. Abrió los ojos y me miró muy seria. Tenía las uñas largas, largas. Dicen que a los muertos les crecen las uñas, bajo la tierra.

—Basi, qué perra te ha dado.

—¿No querías saber lo que soñaba? Pues eso mismo era lo que soñaba cuando tú llegaste.

—¿Por qué no te sientas? —le dijo Bernardo y su tono seco hizo que ella se dejase caer en una silla, en actitud muy envarada, como si hubiese recibido una reprimenda.

—Me llamas vieja meona, vieja imbécil —musitó, casi sollozando.

En el gran plato blanco, los dos huevos fritos suscitaron en la imaginación de Bernardo dos diminutos pechos de mujer. Pensó en el largo cuerpo de Magdalena y en sus hermosos pechos, semiocultos por un sujetador de color lila, y su enojo se desvaneció.

—Perdóname, Basi, ya sé que estuve un poco brusco.

—No me quieres nada, parece mentira, después de tantos años.

—No llores, mujer, claro que te quiero.

—Con lo que yo te he aguantado de niño, y siempre. Las veces que te limpié el culo.

Los techos de aquella parte de la casa eran muy altos y ni las grandes cortinas, ni los muebles, conseguían absorber totalmente la resonancia de las voces, y éstas generaban un eco suave que se arrastraba tras las conversaciones como el comentario susurrado por unos espectadores ocultos.

Bernardo, ofreciendo su gesto a los invisibles espectadores, rasgó con gesto cuidadoso la cutícula de un huevo y contempló cómo la densa yema derramaba lentamente su fluido.

—Te digo que no llores, no lo hice a propósito.

Basi había sacado un pañuelo y se tocaba con él las mejillas y las narices.

—Eres un desagradecido. Aunque parezca mentira, yo creo que en esta casa sólo quisiste a aquel rey malo.

La alusión sorprendió a Bernardo, pero siguió comiendo sin responder. Al cabo, Basi se levantó para marcharse, murmurando unas palabras de despedida. Bernardo se levantó también y se puso delante de ella, que hizo un gesto de susto y defensa. Él extendió los brazos, sujetó los hombros esqueléticos y besó sus mejillas frías y ásperas.

—Anda, mujer, perdóname.

En los ojos de Basi relumbró un gesto que debía ser de alegría, pero que parecía de pavor. Inclinó la cabeza y salió de la salita, oscilando como un gran muñeco y desapareciendo entre la oscuridad. Bernardo se sentó otra vez y miró a lo alto, a la negrura que disolvía la superficie del techo.

—La decadencia de una soñadora veterana —explicó a los espectadores imaginarios.

Cuando terminó los huevos, buscó otra cerveza y la bebió con ansia, de la misma botella. Luego abandonó la salita y se dirigió a la escalera de la torre. Tras la puerta de la habitación materna no se oía ningún ruido. Siguió subiendo con cuidado, hasta encontrarse en el siguiente descansillo, ante la puerta del cuarto que durante toda su vida había ocupado el tío Alfonso, una estancia partida en dos mitades por un biombo que separaba la gran cama, y un armario enorme, de la mesa, flanqueada simétricamente por varias librerías y tres sillones.

Encendió la luz; la exactitud con que había ido captando todos los sucesos de la jornada, desde la llamada telefónica de Julio Lesmes, añadió seguridad a la conciencia de su nuevo estado, pues en su anterior marasmo los hechos parecían suceder de modo sincrónico, sin que su entendimiento fuese capaz de darles la adecuada disposición cronológica.

Aquí estoy otra vez, murmuró, pensando más en aquella especie de renacer que en el lugar donde se encontraba. Sin embargo, también su constatación abarcaba aquel enorme espacio, separado en dos por el biombo. Tras la mesa, un gran sillón de cuero conservaba ciertas marcas que eran la huella indeleble de las espaldas del tío Alfonso y de su occipucio.

Después de la convalecencia, mientras rebuscaba en las librerías los papeles que había decidido ordenar —sobre todo en las primeras horas de la tarde, cuando las contras dejaban filtrarse, entre la luz finísima, el reflejo de las imágenes que producía el impacto vertical del sol en la calle— aquellas huellas recogían la penumbra hasta sugerir en las oquedades del vacío, el volumen del cuerpo que las ocasionó. Desde que había descubierto el fenómeno, Bernardo solía permanecer inmóvil, contemplando aquella ilusión, hasta que la movilidad en la afluencia de la luz, casi una hora más tarde, deshacía el espejismo: el reflejo ambarino en el lugar del pelo y cierta densidad azulada, con dos extremos más oscuros, allí donde debieron haber estado el torso y los brazos.

Una tarde había saludado con un murmullo a aquella luminosa sugestión que, naturalmente, no le respondió. Acaso si hubiera estado el cuerpo verdadero que causó los huecos que albergaban aquellos claroscuros, tampoco habría contestado a su saludo.

Su tío era un hombre adusto, severo, silencioso. Basi confesaba aborrecerle y hablaba muy mal de él, en sus confidencias y desvaríos. Bernardo tenía muy presente, entre sus primeros recuerdos infantiles, el momento en que Basi le contó que su tío Alfonso mantenía encerrado a su padre en un castillo, alimentándole solamente con pan y agua. La confesión despertó en él una curiosidad aguda, que no tenía equivalencia con ninguno de los sentimientos que había tenido hasta entonces o que debería tener a lo largo de su vida.

—¿Por qué, Basi? —preguntó él—. ¿Por qué?

—Tu padre tuvo amores con tu madre sin consentimiento de tu tío. Por eso lo mandó poner preso. Es un rey malo.

Basi parecía echarle en cara, a través de oscuros mensajes, su falta de nostalgia por aquel padre que nunca había conocido. Mas bajo la apariencia de mortificación había un retintín solidario, que no sonaba a reproche, como si ella comprendiese perfectamente su indiferencia y participase de ella, y se podía al fin pensar que sus referencias no pretendían suscitar la nostalgia del hijo sino justificar su propio aborrecimiento por el tío.

A veces, Basi tomaba largos baños de pies en una palangana de agua con bicarbonato, mientras tejía una calceta interminable, cuyo proyecto inicial parecía olvidado, con sus ovillos de lana amarillenta y dos agujas muy gruesas, también amarillas, cuyos extremos superiores roía.

—Tu padre está preso —murmuraba—. ¿No lo sabías?

La primera vez que se lo dijo, él estaba haciendo sus deberes en la camilla de la salita, bajo la lámpara de polea que tanto le gustaba subir y bajar cuando nadie podía impedírselo. Negó con la cabeza y aunque entonces no distinguía las locuras de Basi de su lucidez, y aceptaba todas sus afirmaciones con idéntica fe, la miró con extrañeza.

—No, Basi, se marchó. Se fue y no se supo más de él.

Claro que lo sabía. Quizá había sufrido un profundo olvido. Su madre hablaba poco de ello y solamente cuando él se lo pedía, aunque siempre acababa cortando la conversación.

—Tuvo que escapar para salvar la vida. Se fue a América y ya nunca hubo noticias suyas.

—No ha muerto, qué va a morir —insistía Basi.

Guiñaba los ojos, apretando los párpados hasta hacer muy fina su mirada, y los ojos brillaban como rendijas que dejasen pasar la luz de una vela encendida dentro de su cráneo.

—Lo tiene preso tu tío.

Aquella vez, Basi había mezclado en sus sueños las figuraciones de un romance que contaba la historia de la hermana de un rey a quien un conde amaba a escondidas, y de un niño que acababa naciendo como consecuencia de tal relación.

—Cuando tu tío lo supo, encerró a tu madre en un convento, y a tu padre lo mandó meter preso en los calabozos del castillo.

Bernardo intentaba oponer blandas objeciones a sus argumentos, sintiendo que, a pesar suyo, le atraía la posibilidad de que aquella versión fuese verdadera.

—Pero si mamá vive en casa.

—Tú naciste en un convento y a tu padre lo encerró en un castillo. Allí sigue.

Le miraba como si reconociese en él un ignoto personaje.

—*Bañando está las prisiones, con lágrimas que derrama*.

Interrumpía aquella labor tan abundante en nudos y variaciones que brotaba de sus brazos flacos como el follaje de un árbol asimétrico.

—De aquellos amores naciste tú.

Le miró otra vez, con atención intensa que él estaba obligado a sostener.

—Claro, tú no le conociste, qué más te da. Tampoco yo le conocí mucho. Era muy parlero y embelesaba a tu madre.

—Basi —decía él, pidiendo silencio –, que tengo unos problemas muy difíciles.

—Nunca le dejará salir de esas prisiones, sino muerto y bien muerto.

De aquellas confesiones, Bernardo recordaba también una ulterior conversación con su madre, en medio del contraluz de aquel cuarto luminosísimo, y ásperas palabras de ella contra Basi. Su padre había desaparecido varios años después de la guerra: no estaba de acuerdo con el régimen político, luchó contra él en la guerrilla, tuvo que huir al extranjero, nunca regresó, ni llegaron noticias suyas. Basi era una loca. Con el mismo motivo, escuchó luego desde la cama la voz imprecatoria del tío Alfonso, mientras la de Basi se excusaba entre lamentos.

Basi no volvió a contarle nunca más aquella historia, hasta que él se lo pidió.

—No debo hablar de ello, o me echarán. ¿Tú quieres que me echen?

—No —afirmó Bernardo, con sinceridad –, no quiero que te echen, Basi.

—Me echarán si te lo cuento.

—No se lo diré a nadie y no lo sabrán. No se lo diré, Basi.

—Júramelo por la Cruz.

—Te lo juro por la Cruz, y por Dios y por la Hostia —exclamó Bernardo con fervor, sintiendo a la vez el espanto de conjurar tan rotundamente el imprevisible juicio divino y el gusto incomparable de escarbar en lo prohibido.

Basi estaba sentada ante la mesa de la cocina, limpiando lentejas. Bernardo había preparado ante sí otro montón y separaba las piedrecitas, las ramitas, los guisantes, algún insecto reseco, con la lentitud implacable de los terremotos del cine.

—Tu padre estuvo escondido mucho tiempo, por cosas de la guerra.

—¿Escondido? ¿Dónde?

Basi se encogió de hombros, como si aquel punto careciese de interés.

—En un sótano —dijo, al fin.

Aquella información le llenó de admirado estupor. En la fachada posterior de la gran casa y del edificio contiguo, frente al patio, estaban los ventanucos y respiraderos de varios sótanos, y en uno de ellos se decía que habían enterrado clandestinamente a un soldado de Napoleón, cuando la francesada, tras degollarle.

—¿En el sótano donde enterraron al francés?

—Qué más da —objetó Basi, impaciente—. Estaba allí escondido, y pasó mucho tiempo. Entonces tuvo amores con tu madre.

—¿Amores?

—Sí, hombre, se enamoraron el uno del otro. *Muchas veces fueron juntos, que nadie lo sospechaba.* Ella le llevaba la comida, el periódico, la muda limpia. Cuando tu tío lo supo, se enfadó mucho. A tu madre la metió en un convento de clausura y a tu padre lo mandó guardar preso en Luna, la torreada.

Sus palabras eran tan convincentes que, durante una época, Bernardo no tuvo ninguna duda; además, empezó a ver en todo lo que rodeaba a su madre las señales precisas de la reclusión conventual. Y hubieron de pasar muchos años antes de que volviese a hablar con ella y con su tío de la desaparición de su padre.

La niñez había quedado totalmente atrás e incluso los tiempos del patio eran sólo un recuerdo pueril, cuando escuchó hablar de su padre desde un testimonio diferente. La primera vez fue en el bar, de boca de aquel Buenaventura que ofrecía la imagen temerosa y atractiva de unas grandes cicatrices conseguidas en la guerra. Era el tiempo en que empezaba a abrir su imaginación a otras creencias que, al parecer, iban más allá de los héroes imaginarios y llegaban al reino de la carne y de la sangre, y anhelaba el futuro de adulto como la única finalidad valiosa de la vida. Pero hasta entonces quedó en su memoria aquel relato de Basi, que a veces contaba ella recitando completo el viejísimo romance del prisionero encerrado en la mazmorra más oscura e insana de un castillo remoto.

Un rey malo, murmuró frente al sillón donde, a aquellas horas, no se suscitaba ninguna figuración espectral. En la habitación del tío Alfonso –la única que se conocía en la casa como *el cuarto de la torre*– dentro de los grandes armarios de puertas de cristal emplomado, se conservaba una biblioteca bastante grande, con libros de tema farmacéutico, pero también con biografías, historias reales, novelas y libros de versos.

Para Bernardo, aquel lugar había sido siempre el reducto en que habían ido guareciéndose los elementos menos vulgares de la casa, consiguiendo un tono de cierta nobleza. Allí quedaban muchos instrumentos de análisis y ponderación, que le otorgaban aire de gabinete alquimista, y la gran cómoda en que se acumulaban, antes de que él los trasladase al desván, fragmentos de cacharros, teselas y hachas de bronce, fruto de las pesquisas del tío en su juventud, cuando al parecer fue infatigable buscador de despojos ancestrales.

Su tío no era un rey, pero todos aquellos espacios tenían la amplitud y la variedad de un reino: la casa, con sus sótanos, y el gran piso, con la torre que abría balcones a la plaza y ventanas a la calle que ascendía hacia la catedral, y los largos desvanes; el gran patio de tierra, interrumpido por restos de bardas viejas y cariadas como las restingas de una costa; la plaza, que constituía un plano fuertemente inclinado, inspirador de una intranquilidad secreta, el temor oculto de que, algún día, aquella inclinación motivase una avalancha final en que todos los edificios de la plaza, tras el súbito derrumbamiento, se precipitarían para abismarse en un vacío adyacente que no se podía ver.

La casa estaba llena de olores, de sombras y murmullos, y la torre era el salón de gobierno desde donde el tío Alfonso reflexionaba sobre su reino entre los libros, los albaranes, las facturas y los recibos que se traía cada jornada de la farmacia, para someterlos allá arriba a un escrupuloso escrutinio. El desván reproducía las imágenes del arca de Noé, con su cubierta a dos aguas sostenida en un largo costillar de vigas. En cuanto al patio, era un largo valle inmediato, acotado por las montañas de los edificios cercanos. Por fin estaba la plaza, que eran otros reinos, un universo abigarrado que lo envolvía todo con su ininterrumpido clamor. Gritaron entonces en la plaza y Bernardo se aproximó a una de las ventanas, separó las contras y descubrió tres jóvenes que corrían persiguiéndose entre carcajadas.

Abandonó la habitación del tío Alfonso, subió al desván y se sentó delante de los fragmentos extendidos sobre la mesa. Había una crátera de barro cocido casi completa que despertaba en él la intuición de que unas manos cercanas y reconocibles la habían alzado dos mil años antes, en el tiempo en que fue moldeada y utilizada, y que unos labios familiares se habían posado en su borde para recibir el sabor de un vino fresco que, con el tacto del cacharro, permanecía en sus propios sentidos como reflejo testimonial de una vida vivida muchas generaciones antes, y más verdadera, de la que la actual sólo era el sueño breve de una noche cualquiera.

Aquella idea, que le había complacido tanto en el tiempo de su ensueño —pues la figuración de tal anacronismo convertía el pasado remoto en una realidad tan vigente como la que estaba viviendo, y le permitía soñar que había opciones para el sentido único que parecía tener su existencia— se había desvanecido aquella misma jornada, y por una agitación torpe de sus manos la crátera cayó al suelo y se deshizo. En vez de recoger los pedazos, Bernardo los dejó en el suelo, indiferente a que se triturasen bajo sus pies para quedar convertidos en fragmentos inidentificables: hasta tal punto había vuelto a una vida en que el tiempo tenía sólo una dirección.

El golpe del cacharro y la dispersión de los pedazos —que se convirtieron en diminutos caparazones de insecto a la luz de la lámpara— fue como otra de las señales que debían marcar el transcurso de las jornadas en su nueva situación. Tomó la gabardina, dispuesto a salir de nuevo a la calle y encontrar la ciudad a esa hora en que los horizontes y las perspectivas muestran la intimidad teatral de la noche, pues el tacto del barro de la crátera le había traído la rememoración del cuerpo de Magdalena y de su imagen frente al espejo.

Otra vez recorrería la larga y oscura carretera y llegaría hasta aquella casa y golpearía la gran aldaba hasta que ella le abriese y le pediría luego la taza del té rechazado antes, mientras contemplaba el volumen de aquel cuerpo cuyo atractivo había descubierto después de tantos años.

Pero cuando estaba a punto de salir titubeó. Los jóvenes seguían alborotando la plaza con voces de burla que parecían destinadas a su decisión. Les observó mientras se perseguían, hasta que se perdieron en la parte inferior del plano inclinado, más allá de la luz, y se quitó la gabardina, todavía muy húmeda, permaneciendo ante la ventana.

A aquella hora la plaza, alumbrada malamente por las farolas de resplandor funerario, parecía una cámara ardiente en que se velase el alma toda de la ciudad y, con ella, su propia alma y la de todo cuanto le rodeaba en su refugio silencioso.

Cuando terminó su mocedad y hubo de abandonar la ciudad para ir a estudiar a la capital, aquellos escenarios parecieron extinguirse con la irremediable naturalidad que va cerrando los episodios del crecimiento. Pero tras los sucesos que habían culminado en su accidente y su posterior regreso a la casa materna, había recuperado su relación con la ciudad como si nunca se hubiera interrumpido, y se incorporó otra vez a aquella sensibilidad que era sin duda la de un cuerpo absorto solamente en el doloroso debatirse de una extinción que se alargaba sin plazo.

Fue en su cuarto originario, en la parte más baja de la casa y en el lado opuesto a la torre, donde tuvo por primera vez aquella percepción de la ciudad como un cuerpo achacoso que se ceñía al suyo implacablemente. Su cuarto tenía un ventanal que daba al patio y desde el que era posible contemplar las ventanas superiores del palacio del obispo y las agujas de la catedral. A veces, sobre todo cuando concluían las tardes de algunos días festivos, se quedaba sentado ante el ventanal, con la mirada puesta en aquel patio cuya conquista y exploración constituyeron la parte más importante de su afán infantil.

Se demoraba en sus ensoñaciones con la astucia parsimoniosa de quien busca el camino más largo para retrasar el regreso a un lugar no apetecido y, en lugar de sentarse ante el ventanal, acabó tendiéndose en el suelo, dejando posarse sobre su garganta, como arropando su barbilla, el borde inferior de la cortina gruesa, de color musgo, que mantenía el polvo entre su tejido, como otra textura.

Boca arriba en el suelo, su cuerpo quedaba perpendicular al ventanal, con las piernas extendidas hacia el interior de la habitación. Desde aquella postura, su visión abarcaba principalmente las hojas del ventanal, las largas cuadrículas de madera convertidas en imagen de escaleras cuyo remate daba acceso a una estancia inversa: primero un escalón –el dintel– y al cabo un suelo extraño –el techo– cruzado de vigas oscuras. El borde de la cortina, como el filo de una guillotina, amenazaba su cuello. Eran las últimas horas de la tarde, las horas plomizas. Todavía durante un tiempo sería capaz de oír los ruidos de la casa, aquellos sones breves que suavizaba la interposición de los muebles y el remanso de los recovecos, en que se manifestaba como un acecho la dispersa presencia de los habitantes. También escucharía el murmullo callejero que venía del otro lado de los cristales, timbres y trotes, voces, rebotes y aleteos; pero al fin en aquella cabeza suya que permanecía como centro de todo su ser, sin abandonar la conciencia de sus confines, los sonidos acabarían mezclándose hasta formar un rumor oscilante e inagotable.

Una tarde, su cabeza fue cercenada por la guillotina y su cuerpo, tras desmoronarse, se fue disgregando e inició una irradiación circular que iba absorbiendo, tras su expansión por la casa, la plaza y las calles que desembocaban en ella, y que ascendía y descendía desde la catedral a las murallas y los barrios, para alcanzar sucesivamente todas las callejas, los solares, las demás calles, las otras plazas; y su tamaño, mucho más allá de su cabeza —que, a pesar de todo, continuaba siendo su centro, entre el leve flujo de sonidos— quedó marcado en los puntos cardinales por los suburbios, las antiguas eras y los dos ríos.

Sentía en sus extremidades la humedad de las aguas, la aspereza helada de las tierras, los detritus abandonados en las cunetas periféricas, y en el resto de su cuerpo, tan variado en su naturaleza —cantos, adobes y ladrillos, piedras escuadradas y cascotes, maderas y tubos de neón, emplastos de alquitrán, reclamos, canalones— sentía las miradas y las pisadas de los transeúntes, olisqueos de bestias, chorros de líquidos diversos, el paso de los vehículos, reverberación de toses y tacones, aromas de cigarros, cocciones y frituras.

Diseminado en las aceras y en los vanos, agujereado por las bocas de las alcantarillas y los registros, los buzones y las farolas, su cuerpo era el de la ciudad, un bulto boqueante de la misma naturaleza que la tierra desmoronada que la rodeaba, en cuya postración participaban con unanimidad los viejos despojos ruinosos y las nuevas construcciones.

Aquel abismamiento se repitió muchas veces, cuando se tumbaba allí y permanecía un tiempo sin medida mientras pringaban su piel colillas y mondas y retumbaba en sus vanos el eco de las voces y las puertas de los cines exhalaban, entre el aliento opaco, la muchedumbre de regreso a casa, y los bares sostenían el cansancio ahumado de los jugadores, y las salas de baile crujían en el vaivén de sus compases; su cuerpo se sentía agitado en los postreros espasmos de la jornada festiva, respiraba aquellos hálitos como en un estertor, segregaba el blancor de las fichas y de los naipes, se contraía al ritmo de las baterías. Erizando contra el cielo pavonado sus antenas y sus chimeneas, se hundía en los precipicios de los patios y en los pozos de los zaguanes.

Luego empezaba a sospechar que todas aquellas sensaciones eran otra cosa, fracciones desunidas, símbolos revueltos, elementos de un conjunto que, si se ordenase, sería fácil descifrar; pues si fuese capaz de unir correctamente las partes, de interpretar los signos, si consiguiese la certera unión de los pedazos, la tarde ya no concluiría jamás y su cuerpo podría salvarse de aquel desmoronamiento. Pero incapaz de imaginar un orden, se sentía parte de un gran cadáver incomprensible y se mantenía inerme, temeroso de que alguna vez el desgajamiento y la disgregación resultasen verdaderos y, cuando al día siguiente por la mañana hiciesen la limpieza de aquel cuarto, encontrasen su cabeza, sin cuerpo ya para siempre. Acaso la colocarían en la repisa del aparador, pensaba, junto a las caracolas y las figuritas, como otro pequeño hórreo, otro pote diminuto, otro recuerdo de Gijón o de Santiago que hubiese rodado hasta caer al suelo y que era preciso devolver a su emplazamiento habitual.

Solamente el recuerdo del patio le salvaba de un vértigo en que creía comprender, con horror, que un misterioso disfraz era la verdadera sustancia de todas las obligaciones de la vigilia y la materia misma de la ciudad. El patio no tenía cimientos, ni historia, ni subsuelo, ni en él había otras obligaciones que cumplir que las del propio gusto; flotaba como los continentes, defendido por una fina pero sólida coraza que le hacía independiente e irresponsable. Y Magdalena, aquella tarde, había sido como un eco del patio, resonando desde tantos años antes, a pesar de la casa repleta de riqueza ostentosa.

Sintió de nuevo el apretón de su pie en el dorso de la mano y se encontró acuciado por un intenso deseo de fumar.

Voy a hablarles de un soporte que no es magnético ni tiene que ver con la informática. Aquí tenemos una unidad. Producto de la fabricación múltiple de unidades similares, está constituido por un conjunto de láminas flexibles, protegidas por dos láminas exteriores más consistentes, una anterior y la otra posterior, unidas entre sí por uno de los bordes o costados mediante un gozne firme pero plegadizo que permite que las láminas giren, moviéndose fácilmente de derecha a izquierda y de izquierda a derecha. La apertura hasta un ángulo de poco más de noventa grados es la ordinaria para el manejo portátil del objeto, pero cuando se apoya sobre una superficie, las láminas se abren hasta ciento ochenta grados. En su manipulación, bastante sencilla, se suelen usar todos los dedos de la mano izquierda y principalmente el pulgar, índice y corazón de la derecha, salvo en el caso de las personas zurdas, como es obvio. El soporte contiene por lo general letras impresas mediante distintos procedimientos, aunque es posible incorporar a él imágenes estáticas, con todos sus colores. La información contenida en el soporte comienza a ser facilitada a partir del momento en que, una vez abierto con las manos, va corriendo sobre sus láminas, con el fin específico de la lectura, la mirada del usuario. El proceso se interrumpe de forma automática al cerrar el objeto, reuniendo sus láminas, o al apartar la mirada de lo impreso. La lectura se realiza pues de manera directa, sin intermediarios de ningún tipo, lo que elimina la necesidad de sistemas «hardware», con el consiguiente ahorro. Tampoco precisa para su funcionamiento conexión con la red de energía eléctrica, sin que esto quiera decir que deba alimentarse mediante pilas, baterías autóno-

mas u otro tipo de suministrador energético, lo que le hace especialmente apto para ser usado en cualquier lugar y circunstancia. Solamente precisa cierta iluminación, adaptándose con la misma eficacia a la solar que a la luz eléctrica o a la de los quinqués y las velas, mientras el usuario, sosteniendo el propio soporte entre las manos, adopta la postura corporal que prefiera; sentarse, tumbarse, permanecer de pie. Les diré también que este soporte ha acreditado su utilidad, al menos en la cultura europea, desde el año de gracia de mil cuatrocientos cincuenta y dos hasta la fecha, y que a lo largo de estos cinco siglos y pico se ha adaptado sin problemas graves a las sucesivas transformaciones mecánicas e industriales necesarias para su fabricación.

El fragmento formaba parte de la intervención de Julio Lesmes que solía tener más éxito entre los asistentes a sus conferencias –muchos de ellos sacudían sus cabezas con complacida aquiescencia cuando lo leía– y él intentaba extraer del discurso todas las posibilidades y a veces reflexionaba sobre ello, buscando conseguir que resultase a la vez lo más notarial y paródico posible.

Sin embargo, su insistencia en perfeccionar aquella y otras imágenes con destino a sus charlas solía derivar en frustración, al vislumbrar que tales incursiones en lo ingenioso no eran sino simulacros de un afán descarrilado de la vía que debería llevarle a afrontar decididamente la escritura del Patio.

–Esa historia es tan astuta y escurridiza como una trucha –decía, buscando con la imagen rural y provinciana suscitar la benévola comprensión de sus conocidos.

Mas comprendía lo falso del símbolo, que parecía concebir el relato desde la figuración de un ser completo, agazapado en la sombra, en un acecho cauto del que la habilidad del escritor podría acaso hacerle salir –un texto organizado ya, vivo en lo invisible, esperando su habilidad para ser descubierto y atrapado– y él sabía por su propia experiencia que la construcción de una novela consistía principalmente en ir llevando, desde el caos a un orden precario, un conjunto heterogéneo e irreconocible de residuos.

Aquel día estaba, además, acuciado por la necesidad de escribir un artículo para un suplemento, pues aunque el cierre no tendría lugar hasta la tarde siguiente, la fecha de su viaje a la ciudad natal le obligaba a adelantar la entrega. Había dormido bien, descansando por fin de la fatiga del tren, y no tenía pretextos para endosar al cansancio las causas de su inactividad, pero permanecía inmóvil, contemplando los tejadillos que acorazaban la mañana contra el cielo gris lleno de chorros de humo y nubes abultadas como fardos de ropa vieja.

Le sacó de su contemplación la llamada del nuevo coordinador del suplemento, que había recibido ya la noticia de su viaje y expresaba más la evidencia de un poder recién estrenado que una preocupación verdadera. Salgo mañana, a las tres, explicó él, pero lo tendrás esta misma tarde. Y hasta la hora de comer se enfrentó a la tarea con la conciencia, implantada en su ánimo desde los tiempos en que hacía sus deberes escolares, de cumplir un castigo.

La falta de María Luisa se hacía notar mucho a esa hora, pues ella era quien habitualmente se ocupaba de procurar que en la casa no se careciese de los suministros necesarios, bebidas y alimentos, jabón y dentífrico, aspirinas y papel higiénico. Si su marcha resultaba definitiva, bastantes cosas se iban a modificar en su vida, consideró Julio Lesmes, dentro de un desasosiego que le asaltaba a menudo, incrementando el pesar por la ausencia de ella. Hacer la compra podría solucionarse sin demasiado esfuerzo; pero desde su unión habían estado pagando entre los dos el alquiler de aquel apartamento y a él le resultaría caro tener que afrontarlo solo. Se preparó un bocadillo con algunas sobras desperdigadas y apuró la última botella de cerveza.

Julio Lesmes no era capaz de desentrañar los motivos que había podido tener María Luisa para dejarle. Durante todo el año anterior, ella había sufrido bastantes insomnios, mostrando un nerviosismo que él había atribuido a preocupaciones profesionales relacionadas probablemente con la dirección del instituto, que venía llevando desde el último curso.

María Luisa, que naturalmente era poco comunicativa, se había vuelto todavía más reservada y silenciosa y, cuando regresaba a casa, en lugar de sentarse a su lado para ver alguna de las películas que ofrecía la televisión, buscaba el sillón cercano a la ventana y se abstraía en la lectura de un libro.

Algunas veces él, cortésmente, se había querido interesar en sus problemas, pero María Luisa no se mostraba demasiado dispuesta a contárselos. A él, las películas de la tele le habían hecho muy hogareño y le gustaba verlas directamente, en el momento mismo de su emisión, o algún día después, conservadas en la cinta de vídeo.

Había sido precisamente la forma de los estuches de aquellas casetes lo que le había sugerido la idea de incorporar a sus charlas, que solían versar sobre el papel de las ficciones literarias en la consolidación del imaginario colectivo, la presentación de un libro como si se tratase de alguno de los soportes empleados en el desarrollo de las nuevas tecnologías de la comunicación. Se lo había explicado a María Luisa y ella le había respondido con cierta sequedad y un tono en que le pareció barruntar un aire irónico:

—¿Para hablar de libros? ¿Pero por qué no les hablas de vídeos, precisamente?

También se había ido manifestando en ella, en los últimos tiempos, un afán cada vez más intenso de polemizar por cualquier nimiedad, que Julio Lesmes solía soslayar; pero aquella noche él se encontraba en disposición beligerante, tras haber intentado infructuosamente enriquecer las primeras descripciones del Pa-

Patio cuyas tapias debían ser a la vez murallas y en que el barro del suelo habría de transformarse en dunas del desierto, arenas auríferas y playas blanquísimas, sin que sus esfuerzos hubieran conseguido encontrar las imágenes necesarias para que se suscitase tal mutación.

—¿De vídeos?

—Es lo único que te interesa —había remachado ella—. Hace ya mucho tiempo que apenas hojeas los libros y lo haces únicamente para preparar algunas de tus colaboraciones. No me lo vas a negar.

Julio Lesmes no quería responder que él había tenido relación con los libros desde su uso de razón y que de los libros había sacado aquellos versos que a ella tanto le halagaban, cuando eran unos niños, mucho antes de que Bernardo se fuese implantando en la vida de ella como una costumbre inexorable. Recordó que por culpa precisamente de aquellos mismos versos que él la dedicaba y que les habían acercado de muchachos se produjo su primera separación, que debía durar tantos años; pues María Luisa estaba tan ufana de los homenajes líricos de su adorador que mostró una de aquellas misivas poemáticas a sus amigas, una tarde, en plena clase, y el regocijado murmurar despertó las sospechas de El Somorgujo, que consiguió hacerse con el papel.

¿A quién pertenece este mensajito?, había interpelado El Somorgujo con voz severa. Era para mí, respondió María Luisa al fin, alzada por la propia fuerza de su sonrojo. ¿Quién se lo ha enviado? Un amigo, repuso ella, mientras la clase prorrumpía en las carcajadas de una alegría forzada y escandalosa. Guarden compostura, ordenó el sacerdote, y usted tome su billete y léalo en momento más adecuado, mas dígale a su sin duda imberbe comunicante que procure plagiar a poetas de más fuelle. Todos estos versitos son del sevillano Bécquer.

La anécdota llegó a oídos de Julio Lesmes complementando el frío alejamiento de María Luisa. Luego vendría el verano y aquel otoño que la separó de él.

Sin embargo, los dos vasos de whisky que había bebido mientras luchaba contra la incierta imaginación del Patio, hasta venir a perderse en los rumbos que le habían llevado a la idea de que los libros entraban también en la familia de los soportes, sirvieron de carburante a una súbita exasperación.

—Aunque no volviese a leer una sola novela en mi vida, habría leído mil veces más de lo que tú vas a leer en toda la tuya. ¿Se puede saber qué te pasa?

Pero María Luisa se había levantado y, tras apagar la lámpara que iluminaba su lectura, se fue al dormitorio y cerró la puerta con inusitada violencia.

No era capaz de comprender qué clase de proceso había llevado a María Luisa, a través del silencio y del sarcasmo, a aquella actitud final. Cuando se alargaron los días, comenzó a salir ella sola por las tardes, para dar al parecer extensos paseos; él supo, por ciertas conversaciones telefónicas de que era testigo, que había recuperado la relación con algunas antiguas compañeras de Facultad y que se citaba a veces con ellas para asistir a algún concierto o conferencia y visitar exposiciones; de la agitación insomne en la cama pasó a madrugar rigurosamente, de modo que cuando era todavía noche cerrada la oía levantarse, desayunar y repasar hojas de libros y folios en la salita.

—¿Se puede saber qué te pasa? —repitió, siguiéndola y entrando en el dormitorio—. El vídeo me permite ver de nuevo todas las películas que me encantaron de niño, y todas aquellas de cuando estábamos en la Facultad. Tú también estás hecha de eso.

—No tienes por qué justificarte. Me sorprendió oírte hablar de libros —dijo ella, con un tono ajeno que le molestó más que una injuria.

María Luisa se mostraba cada día más extraña. Interrumpió el contacto amoroso con él, con el pretexto de algunas revisiones médicas y, en efecto, a veces llevaba entre sus papeles algunos análisis de sangre y en el rincón de la cocina en que se guardaban las medicinas aparecieron nuevos medicamentos.

—No sé lo que te pasa —repitió él mientras ella entraba en el cuarto de baño llevando en la mano la ropa de dormir.

—Estoy muy cansada. Me voy a acostar.

—¿No vas a cenar nada?

—No —había contestado ella, cerrando la puerta a sus espaldas.

Se preparó un café soluble y volvió a su tarea, pero antes de comenzar sacó del cajón la carpeta de las notas sobre el Patio y repasó los escasos folios que hasta entonces había escrito. Intentaba acumular todos los recuerdos posibles del Patio real para construir con ellos el Patio ficticio. Con el tiempo, había descubierto que las novelas eran el verdadero lugar de la memoria, como esos parques ecológicos donde se conservan especies que, de otro modo, quedarían extinguidas. Pero cuando había conseguido una evocación certera e intentaba formar en su imaginación los contornos fabulosos, el Patio real perdía la consistencia que había conseguido al evocarlo y se desvanecía, sustituido bruscamente por un vacío similar a uno de esos grandes cráteres subsiguientes a las explosiones.

En sus intervenciones públicas, Julio Lesmes hablaba del acto de escribir ficciones como de la inconsciente metamorfosis de múltiples hechos, externos al narrador, que podían pertenecer o no a su propia experiencia, en una construcción verbal que se iba formando por su propia lógica; en tal proceso, el narrador no era otra cosa que un instrumento, una especie de máquina, una computadora con versatilidad para suministrar el código lingüístico, el orden más apropiado de los conceptos, las metáforas más certeras y una pura ejecución caligráfica.

Pero aquellos días y después de esfuerzos cuyo resultado quedaba apenas plasmado en unas cuantas frases débiles, mientras seguía intentando conseguir una cimentación mínima para su relato, comprendía lo poco ajustado de aquella retórica. Pues todos los datos de la realidad y todos los hechos de su experiencia estaban dentro de él, como un sueño latente, y era solamente su torpeza la responsable de que no acabasen de incorporarse a la forma real del sueño que debía constituir la imaginería novelesca, y de que tan sólo asomasen como perfiles desdibujados de vagas escombreras.

La comprobación de la hora le devolvió la urgencia de su tarea; y durante largo rato, hasta concluir un borrador satisfactorio, estuvo empeñado en redactar el artículo, una disquisición sobre varios libros de relatos de escritores norteamericanos en que, escamoteando la información sobre lo sucedido en el tiempo supuestamente anterior al asunto del relato —pues los antecedentes estaban implícitos en la situación — y sin necesidad de un desenlace concreto, los autores conseguían alcanzar el interés dramático y una especial intensidad.

Sin embargo, en su relato, él pretendía introducir claramente, aunque de modo aparentemente casual y difuso, todos los posibles antecedentes, de modo que a lo largo de su desarrollo se reconstruyese un espacio de tiempo vivido. Con los años había descubierto también que, en la pugna que suponía la escritura de una ficción literaria, prevalecía sobre todo la voluntad delirante de reelaborar con medios burdos la sustancia impalpable del tiempo, intentando conseguir que alguno de sus pedazos menudos quedase sujeto al papel mediante palabras escritas.

Sólo tal quimera —con la vanidadosa pretensión de que ese tiempo robado diese a su robador un tiempo menos efímero que el de los demás mortales— justificaba tantas horas perdidas, un rumiar tan amargo, ese permanente escudriñar detrás de la vida, en cada uno de sus momentos, con la pretensión de utilizarlo transformado en literatura.

Después de publicar su primer libro y mientras preparaba el siguiente, sentía a veces vergüenza de su conducta. En aquellos tiempos llevaba viviendo con María Luisa más de dos años y, en momentos de especial intimidad, ella le contaba recuerdos de su vida con Bernardo, o evocaciones muy particulares de su infancia, adolescencia y juventud; mas en él, sobre el reconocimiento de aquella confianza –que mostraba ante todo el afecto sin cautelas de María Luisa– prevalecía la avidez de recolectar aquellas confidencias como posible materia bruta de algún relato.

Rondaban el afán de escribir muchos demonios, pero ninguno peor que aquel de ojos fríos capaz de mantener escondido un espía detrás de las emociones.

Enlazó el tema de aquellos escritores de afortunada difusión con algunas consideraciones sobre lo real y lo imaginario, mezclando algunos tópicos con ideas que no le pertenecían estrictamente y, tras repasarlo todo y considerarlo aceptable, lo puso en limpio y se dirigió al periódico. Llovía aún y las calles mostraban uno de sus rostros menos gratos. También el nuevo coordinador, un hombre bastante más joven que él, presentaba un talante tan poco abierto que parecía huraño.

Julio Lesmes se interesó por conocer si las reuniones de la redacción seguirían ocurriendo en las fechas habituales, pero el otro hizo aún más tangencial su mirada y, con pocas y ambiguas palabras, le hizo saber que no había nada decidido sobre ello, pero que se le informaría de cualquier novedad.

Salió otra vez a la calle y paseó un rato bajo la lluvia, entre los transeúntes apresurados que dejaban sus trabajos. Se detuvo ante un establecimiento de alquiler de cintas de vídeo y permaneció quieto largo rato. Un articulista, también norteamericano, había dicho que en una librería modesta de barrio se encontraban más *unidades de satisfacción* que en la más surtida tienda de vídeo, recordó débilmente, pues la imprecisión de las palabras del coordinador le había llevado a sospechar, con fatídica premonición, que acaso su colaboración habitual en aquel suplemento estuviese condenada a concluir, lo que podía complicar todavía más su futuro financiero.

—Me voy —dijo María Luisa una noche, a eso de las once.

—¿A estas horas? —preguntó él.

El reproductor de vídeo estaba averiado y aún no se lo habían devuelto, y como no emitían nada que le apeteciese se había puesto a redactar algunas notas sobre el Patio. Para aclarar sus recuerdos con mayor precisión, había dibujado un alzado en que se mostraban todos los espacios que lo rodeaban, ilustrados con la correspondiente denominación; en medio quedaba una superficie vagamente rectangular, en que el negrillo estaba representado por un haz de líneas entrecruzadas, el pozo era una pequeña circunferencia y las bardas unas líneas punteadas.

—Me marcho de aquí —añadió ella, quitándose las gafas.

Julio Lesmes había tardado todavía un rato en comprender el cabal sentido de lo que María Luisa le estaba diciendo. Al fin apartó el croquis y se acercó a ella.

—¿Cómo que te vas? ¿A dónde te vas?

—Por ahora, a casa de una compañera. No la conoces.

Julio Lesmes no se atrevía a preguntarle nada más, pues una decisión tan grave no podía haberse adoptado sin un cúmulo de motivos que deberían ser evidentes. Un brevísimo arrebato de irrealidad le hizo considerar que acaso él lo había olvidado todo y por eso no era capaz de reconocer el proceso lógico que había ido encadenando una sucesión de desacuerdos y peleas, hasta culminar en aquella actitud.

—Hace ya mucho tiempo que no hay nada verdadero entre nosotros —añadió María Luisa.

Dentro del asombro que le había ocasionado la noticia, Julio Lesmes recuperó el sentido de la realidad, considerando con paradójico alivio que no había habido, por parte suya, amnesia alguna.

—Pero así, sin más —dijo.

—Hace ya mucho tiempo que me parece estar viviendo un día aburridísimo que se alarga sin sentido.

—No me has dicho nada.

—No has querido entenderme nunca. Te creíste que podrías seguir viviendo de Bécquer.

—Cómo puedes recordarme eso. Qué piensas que soy.

Julio Lesmes había comprendido que aquella decisión respondía al carácter de María Luisa y se horrorizó al pensar que ella tampoco había olvidado aquella primera ruptura suya, cuando eran muchachos y él le enviaba mensajes con poemas que copiaba de los libros.

—Tú tienes tu escritura, tú a mí no me necesitas. Y yo estoy pasando un mal momento.

Aunque encontró todavía durante mucho tiempo un rescoldo de amorosa disposición en sus furtivas miradas, María Luisa no había vuelto a hablarle hasta que, años después, se reencontraron en la Facultad e iniciaron una camaradería que también quedó bruscamente interrumpida cuando Bernardo, tras la insistencia propia de los enamorados antiguos, se hizo novio de ella con firme propósito matrimonial.

Entonces, Bernardo y Julio Lesmes compartían un destartalado piso en la calle Altamirano con un asturiano llamado Quirós. María Luisa se encontraba a menudo con Bernardo en aquel piso y se encerraban ambos muchas veces en el cuarto de Bernardo, o pasaban juntos algunas noches. En el piso se reunía una célula del Partido que coordinaba Julio Lesmes y, aunque Bernardo pertenecía también a ella, si en el momento de la reunión llegaba a visitarle María Luisa, dejaba sin escrúpulos a sus compañeros para encontrarse con ella.

Tres o cuatro veces sucedió aquello y Julio Lesmes había descubierto en los ojos de la recién llegada, que le contemplaba desde la penumbra del recibidor, una señal que parecía irle directamente dirigida, en la que, con la huella de las miradas adolescentes, se mezclaba la de una turbación en que Julio Lesmes prefería no pensar.

Ocuparon aquel piso varios años. Al asturiano Quirós le sucedió otro asturiano. Terminaron las carreras, Bernardo se colocó en el bufete de un amigo de su tío Alfonso y Julio Lesmes y María Luisa comenzaron a dar clases en institutos.

Antes de su boda, a principios de un mes de junio muy caluroso, Bernardo se marchó a la ciudad natal. María Luisa debía reunirse con él a finales de mes, cuando hubiese concluido los exámenes; y una tarde en que Julio Lesmes estaba sólo, fue al piso. Él pensó primero que la visita estaba relacionada con la recogida de algunas cosas de Bernardo, pero María Luisa no dijo nada. Entró en la casa y se quedó quieta, sin mirarle, con los brazos un poco separados, como si interpretase la disposición de alguna estatua clásica.

Él le sujetó los hombros para besar sus mejillas en señal de bienvenida y ella le abrazó con un tenso agarrar y se apretó contra su pecho, haciéndole percibir el bulto de sus senos. En el fondo de su mirada relumbraba un barniz opaco en que él reconoció un ansia antigua y se sintió invadido también por el ansia que se precipitaba hacia su confluencia. La besó de otra manera, buscando en su boca todos los besos que había deseado darle desde los días adolescentes, cuando la imagen de ella en Papalaguinda, envuelta en el olor primaveral que bajaba desde las montañas por el cauce del río, se abatía sobre su desánimo como el proyectil que aseguraba su derrota. Fue tal la urgencia de su deseo que apenas se desnudaron; mas poco después de que su abrazo hubiese concluido, María Luisa se fue sin decir una sola palabra, como si su entrega hubiese tenido la condición de una despedida que no necesitaba explicaciones.

Después de que María Luisa y Bernardo se casaron, Julio Lesmes continuó siendo el amigo fraternal al que a menudo invitaban a cenar o con quien organizaban excursiones, pero María Luisa no volvió a manifestar hacia Julio Lesmes otro interés que la particular atención que le parecía encontrar siempre despierta en el fondo de sus ojos. Hasta que el regreso de Heidi, y todo lo que vino después, modificó las cosas.

Recordó con fastidio que no tenía nada para cenar y se apresuró a buscar algún establecimiento que todavía no hubiese cerrado. Aquella noche, sentado ante el escritorio, tenía desplegadas las notas que había ido tomando a lo largo de todos aquellos meses: las descripciones de los edificios, con sus fachadas anteriores y posteriores, los muros y las tapias, su apariencia bajo las heladas y las lluvias, o cuando los remolinos del viento levantaban nubes de polvo, y el croquis que pretendía determinar todos los límites. María Luisa hablaba certeramente al decir que él podía refugiarse en la escritura, porque la obsesión de inventar historias era sin duda un insustituible paliativo de la soledad.

—Pero ¿por qué no me has dicho nada?

Ella le miró con desgana.

—Voy a aprovechar el próximo fin de semana para sacar mis cosas.

—¿Es que hay alguien?

María Luisa negó firmemente, apoyando sus palabras con una sacudida de la cabeza.

—Lo único que hay es que debo cambiar de vida.

—¿Y este apartamento? ¿Qué va a pasar con él?

La impaciencia de María Luisa se transformó en una sonrisa triste.

—¿Eso es lo que te preocupa?

Julio Lesmes no supo qué decir.

—La verdad es que no me lo esperaba.

Se encontraba tan sorprendido como un personaje novelesco al que su autor ha escamoteado los datos previos a determinada situación, con el exclusivo objeto de estrellarle contra un gran desconcierto. De tales desencuentros −y de encuentros marcados también por la imprevisión y el asombro− estaban llenas las novelas. Pensó por un momento en el Patio de su figuración −aunque su pesadumbre era sincera y le temblaban las manos− y comprendió que debía ser también el escenario de maravillosos encuentros y de brutales desencuentros, antes de sentarse otra vez y permanecer inmóvil bastante rato, mientras iba recuperando la serenidad.

Compró algunos alimentos en un ultramarinos del barrio que todavía estaba abierto y regresó a casa. Lo de María Luisa no parecía tener arreglo inmediato, ya que había intentado hablar con ella en varias ocasiones y solamente consiguió que se pusiese una vez al teléfono, para decirle que no tenía nada de qué hablar con él.

Cuando fue acostumbrándose a la idea de que María Luisa no regresaría, lo imprevisto de su marcha le hizo pensar en utilizar aquel suceso indirectamente en su novela, como alguna peripecia más del Patio, y la evocación le llevó otra vez al recuerdo de Heidi, mientras depositaba sobre la mesita de la cocina los paquetes, para tomar después su cena con más hambre que gusto.

Uno de los encuentros singulares de su propia vida había sido el de Heidi. Desde su llegada al Patio hasta su desaparición, Heidi ofrecía un conjunto de comportamientos sumamente novelescos, y al considerarlo sintió el regusto de la impunidad en que, por ser tan secretos, se mantenían unos pensamientos que sin duda hubieran repugnado a alguien como Bernardo, para quien Heidi no podría ser evocada como un trasunto novelesco.

Así es la literatura, pensó, concediéndose automáticamente el perdón; toda la carne y toda la sangre, las penas y las catástrofes irremediables, quedan convertidas en simples palabras que ni siquiera se corresponden con la imagen exacta de lo que evocan. Ya nada sangra, ni duele.

Echó de menos bebida de mayor graduación que la cerveza y rebuscó en el mueble hasta encontrar una botella mediada de vodka. Con la erosión de los años, los recuerdos de Heidi se habían difuminado, pero con paciencia era posible reconstruir la figura primordial. Se sirvió un vaso de vodka con hielo y pensó sin acritud en María Luisa, que le había dejado provisionalmente el frigorífico, y hasta alzó el vaso en un brindis silencioso. También María Luisa tenía su sitio en el Patio, como Bernardo y él mismo, pero el personaje principal era sin duda Heidi, venida de lejanas tierras, con un pasado donde había grandes montañas centroeuropeas, pero también misteriosas ciudades al otro lado del océano, junto a un inmenso mar dulce.

La noche antes de que el padre de Heidi se matase, se oyó una gran discusión entre él y su mujer, y las palabras alemanas resonaban en el Patio como disparos de ametralladora, restallaban como una traca. Sólo un personaje como Heidi podía sintetizar todos los elementos del Patio, uno de aquellos veranos.

A los heterogéneos datos de la evocación se unió entonces el recuerdo concreto de otras porciones, miembros humanos desparramados entre las jaras, dedos cortados, una oreja apoyada en las finas ramas de un espino. El avión había dejado en el monte el surco negro y ancho de su arrastre, que culminaba en aquella plataforma calcinada, sembrada de ropa deshecha entre las maletas desventradas. Un guardia civil llegó corriendo hasta donde estaban ellos y les ordenó con gestos violentos y voces alteradas que se retirasen. Entre aquellos fragmentos debían encontrarse también los restos de Heidi, en el silencio del monte, en aquella exhalación olorosa que mezclaba los aromas agrestes con el tufo de todo lo quemado.

Como la imagen del desastre, su evocación del Patio estaba rodeada de trozos casi irreconocibles, donde se mezclaban rostros, pedazos de objetos y latas abolladas. El mar que golpeaba en el lejano atolón había dejado sobre la playa aquellos recuerdos inconexos y sanguinolentos y a él no le quedaba patrimonio alguno. Pero debía seguir rebuscando para acumular los elementos y construir el Patio escrito que mantendría a raya, durante un tiempo, el acecho implacable del olvido. El Patio, los piratas de Anguila y, en medio de todo, Heidi. Sangre en el Ojo.

La noche de la visita de Bernardo, Magdalena durmió bien; al día siguiente hizo su vida cotidiana conforme a las pautas de la larga costumbre: se fue temprano a la ciudad, atendió sus tiendas, preparó los pedidos, visitó el banco, almorzó en casa de sus padres, volvió al trabajo, revisó al fin las operaciones y cuentas de la jornada y regresó a casa después de comprar algunas revistas y tebeos; pero esa noche tardó bastante en dormirse y al fin lo hizo con la congoja de esos sueños en que se extiende la amenaza polvorienta de avenidas crepusculares.

El viernes se levantó a la hora habitual, pero con un fuerte dolor de cabeza. Intentó mantener su conducta según los hábitos de los días laborables: dio primero una carrera alrededor de la casa, al borde de los prados hechos lagunas de bruma, entre la luz leve y espesa que convertía las sebes en jorobas y daba al arbolado la figura de altos costillares roídos; desayunó luego, escuchando la garrulería de la radio y cuando llegó la asistenta subió a su habitación para vestirse. Pero mientras se peinaba frente al espejo reconoció el lugar donde había descubierto a Bernardo dos días antes, como si en aquella penumbra todavía permaneciese su bulto inmóvil.

Magdalena nunca caía enferma, pues la tensión que la empujaba a la continua actividad parecía llevar en sí los principios curativos de cualquier dolencia. Consideraba la mayoría de las enfermedades como algo que tenía que ver, sobre todo, con la pereza y el desfallecimiento sentimental, motivado más por una actitud íntima que por una agresión. Sin embargo, aquella mañana no se encontraba bien y aunque al comprobar sus obligaciones encontró algunos compromisos que cualquier otro día hubiera estimado impostergables, decidió olvidarlo todo y meterse otra vez en la cama, como quien regresa a un sosiego del que hubiera estado mucho tiempo ausente, después de indicar a la asistenta que advirtiese por teléfono a los encargados de su negocio.

El dolor de cabeza fue desapareciendo, pero sentía su indolencia como un malestar compacto del que no podía desprenderse. En el silencio de la alcoba venían a perderse los ruidos ligeros de la asistenta y Magdalena contempló otra vez aquel espacio del vestidor, entre el cuarto de baño y la habitación, en que había encontrado la mirada fija de Bernardo. Pero ya no quedaba ninguna huella de su presencia.

Cuando Magdalena encontró aquella casa, su madre, junto a las reiteradas admoniciones sobre el peligro de los asaltantes vivos, expresó también una prevención supersticiosa —que denunciaba su procedencia gallega— ante el lejano origen de la construcción, imaginando que todavía podía permanecer en ella algún latido espectral de las presencias que la habían habitado. Construida a finales del diecisiete, bastantes generaciones habían vivido en ella sucesivamente y aunque no albergase fantasmas, acaso la larga domesticidad de viejos hábitos había conservado residuos invisibles, pues la luz que atravesaba aquellos vidrios irregulares había iluminado muchas mañanas familiares, en las distintas estaciones del año, con el brillo temprano de los veranos o el reverbero de las nevadas, y del mismo modo muchas respiraciones debían haberse agitado y sucedido en aquellos espacios desde los primeros llantos de los niños.

El dormitorio de Magdalena ocupaba el mismo lugar que la alcoba principal de la antigua vivienda, donde se habían fraguado tantas intimidades. Y contemplando las grandes vigas oscuras del techo, ella intentaba rechazar, sin conseguirlo del todo, las lúgubres figuraciones que a su madre la empavorecían, imaginando a pesar suyo la invisible señal de las miradas que por ella se habían deslizado, en la languidez del gozo, en el dolor del parto, en el pasmo de la agonía o en el puro embeleso del despertar; imaginando reflejos de rostros en las sombras y los nudos de la madera.

 Sin embargo, la casa no mantenía ningún espejismo de las vidas pasadas e incluso se mostraba, sobre todo a última hora de la tarde o cuando el cielo encapotado flotaba sobre la enorme lucerna del salón, entre una luz incapaz de erigir sombra alguna, como un despoblado sin memoria que había perdido para siempre el espíritu de la vida a pesar de los muebles venerables y de los objetos antiguos.

 En el tiempo que llevaba entre aquellos muros, Magdalena no había encontrado huellas de que algo de lo vivido anteriormente permaneciera en la construcción. Como si estuviera recién edificada, era solamente un amontonamiento ordenado de piedras, un conjunto de tapiales, estructuras superpuestas de madera, barro cocido en forma de tejas; y del mismo modo que todo ello provenía de la impasible naturaleza, su mero abandono llevaría consigo el progresivo desmoronamiento: el paso de los años la derrumbaría y el de los siglos dejaría apenas sobre el suelo la cicatriz de los muros, hasta que se extinguiese la última señal de su existencia.

 Cerró los ojos y tuvo un escalofrío que venía motivado, más que por su posible fiebre, por aquella intuición para la que el mismo momento que ella estaba viviendo se encontraría ya extinguido para siempre en un lejanísimo pasado.

 En la vieja casa no se conservaba ningún latido secreto, porque los únicos latidos eran los de la pura existencia física, pensó, con un sentimiento de nostalgia por su ingenua fe perdida. No quedaba nada de quienes habitaron la casa tantos años antes, como no quedaba nada de la presencia, tan reciente, de Bernardo, y todo se había desvanecido sin rastro, como lo hacen las figuras del espejo cuando se retiran los cuerpos que reflejaban.

Desde que era niña y hasta su juventud, Magdalena había creído firmemente en todos los espíritus sagrados que predicaban sus profesores y decían venerar sus padres, y estaban presentes en su imaginación, un poco mezclados con las hadas de los cuentos. En la fe de aquellas presencias invisibles, el mundo que la rodeaba complementaba su evidente solidez con el aura mágica de lo transitorio. Pero aunque seguía asistiendo a las ceremonias religiosas y cumpliendo en general con todas las actitudes externas que exigían los ritos de la Iglesia, hacía ya muchos años que miraba las cosas del mundo como la única realidad certera.

Había sido Bernardo quien primero la empujó a abandonar sus creencias infantiles. Mientras ella terminaba en la ciudad sus estudios de Comercio, Bernardo y los demás se habían ido fuera a estudiar sus carreras. Cuando ella se marchó también a la Universidad, se veía con Bernardo, que sin duda se compadecía de su soledad y merendaba con ella algunas veces en una desvencijada chocolatería cercana a la glorieta de Quevedo. Solía ser ella quien procuraba la cita y a veces venía con Bernardo María Luisa, e incluso Julio Lesmes.

Una mañana de domingo Magdalena se cruzó con Bernardo; él llevaba dos libros bajo un brazo y una carpeta; ella le dijo que iba a misa.

—¿Pero tú todavía crees en esas cosas? —le había preguntado Bernardo, con una sonrisa.

Era un día de mayo sin nubes y el fuerte reflejo plateado de la luz trajo a la imaginación de Magdalena aquel momento, conmemorado en tantas pláticas famosas, en que el caballo de Saulo se encabritaba ante un súbito resplandor, derribando a su jinete.

—¿Por qué no iba a creer? —repuso, pero a lo largo de aquella misa, los movimientos del sacerdote y del monaguillo le parecieron gesticulaciones sin sentido, el texto una serie demasiado larga de vocablos hueros y todo el acto un simulacro superfluo. Y cuando salió a la calle sintió el desmayo de empezar a comprender que el fulgor provisional de las cosas mortales no era el anuncio de lo inmortal, sino el único testimonio de la vida.

Se sentía entonces muy atraída por Bernardo, al que guardaba desde la niñez mucha simpatía por la atención que él la había concedido en los tiempos de predominio varonil. Frente al apartamiento e incluso el menosprecio de los demás chicos, que convertían su altura en motivo de burla —dejando entrever acaso una oculta cautela— Bernardo la saludaba sin evasivas, la trató como a un igual desde que las niñas empezaron a participar en los juegos colectivos y mantuvo su cordialidad cuando fueron muchachos y se debatían entre la maraña inicial de las convenciones sociales y cuando, años después, coincidieron en el mismo barrio, ya los dos estudiantes de Universidad; él había recuperado la antigua amistad con muestras de agrado y asistía puntualmente a aquella modesta chocolatería en que se reunían casi todos los meses.

Aunque ella era consciente de que su talla le hacía sentirse incómodo a su lado, intentó entonces seducirle, pero no encontraba la manera de hacerse interesante a sus ojos. Todavía recordaba, con bastante vergüenza, cómo en cierta ocasión, antes de una de sus citas, por un impulso extraño, entró en una mercería cuyo escaparate solía llamar su atención por lo atrevido de las prendas, compró unas bragas que recordaban el atuendo de las coristas en las películas de época y procuró abandonar la cafetería olvidando intencionadamente el paquetito de su compra sobre los libros de Bernardo, depositados en el asiento de una silla inmediata. Supo por una llamada suya que Bernardo se había hecho cargo del paquete, pero su turbación se convirtió en desilusión cuando la siguiente vez que se encontraron Bernardo le devolvió el paquete sin un comentario, como si ciertamente no conociese su contenido.

Todo lo vivido se esfumaba, se escurría. De igual manera que ya no quedaba nada de las gentes que habían habitado aquella casa, padres e hijos, amos y criados, hombres y bestias, nada quedaba de los años de la Facultad, de aquellos inciertos tiempos de adolescencia, cargados de vísperas, y también el patio era solamente una palabra difusa entre miles de sustantivos, un lugar olvidado entre tantos. Por eso la evocación súbita de Heidi –muerta en un accidente de avión que había sido famoso cuando ocurrió– no podía suscitar sino amargura.

Estaba casi dormida cuando le sobresaltó el sonido del teléfono sobre la mesita. Era su madre, que manifestaba su preocupación y la reconvenía una vez más por aquella idea de vivir tan apartada. Magdalena intentó tranquilizarla, pero la llamada de su madre fue la primera de una serie en que su hermana, los encargados de las tiendas y hasta el director de uno de los bancos se interesaron por ella.

Se quedó dormida al mediodía y soñó otra vez con aquella gran avenida solitaria, iluminada por una luz incierta mientras sonaban a lo lejos los silbidos de un tren, tras la cerrada vegetación de un monte oscuro que ocultaba el horizonte. Ella tenía una cita muy importante, relacionada tal vez con sus negocios, pero había llegado tarde y la persona que la esperaba –alguien a quien sin duda conocía, pero que no era capaz de identificar– acababa de marcharse. Vio a lo lejos su silueta que se alejaba a grandes pasos y comenzó a seguirla deprisa. La avenida se iba alargando en una cuesta arriba cada vez más pronunciada y a ella le costaba mucho esfuerzo mantener el ritmo de la marcha de la otra persona, que se alejaba cada vez más. Se hizo todavía más oscuro y la otra persona dejó de verse; ella supo que se trataba de alguien desconocido y amenazador, que se había ocultado tras uno de los grandes árboles de la avenida, acechando su paso, y sintió un temor que se ajustaba exactamente a las amonestaciones familiares por su decisión de haber ido a vivir a aquella casa. Pero sonó el teléfono una vez más. Era Bernardo, y la sombra del sueño se desplomó.

—Llamé a la tienda y me dijeron que estás mala. Qué tienes.

Con el pequeño teléfono al lado de la oreja, metió la cabeza bajo el embozo. La voz de Bernardo sonaba muy clara, como si él estuviese a su lado.

—¿Dónde te metiste la otra noche? Salí detras de ti, para llevarte a tu casa, pero no te encontré. *Salí para buscarte, y ya eras ido.*

—Pasó un autobús fantasma y me recogió. Tuve bastante miedo, pensando que iba a quedarme allí dentro para siempre. Pero qué tienes.

—Debe ser algo de gripe. Nada grave.

A Magdalena se le ocurrió que aquella conversación engranaba con otras muy lejanas, con los cursos de la Facultad y los bailes del Casino y las primaveras del patio, convirtiéndolo todo en un mismo suceso sin interludios, y con la percepción todavía aturdida por el sueño, perdió durante un instante la perspectiva del tiempo, confundiendo unos cuantos días en momentos consecutivos: cuando había visto a Bernardo mirándola desde la penumbra del vestidor; cuando ella había dejado la braguita roja y negra sobre la carpeta de Bernardo como si invocase una divinidad benévola; cuando se sentó junto a Bernardo apretándose contra su costado una noche en el patio, frente a la hoguera de San Juan, y él le había pasado un brazo por los hombros. Y todos los momentos, sin orden temporal ni lógica causal, eran evocados desde un lecho en que ella convalecía de la extracción de las amígdalas.

—¿No podrás venir a cenar?

El proceso de aquella conversación generaba situaciones tan extrañas como aquella, en que Bernardo aparecía en actitud de ruego. Magdalena recuperó el sentido del tiempo y se sintió liberada de su opresión, como si el malestar que se había obligado a sujetar fuese un animal doméstico que había escapado de pronto de sus brazos.

—Pero qué hago yo allí.

—¿No te lo dije el otro día? Celebraremos mi resurrección. Además, estaremos con una celebridad. ¿Tú sabías que Julio Lesmes había escrito unas novelas buenísimas?

—¿Es que las has leído?

—No, naturalmente —repuso Bernardo, riendo—. Te digo lo que él cree. Yo ni sabía que las había escrito.

—No tengo buenos recuerdos de Julio Lesmes —dijo Magdalena—. Siempre me miró atravesado.

Bernardo se echó a reír otra vez y su risa resonó muy cercana. Anímate, mujer, anímate, le decía con exhortaciones que sonaban sinceras. Y todavía después de haberle dado el nombre del sitio —un restaurante clásico en un piso del barrio húmedo— le pidió que cenase con ellos, siempre que se encontrase bien.

La comunicación quedó interrumpida y Magdalena permaneció bastante tiempo con el teléfono junto a su mejilla. Desde la lucerna de la sala llegaba la luminosidad del mediodía, amasando en una misma densidad los marcos y las superficies, los muebles y los objetos que sostenían, el paisaje del cuadro y las arrugas de las cortinas, y homogeneizándolo todo en un similar aspecto palpitante que no era sino reflejo de sus propios latidos. Cerró los ojos y quedó dormida otra vez, recuperando los espacios del sueño.

La avenida se había transformado en una playa de arena muy blanca, donde ella estaba tendida boca arriba, con los antebrazos cruzados sobre el rostro, aunque la luz era tan brillante que conseguía convertir la opacidad de su protección en un difuso resplandor. Sentía sobre su cuerpo desnudo la vibración del sol, tan intensa que estaba a punto de escocerle y, con la extraña lucidez que a veces prestan los sueños, ella –que no se llamaba Magdalena, sino con un nombre que sonaba como una melodía– comprendía que aquellos rayos provenían de una fuente infinita, que seguiría manando cuando todo en la tierra se desvaneciese. Separó los miembros y los movió lentamente, buscando que el sol accediese a los lugares más recónditos de su cuerpo, recibiendo como un tacto aquella vibración cálida. El sol la estaba acariciando con su fuerza inmensa y una lentitud sin plazo, y ella abrió los ojos y encontró la gigantesca faz dorada, que por alguna razón no la cegaba pero cuyo brillo hacía que de sus ojos brotasen las lágrimas. Sintió un gran sosiego en su corazón y, casi al mismo tiempo, la culminación del placer que habían propiciado aquellas lentas caricias.

Despertó con un fuerte latido en sus sienes y la almohada húmeda de lágrimas y saliva. Debía haber transcurrido muy poco tiempo, pues el reverbero de la luz del salón amontonaba los mismos grumos sobre las sombras de los muebles. No tenía ninguna sensación de fiebre ni de torpor, pero se encontraba muy a gusto en el cálido cobijo. Acaso debería interrumpir periódicamente su actividad en días laborables y quedarse en la cama, sin pensar en nada, sintiendo solamente el cuerpo relajado y vivo.

Mas el placer que acababa de sentir en sueños había despertado en ella la peculiar desazón del deseo y pensó en Bernardo sin vergüenza alguna, pero con el profundo desaliento de una antigua frustración. En aquellos tiempos amorosos de la adolescencia, Bernardo era el objeto de su particular veneración. Pero Bernardo, como casi todos los chicos, manifestaba su fascinación por María Luisa, que era blanca, rubicunda, de miembros redondeados. La segunda tributaria de las amorosas veneraciones era Heidi, también muy blanca y con los ojos pequeños pero brillantes, y los miembros menudos y graciosos. Había otra niña más, la hermana de Julio, que contaba también con el fervor de los homenajes.

Ella era la única que no recibía culto de nadie, y aunque mostraba ante ello aparente orgullo —como si la relación de los muchachos con ella tuviese una calidad superior y no vergonzosa, la de la camaradería sobre el amor— no dejaba de sentir envidia por los anhelos que las otras chicas despertaban en sus amigos. Eran entonces anhelos solamente platónicos y los contactos apenas llegaban más allá de agarrarse las manos o conseguir un breve beso en la comisura de los labios; mas reproducían, ya que no en la complejidad si al menos en la sustancia, los grandes asuntos amorosos del cine, que culminaban en el apretado beso cuando todos los peligros que acechaban a los enamorados habían sido evitados.

Regresó a la ciudad poco después de terminar la carrera y durante bastante tiempo se encontró desorientada, con la sensación de haber olvidado las lejanas instrucciones que debían marcar su destino, pues consideraba inverosímil que el principal horizonte de la vida adulta consistiese en aquel afán de dinero, rutina confortable y respetabilidad que predicaban sus padres.

En aquel tiempo paseó mucho y tuvo un perro que murió atropellado por un camión. Al fin asumió que no había olvidado nada y que tampoco existía un secreto relativo al porvenir que alguien, tras conservar celosamente guardado, le iba a comunicar, y se entregó con ahínco a la reordenación del negocio familiar, hasta convertirse en una empresaria con éxito.

Organizó su vida como una laboriosa sucesión de jornadas que la colmaban, al concluir cada una de ellas, con el cansancio de una plenitud sin estridencias. Redujo el tiempo de ocio a breves períodos y procuró que estuviesen siempre marcados por calendarios fijos y actividades donde no cabía la improvisación.

A partir del matrimonio de Bernardo y María Luisa decidió asumir su condición de mujer solitaria y dejó la casa de sus padres, descubriendo con gusto la tranquila quietud de su propia vivienda, con pasillos, estancias y objetos donde no podría reconocer otra intimidad que la propia. Aprendió a considerarse en la soledad como el personaje de una viñeta y a veces se imaginaba dibujada en la página de un tebeo, desde extrañas perspectivas, picados y contrapicados.

En un viaje a una capital del sur, para visitar varias fábricas de cuero, reencontró a un hombre, bastante mayor que ella, que había conocido a través de sus relaciones comerciales. Tras mostrarle sus talleres y discutir con ella algunos de los precios, plazos y modos de atender los posibles pedidos, el hombre la llevó a almorzar a un hermoso lugar, frente a un paisaje de suaves ondulaciones salpicadas de encinas. Eran los primeros días de abril y el campo, cubierto de hierba y de flores, comenzaba a exhalar los primeros perfumes de su despertar.

En el lugar estaban solamente ellos y se comunicaron apaciblemente muchas confidencias, mientras el sol cálido hacía brillar los cuerpecillos súbitos de los primeros insectos. Ella habló bastante de sí misma, como si la lejanía de su ciudad y de su vida habitual catalizase dentro de sí una reacción favorable a cierta efervescencia verbal.

Era un hombre de modales amables y pelo gris, tan alto como ella, que le dijo que había asumido cuando era muy joven el negocio del cuero por una implacable presión familiar, abandonando la carrera musical y la vocación de marino.

—Ya sé que es una vocación absurda, si consideramos el lugar de mi nacimiento y la falta de antecedentes familiares, pero así son las cosas.

Tenía grandes manos, que movía con ritmo de instrumentista. Por la tarde la llevó a recorrer varios lugares en que las viejas culturas desaparecidas habían edificado sus construcciones sagradas y sus obras públicas. El atardecer intensificó los olores de la tierra renacida y la sucesión de las colinas, con los árboles asimétricamente desparramados, inducía a seguir creyendo en una naturaleza virginal e inmutable.

—Magdalena —le dijo aquel hombre, mientras ambos contemplaban el horizonte—, yo estoy muy solo y usted también lo está.

Ella aceptó aquellas palabras como si fuesen la sentencia más acertada para definir aquella melancolía que había aflorado entre el resol azulado y los menudos aleteos de la brisa.

—Tengo familia pero estoy solo y desterrado.

Una de sus grandes manos rodeó con decisión su talle y la acercó a su cuerpo. En todo el día no había perdido el aroma a una colonia selecta. La soltó otra vez —como dando a entender que conocía los límites de la confianza— pero continuó hablando.

—No me mire usted, escúcheme sin temor, perdone mi atrevimiento. Usted ha encendido en mí una brasa que parecía ya solamente ceniza. Desde el momento en que la conocí he visto en usted la belleza serena de Juno joven. Yo necesito amarla, perdóneme, no me interprete mal —seguía diciendo el hombre, con un murmullo apasionado y convincente—. Adorar su cuerpo, comulgar sus suspiros.

La brisa se había hecho más fría y Magdalena dio la vuelta lentamente, sin mirarle, y se encaminó al coche. Él la siguió y se apresuró a abrirle la portezuela. Luego entró a su vez, puso en marcha el motor y regresó a la carretera, antes de continuar hablando.

—No me mire, no diga nada. Yo quiero conseguir entre nosotros una relación íntima, profunda, sincera, que sirva de paliativo para nuestra mutua soledad. Le propongo un encuentro secreto, periódico, en lugares lejanos. Yo le escribiré a usted con antelación, le sugeriré distintas fechas, buscaré lugares atractivos. Por qué no intentarlo siquiera una vez.

Recibió el primer telegrama quince días después, cuando ya creía haber olvidado aquel suceso tan singular. El telegrama exponía solamente unas fechas –un fin de semana del mes siguiente– el nombre de un lugar –un parador de turismo, a unos doscientos kilómetros de la ciudad– y venía firmado por el Señor Lohengrin.

Lo releyó con júbilo, como constancia de la propuesta de un escondite novelesco, pero sin imaginarse jugando, pues sin duda se trataba de una alucinación de aquel hombre. A pesar de considerarlo un disparate, encontraba en la invitación el atractivo de las aventuras reales, el azar y el arcano de los deleites imprevisibles, en un territorio que tenía que ver con las zonas clandestinas de las conductas y hasta con el estímulo de las verdaderas tentaciones.

Cuando se acercaba aquel fin de semana, se encontró pensando en el hombre de voz grave y manos de largos dedos, descubriendo en ella una curiosidad oscura, pero decidió olvidar la absurda propuesta.

Pocos días después recibió el segundo telegrama, que le indicaba nuevamente unas fechas –correspondientes también a un fin de semana– y el nombre de un buen hotel, asimismo a unos doscientos kilómetros. Tampoco aquella vez aceptó la invitación, pero se sintió bastante turbada y recorrió los paisajes solitarios de las carreteras comarcales que rodeaban el lugar de la cita, en la influencia de una atracción que no parecía corresponder a ningún deseo físico, sino a la pura seducción de la curiosidad.

Una semana más tarde llegó el tercer telegrama, con los datos habituales y la misteriosa firma, y el asunto comenzó a provocar en ella cierta ansiedad. La semana antes de la fecha se encontró presa de un nerviosismo del todo inusual y cuando llegó el sábado, y tras una noche de inquieto desvelo, escogió especialmente sus ropas, se puso aquellas mismas bragas rojas y negras que había comprado una tarde antes de merendar con Bernardo, que conservaba todavía entre esos objetos que se convierten en fetiches familiares, y permaneció sentada durante mucho tiempo, mirando amanecer, sin saber si al fin se dirigiría hacia aquella cita, sintiéndose por primera vez sinceramente cansada de su trabajo y de su vida, en una conciencia de enfermedad y fiebre que resultaba contradictoriamente reparadora.

Apartó aquel recuerdo, se levantó decidida a abandonar su perezoso abandono y bajó a la sala. Pero en el transcurso de la mañana había habido en la casa muchas novedades: la sala, desnuda de alfombras y muebles, se había convertido otra vez en patio, recuperando su suelo originario de tierra pisada, y la gran claraboya piramidal había desaparecido también, dejando entrar el intenso sol de un inmóvil mediodía. Recordó un sueño reciente en que se había tumbado al sol y había sido poseída por él y sintió deseos de volver a hacerlo, pero en ese momento escuchó fuertes voces y despertó, mientras su madre y su hermana irrumpían en el dormitorio.

Su dolencia, por lo inhabitual, había alborotado a los suyos y, como si con su entusiasmo quisiesen equilibrar la indudable autoridad que ella había alcanzado en el control de los negocios familiares, llegaban dispuestos a ejercer también esa tiranía de los sanos sobre los enfermos que suele encubrir, bajo una apariencia compasiva, la voluntad de hacer al enfermo más consciente de sus limitaciones y miserias.

Su madre y su hermana venían en compañía del viejo médico de cabecera, un hombrecillo sonrosado y bonachón que toda la vida había sido muy apreciado en la casa familiar por su propensión a resolver las enfermedades sin acudir demasiado a la farmacopea. Como si la actividad fuese también un signo de la lucha por la salud, su madre había ordenado a la asistenta algunas labores de limpieza y preparar la alcoba de invitados, donde la hermana de Magdalena pasaría aquella noche velando a la enferma, a la que no dejaba de recriminar por la veleidad de haber elegido para vivir aquel lugar absurdo y remoto.

Magdalena tomó el caldo y el pescado hervido y, cuando la dejaron sola para que descansase, mientras ellas iniciaban en la sala lo que amenazaba ser una interminable tertulia, se arregló, se vistió y descendió por fin, obligando a que la piadosa amabilidad de sus familiares se transformase en una decepción escandalizada y un poco huraña.

Cómo iba a estar ya curada, exclamaba su madre y la amenazaba con obligarla a regresar a la cama, pero Magdalena se mostró enérgica y, tras despedir a la asistenta, dijo que iba a la ciudad, a echar un vistazo a las tiendas.

—Jesús, esta chica está loca —repetía la madre.

Magdalena, inflexible, las hizo salir y las acompañó hasta el automóvil de su hermana. La madre insistía en que, ya que se había levantado, debía dormir en su casa, pero ella se negó. Por lo menos que se acostase pronto, le pidió la madre.

—Hoy tengo una cita para cenar —repuso Magdalena y, ante las preguntas de ellas y la evidente curiosidad que asomaba a sus ojos, les dijo adiós sin demasiadas explicaciones y se dirigió a sacar su propio coche del antiguo corral, convertido en garaje tras la restauración de la casa.

3.

Aquella mañana Bernardo se había despertado muy pronto, pero ya Basi y su madre estaban levantadas, originando fatigosos crujidos al deambular en la penumbra de los corredores.

El resonar de una voz masculina denunciaba que había venido Fructu, como hacía periódicamente para tratar con su madre los asuntos que ella le encomendara tras la muerte del tío Alfonso. La larga convalecencia de Bernardo en la casa materna, después del accidente, había llevado como consecuencia su ruptura con la anterior vida profesional, y todos vivían de las rentas del patrimonio familiar, al parecer más escasas cada vez, que gestionaba aquel hombre de aspecto tosco pero lleno de agudeza, que trataba a Bernardo con la obsequiosidad, un poco servil, de quien constata y agradece no encontrar rivalidad donde naturalmente debiera producirse.

La madre de Bernardo, dentro de su convicción de ser engañada por el administrador, confiaba sin embargo en la perspicacia de su cazurrería: no nos arruinará del todo, dónde va a ir que más encuentre, comentaba. Su hostilidad hacia Fructu se mezclaba en ella con un sentimiento de humillación frente a Basi, tía carnal de aquel hombre, y los días de la visita del administrador se enardecía entre las dos una malevolencia que encontraba en cualquier nimiedad pretextos para acometer.

Demorando el momento de su descenso, Bernardo intentó entretenerse un rato en la lectura de un viejo manuscrito en que se describía prolijamente la sucesión de las particiones de predios en un remoto valle, hasta que se imaginó el transcurrir de las vidas sucesivas, más allá de la simple secuencia de bardas y mojones que se alzaban y se destruían, se adelantaban o se desplomaban.

La vida cotidiana de los antiguos poseedores, sus esfuerzos y sus descansos, todas las historias de desdichas y regresos narradas y escuchadas al anochecer, los males sin remedio y los amores enloquecidos, el aullido del lobo en el invierno y el canto del ruiseñor en las noches del verano, habían existido para ellos, aunque ni un sólo atisbo quedase entre los nombres, ya secos como hojarasca, enhebrados en una lista que parecía una simple relación de bajas.

Sin embargo, en la pura resonancia fonética de los nombres, bajo el único mensaje aparente de aquellos testimonios inmobiliarios, Bernardo era capaz de vislumbrar el perdido fulgor y hasta de presentir un resto caliente de la sangre que identificaron. Entre las palabras alentaba todavía el testimonio de los lejanos pobladores, como un minúsculo rebullir de la enrevesada caligrafía.

Quedó inmóvil, admirando los ringorrangos de los trazos, hasta que decidió descender con las mujeres. No solamente había resucitado, recuperando la conciencia segura del tedio, sino que era capaz de ver moverse los signos caligráficos bajo el viento lejano de la habilidad que los ordenó y escuchar, más allá del leve roer de los ratones que convivían con él en el desván, el ligero rozar de la brisa en las filigranas de las torres de la catedral y hasta el suave temblar del edificio al acompasarse a la vibración de la ciudad que motivaban los movimientos planetarios.

Su madre se encontraba muy mohína: desenvolvió un paquete de papel de periódico para mostrarle el resultado de las cuentas de Fructu, unos fajos de billetes sobados que, a su juicio, suponían una cantidad muy inferior a la debida. Todo eran malas noticias: le dijo también que los prados que les habían expropiado hacía tiempo para el embalse no iban a poder aprovecharse más, pues en aquellos mismos momentos, según lo que Fructu sabía, se empezaba a abrir la carretera que los inutilizaría para siempre. Basi les atendía con aspecto arisco y era evidente que las dos mujeres habían discutido.

Cuando terminaron el desayuno, la madre dijo que quería hablarle de asuntos muy serios y Bernardo supuso que iba a insistir en sus objeciones a la cita con Julio Lesmes y se dispuso a prometer cuanto quisiese exigirle; pero ella se refirió a problemas relacionados con las rentas, informándole de cosas que nunca antes le había contado, en una actitud que traslucía su firme propósito de implicarle en la responsabilidad de aquellos asuntos, que parecían presentar un futuro cada vez más dificultoso. Con ademanes de atribulada conspiración, planteaba la necesidad de controlar al administrador.

La última vez que Bernardo había participado en una conversación similar estaba vivo el tío Alfonso y él acababa de regresar de uno de sus cursos universitarios, iluminado por una fe que le exigía aconsejarles desprenderse de todas sus riquezas y entregárselas a aquellos que las hacían producir. Fue una escena que culminó violentamente entre los improperios del tío Alfonso, que se mostraba en lo económico un convencido liberal.

Bernardo dejó hablar a su madre cuanto quiso y luego le respondió que aquellos asuntos no le preocupaban, que acaso lo más sensato fuese venderlo todo y emplear el resultado de las enajenaciones en constituir un fondo que a ella la mantuviese durante los años de su vejez.

—¿Y tú? ¿Que va a ser de ti? —preguntó ella con tono de amenaza y como si lo azaroso de su destino constituyese en sí mismo un hecho execrable.

—Ya me las arreglaré.

Ella aguantó su respuesta como si de la propia respiración se tratase y al fin volvió a la carga, refiriéndose, con inconsecuencia que no carecía de lógica, al otro asunto que sin duda permanecía en el centro de su preocupación.

—¿Y ése Julio Lesmes? ¿Vas a verle por fin?

—Ya te dije que no, si tú no quieres —respondió con firmeza Bernardo—. Voy a dar un paseo hasta la noche y luego me iré al cine.

Sostuvo sin parpadear la mirada de ella, para que su afirmación quedase clara incluso en los gestos accesorios. Ella entendió sin equívocos lo que él había querido decir: que iba a ver a Lesmes, que no la obedecería. Tomó aire otra vez y lo soltó luego muy despacio, antes de ponerse en pie para retirarse a su habitación.

—Así me gusta, Bernardo —dijo, con la misma frialdad decepcionada con que hubiera debido decir allá tú —. No debes olvidar que te quitó la mujer y que se quedó con todo el dinero de aquel negocio.

Bernardo permaneció un rato en el comedor. Su desconcierto, tras el abandono de María Luisa y el inicial rencor por Julio Lesmes, había permitido que se mantuviese un equívoco ya olvidado sobre aquel negocio editorial que iban a comenzar Julio Lesmes y él con Anselmo y Heidi, y que la desaparición de ellos había hecho fracasar. Pero no había sido Julio Lesmes quien se llevó el dinero, recordó vivamente, descubriendo de pronto uno de los motivos de su interés por el comportamiento de Heidi que tuvo su remate en aquel monte cubierto de restos carbonizados.

Basi comenzó a retirar con parsimonia los cacharros del desayuno.

—Tu madre no quiere que veas a Julio Lesmes —dijo —. Me ha reñido por haberte avisado de que te llamaba.

Bernardo intentó disculpar a su madre con la automática solidaridad del sentimiento.

—Está preocupada por mí. Cree que puede hacerme mal.

Basi ignoró la respuesta y se acercó mucho, hasta que su rostro quedó borroso por la proximidad y él tuvo que desviar la mirada, encontrando en la esfera del gran reloj de pared otro rostro que parecía escrutar desde la penumbra sus secreteos.

—Debes verle. Tú vete a verle y no hagas caso de tu madre. Anoche, cuando me fui a acostar, una mariposa blanca se posó en tu retrato. Fíjate, una mariposa a estas alturas.

Bernardo se fue a la calle y penetró gustoso en el día gris y destemplado, como si fuese el interior de una estancia confortable, sintiendo aplacarse su inquietud. Las calles que recorría estaban vacías de gente y sólo los comercios presentaban la apariencia de las jornadas laborables, entre el aire neblinoso y mortecino que prevalecía sobre los brillos y los ruidos, oscureciéndolo y acallándolo todo.

Se encaminó hacia la parte trasera del palacio episcopal, en la curiosidad renovada de contemplar el espacio que estaban abriendo las grandes máquinas, hasta encontrar, tras una profunda zanja, gran parte del muro de adobe derrumbado por la fuerza de las excavadoras y abierta una grieta ancha que permitía una visión inédita del patio y de la parte posterior de la casa materna.

Uno de los obreros le advirtió de que el paso era difícil, pero aunque había bastante barro, él se obstinó en llegar hasta la grieta y, tras encaramarse a sus bordes pegajosos, saltó al interior. Como consecuencia de la rotura del muro —que debía llevar hecha varios días— alguien había aprovechado el acceso para depositar basura, cascotes y algunos viejos aparatos sanitarios, y Bernardo debió salvar con precaución aquellos obstáculos inestables.

Hacía muchísimos años que no había contemplado el patio desde aquella perspectiva; en realidad, en muy pocas ocasiones llegaban hasta allí en sus juegos, pues se trataba de una parte sombría y helada en invierno, y especialmente propicia al crecimiento de las ortigas durante el resto del año. Se acercó al pozo, cuyo brocal estaba ya completamente destruido, dejando ver un interior cegado por montones de tierra e inmundicias, y luego al olmo, que todavía mantenía enhiestas sus grandes ramas negras.

El olmo estaba desnudo del verdor que le debía cubrir en los meses cálidos, pero él sabía que no era resultado del reposo invernal, sino de la extinción por una plaga, acaecida después de su regreso, en los últimos años, que había significado para él otra señal de aniquilamiento, mientras contemplaba desde la ventana de su habitación el lento resecarse del enorme árbol y las progresivas resquebrajaduras que proclamaban su muerte.

Allí se refugiaban cuando fueron capaces de trepar hasta su copa; y aquella evocación, que recogía el vago reflejo de algunos ensueños, le dio la idea de que acaso no había venido al patio casualmente, sino para ordenar y rehabilitar algunas partes de su memoria antes del reencuentro con Julio Lesmes. Mas cualquiera que fuese la razón que le había llevado hasta allí después de tantos años —muchos más de los que mediaban desde su regreso, más allá de los límites de su juventud— se dispuso a verificar el estado actual del lugar.

La trasera del bar Luna estaba cerrada y grandes tablones apuntalaban las puertas de madera, sobre los tragaluces. Recordó a aquel Buenaventura del bar tan claramente que por un momento intuyó que las puertas iban a abrirse, removiendo y haciendo saltar las tablas que las sujetaban, y que su cuerpo aparecería en el umbral; pero toda aquella ala estaba clausurada y vacía y aguardaba la ruina total con ese ademán sin elegancia que sucede al patetismo de las rendiciones.

Buenaventura era un hombre peculiar, que oscurecía siempre sus juicios tras la alusión a algún dato de que solamente él era privilegiado poseedor. Cuando regresaron de su primer curso en la universidad, encendidos ya en ideas que sólo en secreto podían contrastarse, descubrieron en Buenaventura un animoso simpatizante. Solían reunirse en el bar después de comer, para jugarse el café a los dados, e iniciaron con él una de esas conversaciones inconexas que se van tejiendo día tras día hasta conseguir una coherencia que sólo empieza a alcanzar algún sentido con el paso de los meses o de los años.

—Hasta me llamo Buenaventura, como *él* —decía, guiñando un ojo —. Pero hay que callar mucho y disimular más. Lo importante es ensuciarse lo menos posible. Ya llegarán otros tiempos.

Rebasaba el comunismo por los extremos de una utopía cargada de proyectos imposibles.

—En la catedral se instituirá el templo de la Idea. Y todos los canónigos, a sachar.

Una tarde que Bernardo esperaba la llegada de Julio y de Anselmo —que había venido, por primera vez después de mucho tiempo, a pasar unos días en la ciudad— le habló de su padre de un modo diferente al que era habitual en su casa.

Bernardo estaba sentado frente a la pequeña ventana, contemplando la calle que subía hacia la plaza de la catedral y considerando que la negruzca desolación de las fachadas acentuaba su figura de peñascos sombríos en torno al castillo.

Era la hora lánguida que precedía a la llegada de los parroquianos. Buenaventura limpiaba con una bayeta húmeda el pequeño mostrador y desde la cocina diminuta llegaba el aroma de la ajada que habría de empapar las tapas de sangre cocida, dispuestas en paralelogramos en una fuente de barro, formando una enigmática construcción.

Bernardo había pedido un café y Buenaventura se lo sirvió al fin y se quedó mirándole. Su ademán no representaba sólo la mera observación del cliente, sino una curiosidad más sutil, que estuviese nutriendo alguna voracidad secreta.

—¿Qué tal tu madre? —preguntó al cabo de unos instantes.

La figura de la madre, que por aquellos días estaba pasando una de sus crisis encerrada en su alcoba, determinó en Bernardo un gesto ambiguo y en el otro un parpadeo conmiserativo.

—Sigue con lo suyo, ¿eh?

—Sí.

—Pobre.

Por tanto, aquella mirada no significaba sin embargo una absorción, sino la donación de un reconocimiento afectuoso.

—¿Quieres un anís?

Bernardo negó con la cabeza y con la voz. Buenaventura fue tras el mostrador y, tras servirse en una copa que tenía firmemente marcada en el perímetro una línea roja, como un cinturón sobre una panza diminuta, se secó las manos y entrecerró los ojos.

—Cada vez sales más a tu padre.

Entonces fue Bernardo el atónito espectador.

—Yo conocí mucho a tu padre, desde niño. Nuestras familias venían del mismo pueblo.

Volvió sucesivamente los ojos a cada uno de ambos rabillos, como recelando un acecho, y bajó un poco la voz.

—Cuando bajó del monte estuvo escondido aquí.

—Ya —respondió Bernardo, encubriendo hábilmente su desconcierto.

—¿Lo sabías?

—Mi madre me lo contó —afirmó Bernardo, comprendiendo que aquella mentira era necesaria y urgente.

El hombre apuró la copa de un solo trago y guardó una pausa mínima, pero atroz.

—Tú entonces no habías nacido, claro —dijo.

Hablaba con la torpeza de quien alude a un sobreentendido embarazoso y puso una de las manazas sobre su hombro derecho.

—Ahí abajo, en el sótano.

Bernardo asintió con la cabeza y el hombre hizo un gesto, invitándole a seguirle. En el suelo, tras el mostrador, había una tarima. Buenaventura la apartó, colocándola a un lado verticalmente, y barrió luego el lugar hasta amontonar el mugriento serrín en el borde de una trampa cuyos goznes chirriaron mientras la alzaba. Unas escaleras orladas de serrín descendían hacia la oscuridad. El hombre hizo girar una llave de luz y abajo resplandeció un brillo desvaído que disolvió inmediatamente su luminosidad entre las pardas superficies y las borrosas aristas, y como si la repentina iluminación apenas hubiese hecho otra cosa que sacudir levemente la sustancia que antes las hacía invisibles, los objetos entrevistos —bocoyes, sacos, cajones, garrafas— se mostraron con inerte imprecisión.

Bernardo siguió al hombre, que avanzaba hacia una zona donde se amontonaban grandes cestos llenos de cascos vacíos que apartó, levantando entre resoplidos una mampara de cañizo.

—Por ahí andará el catre.

Ciertamente, tras quedar separados cestos y cajas, apareció junto a la pared un somier de alambres orinientos.

—Ahí dormía tu padre —dijo Buenaventura—. Ahí se sentaba. Pasó muchos días aquí dentro. Ahí escribía, sentado en el jergón, con los papeles encima de una caja.

Bernardo desentrañaba el olor como si apartase sucesivas costras: estaba hecho de polvo de carbón, de sebo, de manzanas pasadas. Sobre la superficie irregular de los objetos desperdigados, la zarpa del tiempo había marcado arañazos sanguinolentos. Sin decir nada, volvió la mirada al rostro abotargado.

—Bueno, ahora todo está patas arriba, pero entonces lo preparamos mucho más cómodo —exclamó el hombrón.

Pero Bernardo ya no quería saber más, sino irse a recorrer otra vez las callejuelas entre los oscuros edificios donde también estaban marcados los gigantescos zarpazos, como muescas de un ataque irresistible.

Más allá, la puerta del sótano del francés, que había sido tapiada con ladrillos, introducía en la fachada la nota inquietante de las clausuras extremas. Las restantes puertas estaban también cerradas y los pocos resquicios, abiertos como gateras o escondrijos de ratas, aumentaban la imagen de abandono.

Llegó hasta el extremo de la fachada, en el punto en que ésta hacía ángulo recto con el muro de tapial que separaba el patio del de la ferretería y sintió una gran congoja, pues la vieja puerta seguía mostrando el color verdoso que tanto la distinguía del resto de las puertas del patio y aquella placa de madera que ostentaba orgullosamente el rótulo del establecimiento: *Radio Keitel*, en una paradoja que los niños no eran capaces de comprender, pues el rótulo que anunciaba la entrada principal, al otro lado del edificio y frente a la plaza, decía escuetamente *Radio K*.

Las puertas de la ventana, no del todo cerradas, permitían atisbar la vieja superficie polvorienta de la mesa sobre la que el alemán se abstraía en el montaje o reparación de sus aparatos y Bernardo sintió otra escocedura interior —otra rasgadura más entre los quebrantos de su resurrección— y, sabiendo que el malestar sería aún más intenso, bordeó la pequeña tapia que se extendía durante veinte pasos ante aquella zona, y luego la segunda tapia —restos ambas de separaciones que ya no existían ni siquiera en los tiempos de la infancia— hasta llegar junto al inmenso muro posterior de la huerta del palacio episcopal y buscar el rincón más escondido del patio, allí donde, sobre un pequeño amontonamiento producido por restos muy antiguos de otros muros de barro, ya del todo desmoronados, habían llegado a construir un cobertizo utilizando restos de un carro, duelas inútiles y otros residuos de madera y lona.

Buscaba un signo que solamente él era capaz de interpretar; un signo grabado con un clavo en el tapial, como las señales de los canteros en las piedras de la catedral y las incisiones en las tejas y en los ladrillos de la ciudad cuando la construyó la legión romana; un cuadrado en que, confundidas, se inscribían una hache y una be mayúsculas, en prueba secreta de una adoración que solamente el adorador conocía: las iniciales del nombre de Heidi y de su propio nombre.

Lo encontró al cabo, grabado en el muro sobre los restos carcomidos del voladizo derrumbado y cubierto de largas lenguas de musgo, y su malestar se hizo aún mayor, con la consistencia de las heridas verdaderas.

Se alejaba, intentando sortear el barro, cuando en una de las ventanas de la torre, descubrió la figura materna. Estaba de pie, con un chal sobre los hombros, y contemplaba inmóvil la calle, que a él no le era posible ver desde el lugar donde se encontraba, pues le separaba el edificio del bar Luna. Aquella postura de su madre tenía toda la apariencia de una antigua espera y repetía una actitud observada muchas veces en la niñez, al interrumpir un instante los juegos que a él le ocupaban en el patio.

Del mismo modo que su madre se ensimismaba en la supuesta lectura del libro que mantenía abierto sobre su velador, lo hacía también muchas veces en aquella estupefacta observación de la calle. Y al recobrar aquella imagen tan familiar y, sin embargo, tan olvidada, pensó por un instante que la única verdad debía ser que él seguía siendo un niño y que el patio se encontraba en el tiempo mismo que había cobijado sus juegos infantiles. El ruido de las máquinas que trabajaban más allá del muro, la visión de los cascotes y de los desperdicios y la arruinada lasitud de todo el contorno, deshicieron en el acto la sombra de su atisbo, y estuvo contemplándola con lástima de su soledad, antes de cruzar el último tramo del patio, abrir la puerta del zaguán, recorrerlo y encontrar la plaza, que estaba también bastante vacía, como si fueran las horas tempranas de un día de fiesta.

Alarmado por el vigor con que las evocaciones parecían rebrotar en él, se propuso esperar en el desván la hora del almuerzo, entretenido en encolar los fragmentos de una lucerna, para recuperar la pacífica atonía que había conseguido en los últimos años frente a los recuerdos, como un escudo que le hacía inexpugnable ante cualquier responsabilidad; y esperaba que la cola se consolidase cuando se encontró marcando con un lapicero en la tabla el olvidado signo –una hache mayúscula cuyo rasgo vertical izquierdo era el rasgo recto de una be mayúscula que se superponía, haciendo coincidir el punto de conjunción de sus dos arcos con el rasgo horizontal de aquélla– que había inventado tantos años atrás, después de innumerables ensayos que eran sobre todo la plasmación gráfica de un embeleso.

Heidi llegó un día con sus padres en una destartalada *rubia* que trasladaba todos sus enseres. Unos días antes, el tío Alfonso había dicho en la comida que pronto vendría un alemán a ocupar el local que estaba al final del edificio, lindando con la ferretería de Lesmes.

–Va a poner un taller de reparación de radios. Habla muy mal el español y dice que viene de la Argentina. Trae a su mujer y a su hija.

–¿De la Argentina?

–Debió marcharse allí cuando acabó la guerra –dijo el tío Alfonso, con un ademán que Bernardo no supo interpretar entonces–, pero dice que prefiere vivir aquí.

No la vio llegar, pero tuvo una rara intuición de su presencia. Era de noche y él estaba en la cocina, buscando la cercanía consoladora de Basi mientras intentaba dominar alguno de aquellos problemas de aritmética que solían prenderle con los zarzales en sus argucias, cuando su atención se sintió reclamada desde el patio, donde se debía haber producido algún sonido insólito, o había surgido un resplandor que captó con el rabillo del ojo.

Se acercó a la ventana y, de puntillas, observó el contorno del lugar, que habitualmente sólo rasgaba el resplandor oblicuo de la luz de la propia cocina, y pudo percibir que una nueva señal luminosa, procedente de la puerta que había en el extremo derecho de la casa, marcaba la tierra con un largo reflejo y que en medio de la claridad, de frente al haz luminoso, permanecía inmóvil la figura de una niña.

Bernardo comprendió enseguida que la inmovilidad de la niña era el ademán pasajero en que él la había descubierto, porque no estaba quieta, sino que oscilaba lentamente, alzando y bajando los brazos y moviendo las piernas para cruzar y descruzar los pies.

—Basi, ven —llamó Bernardo—. Mira.

Basi llegó junto a él y contempló también los movimientos de la pequeña figura.

—Debe ser la hija —murmuró—. Ya han metido sus cosas, unos pocos muebles y dos cestos con platos y cazuelas.

—¿Qué hace? ¿Baila?

—Yo qué sé —respondió Basi, tras un momento de reflexión—. Bailará o no bailará. Es gente que viene de muy lejos.

A lo largo de los siguientes días, Bernardo no volvió a ver a la niña, pero cuando regresaba del colegio advertía novedades en la pequeña vivienda inmediata a su casa.

El recién llegado —un hombre alto, de pelo pajizo en la gran cabeza y manos anchas— pintó de verde las puertas de entrada que daban al zaguán y al patio, y colocó junto a la ventana anexa a la puerta del patio, en el interior de la estancia, una enorme mesa de trabajo junto a la que, desde entonces, se encontraba habitualmente sentado, embebido en la cuidadosa manipulación de las bobinas y los altavoces de las radios que montaba y reparaba. La ventana servía de acceso para que los clientes entregasen o recogiesen sus encargos, haciendo también de mostrador.

Unos días más tarde, Bernardo lo encontró en la parte de la plaza, subido a una escalera de madera y abriendo sobre la ventana de su vivienda unos orificios donde iba a sujetar el cartel indicativo del negocio. Aquella vez estaba allí la niña, observando el trabajo del hombre desde el vano del soportal. Bernardo se acercó a ella y le preguntó si era la nueva vecina y la niña le miró sin contestar; al rato, Bernardo se sintió muy avergonzado y se disponía a alejarse, cuando ella dijo que se llamaba Heidi.

—Hache, e, i latina, de, i latina otra vez —añadió.

—Tú no eres de aquí, ¿verdad? —preguntó Bernardo.

La niña alzó el brazo, en un ademán que podía significar un espacio perdido en el fondo del cielo y, en todo caso, la ambigua proporción de las distancias que no son fáciles de medir.

—No —respondió concisamente.

Bernardo se encontró con ella los días siguientes al regresar del colegio, hasta que ella desapareció, en el cumplimiento también de su propias obligaciones escolares.

Bernardo recordaba que, en alguna de aquellas ocasiones, estaba presente Julio Lesmes, pero cuando mucho tiempo después evocaron los momentos iniciales de su encuentro con ella —mientras recorrían la tierra abrasada por el choque del avión, entre despojos quemados, ropas desgarradas y humeantes residuos mecánicos— no consiguieron unificarlos.

Los dos coincidían en que Heidi hablaba mucho del pasado, relatando con cuidadoso pormenor, en su español extraño y cantarín, sucesos que pertenecían a un momento de su propia vida que aparecía como el único tiempo verdaderamente importante de su experiencia. Aquellos relatos, según la memoria de Bernardo, describían un abuelo de barba blanca, una casa en la vertiginosa ladera de una montaña, rebaños de cabras, un gavilán, una vida pastoril bajo las águilas que surcaban los cielos de restallante luminosidad.

Bernardo estaba acostumbrado a las rutinas de la vida urbana, pero cuando las vacaciones del verano la interrumpían, pasaba unos meses en el valle, en la casa de donde su madre y el tío Alfonso procedían, reencontrando cada año aquel espacio en que los olores, los sonidos y las luces eran manifestaciones diversas de un tiempo acomodado a la precisa dimensión de sus necesidades, como si fuese la réplica contemporánea de ese territorio original del que, por aquel pecado de los Primeros Padres, todo el linaje humano había sido expulsado para siempre, con el adicional castigo de su permanente nostalgia. Por eso, los relatos de Heidi sobre sus aventuras campesinas tenían la consistencia y el sabor de los alimentos con que se reanima a los viajeros perdidos y desmayados en una tierra inhóspita.

—No hablaba de una casa en las montañas —repuso Julio Lesmes— o por lo menos yo nunca se lo oí. Yo la oí describir una gran llanura, trenes que se iban perdiendo en la distancia haciéndose invisibles, tras dejar una cola de humo que se disolvía lentamente, rebaños abundantes que pastaban diseminados hasta el horizonte, jinetes galopando en el anochecer.

Oyó entonces un suave resollar y comprendió que alguien se encontraba al otro lado de la puerta, aunque no había oído las pisadas que deberían haber precedido a su ascensión. Había alguien vigilándole y él era consciente de ello por primera vez, pues acaso los crujidos, los correteos, los chasquidos que parecían manifestar continuamente la gravitación de la casa y el pulso del mundo no eran sino las muestras de una imperceptible vigilancia.

Se levantó con sigilo, procurando que sus pasos no originasen ningún sonido, se acercó a la puerta y la abrió de un tirón; no encontró a nadie, pero sintió con mayor intensidad el eco del resollar y vio que Basi, sujetándose al pasamanos de la balaustrada, subía lentamente el último tramo de las escaleras. Un poco desconcertado por la confusión de sus sentidos, Bernardo esperó a que la vieja llegase hasta el descansillo.

–Chist –musitó ella, haciendo una señal para que entrasen en el cuarto y cerrando la puerta.

–Para qué subes, mujer.

–Calla –repuso ella con voz silbante–. Vine para decirte que debes verle. Tú vete a verle y no hagas caso de tu madre. Ayer pensé que eran malos augurios y soñé con muertos, pero anoche entró esa mariposa blanca por la ventana de mi cuarto y se posó en tu retrato. Fíjate, una mariposa blanca a estas alturas.

–Y qué –exclamó Bernardo, admirado, como cuando era niño, de aquellas fantasías.

–¿Es que no te das cuenta? Un mensaje. Tiene que ser un mensaje para ti. Yo ya no puedo esperar noticias de nadie.

Anguila estaba al noroeste –noroeste cuarta al norte, exactamente– en el recodo que formaba el rincón desnudo ya de construcciones, a la izquierda del muro de la huerta del palacio episcopal y a la derecha del edificio perpendicular a la casa de la torre. Solamente los acantilados –una pared de tapial con un sobreañadido de ladrillo– separaban Anguila del mundo exterior. En la cresta de la pared se erizarían con el tiempo fragmentos de vidrio y junto a su parte inferior brotaban frondosos matojos de malas hierbas, añadiendo hermetismo a su naturaleza de límite infranqueable.

Los bordes fronterizos de Anguila y su contacto con el resto del Patio lo constituían el negrillo y el pozo, cuyo brocal estaba cubierto por unas tablas de madera sobre las que se amontonaban grandes trozos de piedra de cantería, toscos sellos que sólo mediante su volumen podían mostrar la señal de su función.

Anguila era visible, y por tanto habitable, desde la primavera, cuando la sombra del ramaje del negrillo permitía cuajar la penumbra selvática del trópico, aunque su atolón –que una mirada ignorante hubiera confundido con la superficie redondeada de dos piedras blanquecinas semienterradas unos metros más allá del pozo– era visible y vadeable en cualquier estación.

En invierno, aunque las ramas del árbol ya estaban desnudas, la sombra ocupaba aquel rincón casi todo el día y lo cubría de una escarcha azulada. El frío ocultaba Anguila durante los inviernos como la bruma de ciertas épocas oculta la entrada de algunas bahías, aunque su recuerdo y la seguridad de su recuperación convertían el territorio en un mito conservado en secreto durante la inactividad invernal.

En el gran muro del norte –el que separaba el Patio de la huerta del palacio episcopal– estaba empotrado un enorme bajorrelieve, ya muy desgastado pero de muy buena hechura, que representaba una Anunciación. Era ya imposible conocer a qué contemplaciones pudo haber estado dedicada una obra tan grande y cuidadosa, pues en los tiempos del Patio, separada de la trasera de la casa por apenas quince metros, carecía de perspectiva suficiente para que un solo golpe de vista la abarcase toda.

Acaso su destino fueron los antiguos extramuros en que habría de construirse la Plaza Mayor, cuyo lado norte, en un espacio bastante grande, vino a estar formado, precisamente, por la casa de la torre; y como antes de que se edificase la plaza aquella explanada era el lugar habitual donde los campesinos de los pueblos del alfoz ofrecían los productos de su trabajo a los habitantes de la ciudad, en un mercado que había comenzado cuando los romanos asentaron su primer campamento, la Anunciación incrustada en aquel muro pudo haber estado destinada al fervor de los concurrentes al mercado, como un Angelus siempre visible.

Desde las ventanas traseras de la casa podía verse mejor el grupo, una virgen arrodillada frente a un ángel de grandes alas que extendía un brazo. Un jarrón con lirios, distintivo de la catedral, se interponía entre ambos. Pero el brazo del ángel señalaba claramente Anguila, con un dedo índice que había conseguido mantenerse a pesar de los accidentes y las erosiones.

El dedo señalaba Anguila, con sus sombras selváticas y sus brisas marinas, como si mostrase las playas donde se tumbaban los piratas, después de cada incursión, para comentar sus últimas hazañas y preparar las próximas, y en cuyas colinas levantaban sus fortines y ocultaban algunos de sus tesoros.

Aquel muro cerraba el norte con la inaccesibilidad de un insalvable obstáculo geográfico, y aunque algunas veces se consiguió culminar su escalada, era sin duda un confín a partir del cual era difícil la expansión aventurera, pero también la invasión de los extraños.

El oeste —en la vecindad de Anguila y sus costas— lo formaba un edificio muy antiguo, anterior a la casa de la torre y con la que mantenía una posición perpendicular; presentaba muros anchos y una estructura de madera que, con los años, se había ido deformando, hasta hinchar las paredes con panzas y hundir el tejado en su mitad como el espinazo de una vieja caballería, en oquedad favorecedora del crecimiento de musgo y pequeñas matas.

El edificio, que solamente tenía planta baja, albergaba primeramente la cordelería —que carecía de puerta al Patio, aunque un ventanuco permitía divisar el oscuro aposento lleno de cestas con corchos, rollos de cuerda de esparto y ovillos de bramante, además de algunos instrumentos de madera, como bieldos o madreñas— y luego el bar de Buenaventura y otros dos locales.

El bar de Buenaventura —que, en la calle a la que presentaba su fachada, no ofrecía otro anuncio identificador que el número de la casa, pintado en rojo— era conocido como *el Luna* y tenía una puerta que daba al Patio y junto a la que, a menudo, quedaban depositados algunos de los objetos propios de su comercio. Se decía que, dentro del local, una trampa en el suelo permitía el acceso al sótano, una estancia al parecer más grande que el espacio que ocupaba el bar, de paredes redondeadas y hechas con grandes cantos, cimiento acaso de la vieja muralla de la ciudad, que alguna vez llegó hasta aquellos lugares.

Venía a continuación el pequeño local del encuadernador, que tampoco tenía otra salida al Patio que un ventanuco enrejado, y luego el Almacén, un local que iban utilizando sucesivos arrendatarios y que mantenía habitualmente una clausura silenciosa, pero no inerte, mientras cobijaba mercancías que manifestaban por el tragaluz su naturaleza mediante el olor: fruta durante mucho tiempo, jabones más tarde, muebles. Todos los productos almacenados allí exhalaban un aroma tenue y perenne que constituía el verdadero límite del oeste.

Justo en el suroeste, muy cerca de la esquina pero ya en la casa de la torre, bajo la ventana del primer piso, algún albañil había incrustado, cuando se levantó el edificio, un resto de alguna vieja escultura: el fragmento de un rostro de mármol que presentaba parte de una frente y dos ojos, sobre pómulos pronunciados, con la nariz y el labio superior de una boca.

Aquella faz incompleta, que parecía asomarse a la pared como si el resto del cuerpo permaneciese oculto entre el aparejo —aunque se decía que las dos piedras blancas y redondeadas que marcaban el atolón de Anguila eran los hombros de la figura, que permanecería enterrada en posición vertical— acabó siendo denominada *la cara de Augusto*, pues recordaba alguno de los retratos oficiales del emperador que figuraban en los manuales de historia y en el diccionario de latín.

Al sur, el Patio limitaba con la fachada posterior de la casa de la torre, en cuyo primer piso, adornando sus vierteaguas con tiestos de geranios, siete ventanas recogían el sol del mediodía. La casa de la torre, cerca del rincón en que se incrustaba la cara de Augusto, tenía salida al Patio a través de la puertecita del sótano del francés, cerrada con un enorme pestillo que fijaba un cerrojo y que tenía en su parte inferior una gatera perfectamente circular.

No había otras puertas en aquella pared hasta la del lavadero, que daba acceso a una estancia en que se encontraba un enorme fregadero —de cemento tan fino y bruñido que parecía mármol— y la del zaguán, pocos metros más allá, que comunicaba el Patio con la Plaza Mayor y que solía permanecer abierta en tiempo de calor y cerrada en el de frío.

Despues de la del zaguán estaba la puerta de *Radio Keitel*, inmediata a la ventana que comunicaba con el taller y junto a la que descendía el canalón para el agua de las lluvias que, desde el tejado de la casa, formaba en el rincón una columna asimétrica, hecha de pedazos de zinc y tubos de cerámica roja que era el punto mismo de la orientación sureste y las antípodas de Anguila.

Entre la casa de la torre y el muro de la huerta del palacio episcopal, el este estaba marcado por otro antiguo muro de tapial que, carcomido y de irregular altura, debía haber servido alguna vez de contrafuerte y tenía mucho espesor; en su parte inferior, muy cerca del edificio, había en el muro una pequeña entrada que comunicaba el Patio con el patio de la ferretería y que se utilizaba a veces para facilitar el acarreo de los objetos que quedaban almacenados en el exterior de la tienda, como ciertas máquinas de labranza y las poleas grandes o los ejes cigüeñales.

Más allá del muro sobresalían las ramas de una gran morera, anunciando un jardín limítrofe que, al parecer, pertenecía también al palacio episcopal, pero que estaba abandonado desde hacía mucho tiempo y servía de territorio a una numerosa familia de gatos.

A lo largo del tapial, entre sur y norte, el Patio estaba interrumpido por los alargados muñones de dos antiguas tapias de barro. El espacio entre la primera tapia y la frontera del sur —las puertas del lavadero, del zaguán y de Radio Keitel— no tenía nombre; era terreno de paso, y la gente de la casa de la torre colgaba a secar la ropa recién lavada en unas cuerdas que enlazaban un puntal alzado a cinco o seis metros del tapial, con varias escarpias herrumbrosas fijadas a éste.

El espacio entre la primera y la segunda tapia se llamaba *el callejón*; quedaban allí los restos de un columpio —utilizados para ejercicios y esfuerzos mucho más intensos que el de columpiarse— y, en el sector de tapial que limitaba con aquel espacio, existían diversas oquedades y orificios donde se dejaban, protegidos por una piedra, los mensajes para ajustar citas o transmitir informaciones. También en aquel lugar —especialmente soleado en las mañanas de invierno— se fueron grabando muescas, iniciales y garabatos que terminaron organizando la figura de un complejo petroglifo.

Después de la segunda tapia y el callejón, frente a Anguila, ocupando el nordeste, estaba *la montaña*, contenida por el perfecto ángulo recto que formaban el muro de la huerta del palacio episcopal y el rojizo tapial. Constituía la base de la montaña un montón de antiguos adobes desgastados, resto sin duda de un inmemorial derrumbe, y en su cima se alzaba la caja del carro, con un toldo lleno de costurones que le servía de cobertura y que constituía *la cabaña*.

Las ruedas del carro, que durante mucho tiempo habían permanecido apoyadas en el tapial, desaparecieron al fin y la caja y el toldo fueron envejeciendo cada vez más y salpicándose de tierra y barro, hasta parecer elaboradas con la misma sustancia que el tapial. Pero la cabaña mantuvo durante mucho tiempo su refugio, mostrándose a la luz poniente como la verdadera habitación del Patio. A veces, cuando el frío era intenso, se hacía una hoguera en el suelo de la cabaña —previniendo los posibles incendios con una espesa capa de tierra— y los piratas se sentaban en torno al fuego para devorar sus alimentos en silencio.

Julio Lesmes levantó la vista y encontró la mirada inquisitiva del hombre que, en posición opuesta a la suya, ocupaba uno de los asientos siguientes, al otro lado del pasillo: los ojos subrepticios que sin duda se habían estado posando sobre él con el merodeo de los insectos. Él enarcó las cejas y los ojos huyeron instantáneamente; el hombre levantó levemente la revista que reposaba en sus rodillas y repasó sus páginas como si la observación de aquel otro viajero tan aplicado a la escritura hubiese sido efecto de un vistazo casual y no de una atención pertinaz, pero Julio Lesmes sospechó que, tras el último gesto, se disimulaba la confusión de que el espionaje hubiese sido descubierto, y mantuvo el ceño fruncido como muestra de desagrado. Cerró luego la pluma y releyó parsimoniosamente el resultado de su esfuerzo, anotando breves observaciones en el dorso de los folios, ideas que sería preciso añadir más adelante, cuando fuese desarrollando el texto.

Por fin, en el momento que parecería menos adecuado para ello –pues el tren traqueteaba tanto en algunos tramos que era necesario esmerarse para fijar en el papel un texto inteligible– había puesto por escrito la descripción del Patio, según el plano elaborado a través de tantas cavilaciones y dudas sobre la verdadera disposición que los lugares tuvieron cuando él los conoció; mas extintos los tiempos en que el Patio era un mundo vivo, el único Patio que podía quedar era el de su escritura, tras reproducirse en la memoria, por muy modificado que quedase a través de la imaginación.

Pensó en el Patio tal como lo acababa de describir, vacío, una mañana de primavera, mientras alguien lo contemplaba desde la entrada del zaguán: un muchacho de poca edad, hijo del dueño de la ferretería que ocupaba el edificio inmediato.

Aunque el muchacho había nacido en la casa de al lado y había visto el Patio muchas veces, nunca había comprendido su verdadera identidad, el corazón silvestre que ocultaba su apariencia de escondrijo urbano, hasta aquel momento en que vio a otro muchacho mientras tensaba un arco, apuntando con la flecha a un gato de piel cobriza, rayado como un tigre, que recorría lentamente el borde superior de una de las tapias.

Más allá había un árbol cuyas ramas desnudas se estaban cubriendo con el verde primerizo de los días largos, y el sol separaba con su violento tajo las superficies verticales de los remansos de sombra que se arremolinaban al pie de las tapias y de los muros.

El muchacho que contemplaba al tirador de arco contuvo la respiración hasta que el otro dejó escapar la flecha, pero el tiro, sin acertar al gato, golpeó contra la pared del fondo, produciendo un chasquido similar al de un interruptor, y la mirada del contemplador —dejando de ser la de Julio Lesmes niño— se cruzó con la del viajero inmóvil, que volvió a retirar la suya bruscamente, también con la exacta retracción de un mecanismo automático.

La coincidencia casi simultánea del chasquido imaginario y de la instantánea evasión de la mirada real adquirió el significado de una imagen inicial y Julio Lesmes percibió que en aquel preciso instante comenzaba el relato: unos ojos absorbiendo golosamente la visión ajena, en una inmovilidad que les llevaba sin embargo al sobresalto. El interruptor originando el desarrollo del relato, desde una oscuridad que era sustituida por aquel Patio henchido de sol.

Julio Lesmes se levantó y recorrió el tren, abriendo con empujones impacientes las puertas sucesivas, hasta llegar al bar. Llevaba en una mano el puñado de folios que había cubierto con su letra menuda y repasó nuevamente las hojas mientras bebía sorbos de cerveza y sentía el suave rozamiento visual del paisaje montuoso que se iba escurriendo deprisa a los costados del vagón. Cuando terminó su lectura, se quedó contemplando el exterior.

¿Era yo el muchacho que miraba?, pensó, pero acaso lo había murmurado inconscientemente, pues el camarero, como intentando aclarar una petición ininteligible, le preguntó si quería algo más, obligándole a regresar de la visión de aquellas planicies en que la soledad había adquirido la figura de un arbolado escaso que se disgregaba entre peñascos.

—Otra cerveza —respondió.

Por entonces, había descubierto las novelas, a partir de un regalo de su madrina que, con el libro sobre el intrépido náufrago, le reveló que en la escritura impresa en los libros podía haber ensueños que no tenían lugar en ningún otro sitio. Un compañero gordo y pálido que coleccionaba monedas le fue prestando novelas sobre las que su intuición acabó de sentar las bases de una de las pocas creencias que se mantuvieron indemnes dentro de él a lo largo de los años: que había en aquellas narraciones escritas desde la simple imaginación verbal un palpitar más verdadero que en la mayoría de los sucesos de la vida.

Había descubierto las novelas y también el momento y el lugar idóneos para leerlas. La mejor hora era la sobremesa de los domingos, mientras su padre dormitaba en el sillón de paja con un farias entre los dedos, dispuesto a escuchar la retransmisión de los partidos de la liga.

El muchacho, cuando la actitud del resto de la familia había alcanzado el centro del estupor, se escapaba sigiloso hasta la planta baja, abría la trampa del sótano y, tras atravesarlo —extendiendo ante él las manos como una mirada táctil, capaz de descubrir la dirección correcta entre los bultos— hallaba la escalera que llevaban a la oficina y salía a la gran nave del almacén.

A tales horas se había depositado en aquel lugar el silencio de las profundidades abisales y una languidez similar a la que debería envolver a los peces ciegos y a los crustáceos fosforescentes. Una bestia gigantesca descansaba en el fondo y el almacén era el interior de su vientre. Las vigas del techo marcaban los costillares y la balaustrada del corredor voladizo servía de sostén a las arterias de los cables y a las venas de las tuberías, dentro de una estructura anatómica que seguía extendiéndose hacia el fondo de los cajones y de las baldas, dejando entrever solamente las puertecitas y las aberturas que daban acceso a las inmóviles cavidades en que reposaban, entre membranas de papel aceitado, la musculatura bruñida de los mazos y de las tenazas y las vísceras de las plomadas y de los cojinetes.

Subía hasta el voladizo por una escalera metálica que se enroscaba sobre su eje y buscaba un lugar que, por efecto de un reflejo del sol en el centro de la lucerna que permitía la iluminación diurna de la nave, estaba envuelto en la claridad redondeada de un rayo excepcional.

El muchacho se sentaba allí con las piernas cruzadas, protegido por la balaustrada, y quedaba absorto en la lectura de las novelas. A veces descansaba de su embeleso recorriendo con la mirada los sectores de la gran estancia y los contenidos de sus anaqueles, los espacios en que se amontonaban los útiles agrícolas –guadañas, hoces, focinas, zapapicos y sachos– pero también los instrumentos de los albañiles y de los carpinteros, y los objetos necesarios para el oficio de los pintores y de los fontaneros, y muchos de los útiles imprescindibles en la vida doméstica.

Respetaba aquel lugar porque estaba lleno de cosas con nombres misteriosos y le parecía que su padre no era el propietario, sino un siervo –aunque muy distinguido– obligado al servicio de la ferretería como si se tratase de una divinidad repartida en los nombres que señalaban las hachas y los destrales, las llanas y las garruchas, los clavos y los estrinques, las sartenes y las potas, entre grandes rollos de alambre, cúmulos de trébedes y haces de mangos erizados como cañaverales.

Allí se presentía claramente el alma verdadera de un mundo por hacer, con sus fallebas y sus goznes, sus picaportes y sus cerraduras; se barruntaban los esfuerzos que habrían de emplearse en los picos y las hachas y hasta podía imaginarse, aletargado, el espíritu de las ebulliciones que habrían de retorcerse en el seno de las cazuelas. Allí esperaban también su lugar clavos y puntas y su ajuste definitivo tuercas y tornillos, para asegurar banquetas, estanterías, armarios y ataúdes.

Allí esperaba ser usado todo lo que, según creía él entonces, sería el armazón íntimo de las cosas del mundo, y desde el núcleo de aquel cúmulo de verdaderos pedazos de futuro él se internaba, con una gustosa sensación de equilibrio, en los territorios ficticios de la novela, que siempre resultaba la crónica de algo ya sucedido y pasado.

Le sacaba de su ensimismamiento la extinción de la luz y en tal momento recordaba algún tema colegial bien aprendido donde se enseñaba que el fluir de aquellos rayos había tardado ocho minutos y trece segundos desde su fuente originaria hasta las páginas que él estaba leyendo, en que acaso una máscara convertía a un ciudadano aparentemente perezoso y timorato en el más osado de los justicieros nocturnos.

Fue allí donde comenzó a confirmar su intuición de que se encontraba en una isla, único superviviente de un pavoroso naufragio, y que debía aprender a utilizar todos los recursos para sobrevivir. A menudo, aquella imagen venía a él inesperadamente, suscitándole un pavor que nadie era capaz de adivinar.

Tampoco aquello era una ferretería, pensó de pronto, pues comprendía que, como el Patio, el interior de la tienda de su recuerdo podía recuperar mediante el relato su sustancia verdadera, la que ocultaba detrás de la costumbre y la rutina. Así que regresó apresuradamente a su asiento e intentó continuar escribiendo.

Había descubierto con el tiempo que la tarea de escribir una novela representaba muy bien la fábula del náufrago que en la isla desierta va levantando su vivienda con despojos y tenacidad, pues hacía necesario rescatar fragmentos y residuos, arrancar de todos los lugares pedazos aprovechables, buscar sin descanso cuantos elementos pudiesen ser útiles para asegurar la inmediata conservación de la vida.

Pensó entonces en los muchachos de su relato y consideró que aquellos pedazos podían pertenecer a seres vivos; mas la actividad del escritor exigía una destreza insensible, pues sólo mediante una actitud así —similar a la de los científicos fanáticos de las propias ficciones novelescas— era posible llevar a cabo la transformación de la sangre real en sangre imaginaria, y la necesidad de esa metamorfosis era lo que daba a su labor la lúgubre serenidad de los hechiceros, que se alarga en ensalmos interminables.

Una satisfacción morbosa le llevó luego a imaginarse a sí mismo bajo la figura de quien realizaba una actividad similar a la de los animales depredadores y hasta de los buitres y las hienas, con el gusto de saber que podía regodearse impunemente en la conciencia de su falta de piedad. Él era un náufrago y hasta la vida ajena podía servirle para erigir su albergue, pues todo tenía sitio en las novelas e incluso la idea de la muerte, cuando se conseguía que se ajustase a los mecanismos del relato, cambiaba su terrible condición para adquirir la apariencia de una melancolía portátil e inocua, que podía archivarse tras la interrupción de la lectura.

Dos muchachos, pues. El que contemplaba al tirador dio a conocer su presencia mediante algún sonido que testificaba a la vez el fracaso del otro. El otro le miró un instante, buscó la flecha y se acercó luego a él tensando otra vez el arco, mientras parecía apuntarle, amenazante. Soltó la cuerda cuando estaba a menos de seis pasos, pero la flecha no encontró tampoco su blanco y se alejó por el zaguán hasta repiquetear suavemente en las baldosas.

Ambos permanecieron inmóviles. Luego, el arquero asumió su fracaso e invitó al otro a competir en una prueba de puntería y los dos corroboraron un reconocimiento que provenía de muchos años antes, pues habían nacido en aquellos edificios contiguos y en su primera niñez habían jugado juntos, obligados al contacto por la vecindad y hasta por la contigüidad de los patios. Así, a partir de aquel reencuentro, empezaron a reunirse en el Patio grande y a practicar juntos algunos juegos.

Entonces el Patio era todavía un lugar puramente accesorio, utilizado sólo como tendedero, desahogo para el género del bar y depósito descuidado de trastos en desuso. Algunas pandillas de muchachos, saltando la tapia que enlazaba el muro de la huerta espiscopal con el edificio del Luna, realizaban exploraciones o dirimían allí sus pugnas. Mas hubo un año —acaso en primavera— en que ellos dos se convirtieron en los únicos señores.

Por un lado, desaparecieron casi todos los objetos inservibles, por indicación del propietario, que no veía mal que aquel terreno se convirtiese en lugar de juegos; por otro, y ante la imposibilidad de un pacto con los invasores, comenzó contra ellos una guerra feroz en que se libraron varias escaramuzas y una batalla decisiva. Aunque en su bando estuvieron otros muchachos —el mozo más joven de la ferretería y otros de la plaza, conocidos del dueño del Luna— los invasores eran más y sólo el ardor, la resolución y el dominio del terreno les permitieron vencer los sucesivos enfrentamientos y la batalla final, que ocasionó la rotura de algunos cristales e hizo que el propietario resolviese levantar más aquella tapia y coronarla de pedazos de vidrio, para hacer imposible el acceso.

Se convirtieron en una pareja inseparable; estimulado por las piadosas costumbres de su madre, él practicaba entonces una devoción ingenua y a menudo rezaba a la Virgen pidiendo por el amigo, desde la convicción de que el amigo formaba de tal modo parte de sí mismo que era como si el otro, y no él, estuviese rezando y poniéndole a él en disposición de alcanzar la divina gracia. Pero, al margen de aquellos arrobamientos piadosos, pensaba que por fin el náufrago había encontrado un compañero a su medida.

La imagen del Patio era un mundo en el borde de otro, el extremo visible de un futuro de inimaginable esplendor. Durante todo el viaje, aquella idea se fue convirtiendo en un latiguillo obsesivo de su imaginación. El borde del mundo, pensaba. Debía escribir un relato con tal idea, donde quedase reflejado aquel finisterre misterioso en que habían transcurrido sus años de infancia y mocedad, edades perdidas en un lugar recóndito que, cuando se recordaba tal como fue, parecería haber pertenecido más a las cosas ilusorias que a la experiencia real.

El Patio, la ferretería, el laberinto de callejas y plazuelas que rodeaba la plaza, demarcaciones remotas, al margen de las rutas convencionales, donde las ideas y las fantasías crecían sin otra nutrición que los elementos inmediatos —hechos de lo cotidiano, pero también de un aliento impalpable que era sin duda el residuo persistente de fábulas originarias— y donde la comunicación de otros universos llegaba solamente a través del cine, los tebeos y las novelas.

Los ojos del otro pasajero estaban de nuevo fijos en él, como en el fortuito desvío de una contracción involuntaria, y Julio Lesmes intentó atrapar aquella mirada antes de que alzase su vuelo de huida. Ya no le molestaba tanta curiosidad, pues la insistencia había despertado su interés literario. Se obligó a una sonrisa que consiguió sujetar la mirada del viajero y éste dejó caer la revista sobre sus rodillas, mostrando en su gesto una turbación sumisa.

Julio Lesmes sacudió la cabeza en un saludo leve y luego se inclinó de nuevo sobre los folios. Los ojos del pasajero curioso le pertenecían ya y sabría aprovecharlos en su relato, igual que aquellos que colgaban de un árbol, como insólitos adornos navideños, tras el accidente en que Heidi desapareció. Y evocó aquella niña flaca, de piel muy blanca, pelo oscuro y ojos negros, que solía musitar para ella sola palabras indescifrables, en largos monólogos.

Ella eclipsó la comunión de los dos amigos, pero ella consiguió construir Anguila y denominó los rincones pedregosos. Y Julio Lesmes se puso a escribir de nuevo, sin importarle ya la mirada indiscreta, que acabó posándose otra vez en él.

—La ciudad parece completamente abandonada, qué pasa hoy. O es que se ha vuelto así —les había preguntado Julio Lesmes.

Ninguno de ellos contestó, sorprendidos también ante aquella soledad hueca en que la niebla se iba vertiendo lentamente. Apenas se habían separado unos pasos de la puerta del restaurante lleno de ruido y sin embargo podía pensarse que habían cruzado los límites de un territorio remoto y desconocido, muy lejos de los familiares espacios de la ciudad. Entonces Julio Lesmes se colocó entre los dos y sujetó un brazo de cada uno, Magdalena a su izquierda y Bernardo a su derecha, enlazándoles con una energía que pudiera mostrarse como un signo de conciliación y arrepentimiento, si no manifestase ante todo el ademán instintivo de quien pretendía defenderse del frío y de la humedad.

—Esta ciudad ha desaparecido hace muchos siglos y nosotros somos sólo algunos de sus fantasmas —repuso Bernardo burlonamente, como si con aquellas palabras aminorase la posible efusión del gesto del otro.

Echaron a andar acompasadamente, uncidos por los brazos de Julio Lesmes.

—Vagamos sobre un páramo en que se dispersan los cascotes de los edificios, desmoronados en un tiempo inmemorial continuó Bernardo—. Más allá de la niebla deben brillar los faros de los autos que circulan velozmente por las autovías del futuro.

Durante las horas precedentes, el encuentro no había suscitado el acercamiento ni la sonrisa. El primero en llegar había sido Bernardo, que al parecer bebió demasiado deprisa algunos vasos de vino y fumó varios cigarrillos. Cuando llegó Magdalena, el viejo placer se había transformado en una sensación de pesadumbre y repudio del invasor sólidamente reinstaurado y la posible euforia inicial había desembocado en una amargura reconocible.

—He vuelto a fumar —dijo tras dejarse besar con mansedumbre—. Me está sentando fatal.

Su melancolía le había hecho recuperar la actitud lejana y silenciosa que era habitual en él durante los últimos años y Magdalena, tras varios intentos de iniciar un diálogo que él iba destruyendo inmediatamente mediante sucesivos monosílabos, pidió una copa de jerez y, presa de súbito desánimo, se mantuvo también en silencio.

Julio Lesmes apareció después de Magdalena y se acercó a la mesa en que ellos estaban; miraba solamente a Bernardo e inició automáticamente el gesto de un abrazo; pero cuando estuvieron uno junto al otro, Bernardo se puso en pie, ambos se contemplaron en silencio y dejaron caer los brazos, sin concluir los gestos comenzados.

—Estás bastante mayor, Bernardo, bastante mayor. Para qué te voy a decir otra cosa.

—También tú estás mayor, Lesmes. El otro día, cuando me telefoneaste, recordé que durante una temporada, en clase, te estuvimos llamando Pelfo. ¿Tú recuerdas qué significaba? El Pelfo Tanubre.

—Cualquier cosa. Un idiotismo de temporada.

—Pues al fin lo he comprendido. Es el nombre que te va. Como si definiese bien esa corpulencia, fíjate que no te llamo gordo, y ese bigote gris.

—¿Has soplado ya mucho?

—Qué va, un par de vasos.

Magdalena intuyó que en ambos despertaba también la sospecha de que aquella cita que empezaba a cumplirse era totalmente innecesaria y que podía resultar dañina. Extendió entonces la mano izquierda y tocó un brazo del recién llegado.

—¿No me dices nada a mí? —preguntó.

Sin duda Julio Lesmes no esperaba su presencia, pues mantuvo todavía durante un rato la actitud de no reconocerla, permaneciendo en pie y mostrando en el rostro un gesto evasivo y displicente, con el que acaso quería obligarla a apartarse y asumir el error de su presencia.

La hostilidad era tan evidente que Magdalena dominó sus escrúpulos y su orgullo, apretó una mano de Bernardo —que desorientaba la mirada con aire confuso— y comprendió que aquella presencia suya entre los dos hombres suponía la consecución de un deseo anhelado con rabia desde los tiempos de la niñez, cuando les seguía por el patio manteniendo la distancia a que le forzaba aquella inexpugnable superioridad, capaz de establecer invisibles pero sólidas barreras.

—Me recuerdes o no, aquí me tienes —dijo, sintiendo que su desánimo era de pronto sustituido por una seguridad regocijada—. Bernardo me pidió que viniese yo también a cenar.

A lo largo de la cena, Julio Lesmes, en lugar de explicarles los motivos de su urgente visita, fue enhebrando una conversación trivial que Magdalena atendió sin renuencia, hasta que una vaga señal en los ojos de los hombres, un signo de la antigua confianza que no necesitaba palabras ni gestos, le hizo comprender que todas aquellas frases banales no eran sino una trampa de Lesmes destinada a perderla de nuevo en el merodeo y la exclusión. Se sintió pues asaltada otra vez por el desaliento, pero esperó una ocasión propicia para intervenir.

—¿Qué fue de María Luisa? —preguntó en una pausa de la conversación, haciendo explícito que ya las reglas del encuentro, si las hubo, habían quedado infringidas.

Julio Lesmes acusó con un titubeo la insidia de la pregunta, pero enseguida recuperó su habitual serenidad.

—No lo sé —dijo, dirigiéndose a Bernardo—. Ya hace algún tiempo que no la veo. Decidió separarse de mí. Ya no estamos juntos.

Había puesto mucho énfasis en las noticias, como prestando un testimonio que, pese a su ambigüedad, pudiese equilibrar pasados agravios.

—¿Y qué pasó con Heidi? —preguntó otra vez Magdalena—. ¿No venías a hablarnos de Heidi?

Julio Lesmes la miró con impaciencia. El restaurante se había llenado de clientes que hablaban con tono bastante alto, pero en su mesa ellos habían conseguido entenderse sin alzar la voz, como si estuviesen ejecutando las partes bien conocidas de un rito o los pasos previstos de una conspiración.

—Yo hablé de eso sólo con Bernardo —exclamó Julio Lesmes y en sus palabras se traslucía un inequívoco reproche.

Magdalena tomó una mano de Julio Lesmes y la suavidad de su gesto parecía representar una caricia.

—Mira, Lesmes, el patio, el Casino, la Facultad, todo aquello pasó. Tú ya no eres el piloto del galeón. Por eso Bernardo me dijo que viniera. Cuéntanos lo de Heidi.

—¿No existe el patio? —repuso Julio Lesmes, colocando a su vez una mano sobre la mano de Magdalena—. Yo voy a escribirlo, y verás si existe o no existe. Voy a escribirlo y te mantendré siempre a un lado, husmeando como un perrito.

—Lo tuyo es un problema de celos —exclamó Magdalena, colocando su otra mano sobre la de él—. Anteayer, cuando Bernardo me contó que le habías llamado, yo le dije que siempre creí que tú estabas enamorado de él. Siempre has querido monopolizarle.

El entrelazamiento de sus manos parecía proclamar un momento de euforia amistosa y un camarero se acercó a la mesa, sonriente, como si aquel gesto de cohesión fuese un explícito reclamo. Magdalena quiso brindar.

—Os voy a invitar yo —dijo—. Quiero celebrar este reencuentro.

—Sangre en el Ojo —exclamó Bernardo inesperadamente, poniendo su mano sobre las de los otros y sintiéndose acaso menos hipócrita que ridículo.

Pero Julio Lesmes siguió manteniendo su misteriosa circunspección y solamente cuando se encontraron arrojados a la pegajosa neblina que ceñía las calles como la gasa de una gala ya harapienta pareció aceptar que su viaje tenía un propósito, tras sorprenderse de la estampa de abandono y escuchar a Bernardo asegurar que la ciudad ya no existía y que los tres no eran otra cosa que puras fantasmagorías, y sujetarse a ellos en aquel gesto que buscaba acaso, además de la protección del frío, una espontánea reconciliación.

—Espectros, puros espectros —repitió Bernardo—. Espectros sobre un mundo hecho de simulacros y formas fantasmales.

—Algo similar pensé yo en el restaurante —repuso Julio Lesmes—. Recordé la librería que hubo en los bajos del mismo local hace tantos años, donde era posible encontrar libros prohibidos. Aquella luz cremosa del neón que se desplomaba verticalmente, poniéndonos a todos aspecto de ultratumba cuando veníamos a escudriñar las últimas remesas.

—Espectros en la noche helada. Ahí tienes un título para tu próximo libro, Pelfo. Pero tú sigue, haz lo que quieras, como si no quieres contarnos nada.

—Fue en el taller de una ceramista, un sitio con aspecto de gruta, lleno de objetos estrambóticos. Ahora pienso que ella parecía una bruja —dijo por fin Julio Lesmes—. Decía que había leído un libro mío, aquel de versos, en Nueva York. No pude saber si era cierto, pero me hizo descubrir el catálogo de una exposición reciente.

Guardó silencio hasta que Bernardo manifestó su impaciencia.

—¿Se puede saber de qué estás hablando?

—Era una exposición de mujeres ceramistas. En el catálogo, entre las fotos de las artistas, había una de alguien que parecía Heidi. Era igual que ella y hasta llevaba el anillo que tú y yo le regalamos.

Seguían los tres unidos, provocando intermitentemente la sombra confusa de un cuerpo monstruoso sobre el asfalto húmedo. Iban subiendo hacia los barrios más antiguos de la ciudad, sin llevar un rumbo premeditado, y el silencio se apelmazaba cada vez más, de modo que sus voces y sus pasos tenían la resonancia solemne de una procesión.

—Pero Heidi murió —exclamó Magdalena—. Se mató en aquel avión. Vosotros fuisteis a verla.

Cruzaban una plazuela cuando Bernardo se zafó del apretón y, separándose de ellos, buscó en sus bolsillos el tabaco, encendió un cigarrillo y aspiró el humo con ansia.

—No la encontramos —dijo luego—. Había un surco negruzco cubierto de jirones de tela y plástico, y charcos de combustible. Al pie de la ladera se alineaban bastantes cuerpos y les echamos un vistazo, uno por uno, sin reconocerla. El comandante nos dijo que había muchos otros destrozados, y restos que no era posible recomponer.

—Vimos orejas, manos, tripas. Vísceras colgando como guirnaldas —añadió Julio Lesmes—. Dicho así resulta macabro, pero la mañana estaba oscura y el monte tenía un aspecto irreal ¿no es cierto?

—Sí —contestó Bernardo—. Además, había un olor imposible, una mezcla de gasolina, perfume y carne quemada.

El eco devolvió, convertida en murmullo, la respuesta de Bernardo, y Magdalena volvió la cabeza, pero solamente ellos estaban presentes en aquella plazuela amurallada de niebla.

—Olía mucho a gasolina y, en un punto, a un perfume muy intenso, un perfume de moda, porque seguramente se había roto algún frasco con el golpe. A carne asada olía cuando cambiaba la dirección de la brisa; al principio parecía que estaban asando chuletas, luego daban ganas de vomitar.

—¿Cómo supisteis entonces que se había matado?

Bernardo comenzó a toser convulsivamente y Magdalena se acercó a él, le quitó el cigarrillo de la boca y lo tiró al suelo, antes de agarrarse de su brazo.

—En la Plaza Mayor hay un sitio que debe estar abierto —dijo.

Era un café inaugurado poco tiempo antes, decorado con pretensiones de antigüedad barata que había resultado extravagante. Alineadas como reclinatorios, las mesitas simulaban, en la luz débil y furtiva, el mobiliario de una lúgubre capilla. El establecimiento estaba vacío y sólo después de un tiempo apareció, surgiendo de la oscuridad del fondo, un individuo de facciones orientales vestido con una chaquetilla roja, y les preguntó con voz sigilosa qué querían tomar.

Se habían sentado junto al ventanal que miraba a los soportales, cuya negra silueta era la única barrera frente a la niebla, cada vez más espesa, que descendía sin cesar sobre la plaza. El camarero desapareció para regresar casi inmediatamente con las bebidas.

—¿Cómo lo supisteis? —insistió Magdalena, que había esperado pacientemente a que alguno de los dos contestase a su pregunta.

—No podía haber ningún error —exclamó Julio Lesmes, tras tomar unos sorbos—. Las listas correspondían a los pasajeros embarcados. Heidi tenía que estar en ese avión.

—Entonces, ¿por qué te has preocupado tanto?

Julio Lesmes sacó el folleto enrollado que llevaba en el bolsillo interior del abrigo y lo puso sobre la mesa con el impulso un poco excesivo de quien acaba de decidir repentinamente un acto. Luego se quedó contemplando con impaciencia la masa blanquecina que ocupaba la plaza, como si esperase su inminente desaparición. Justamente tras los soportales del lado opuesto al del bar, ocultos por la niebla, estaban las entradas de su casa natal y de la de Bernardo.

Bernardo recogió el catálogo y empezó a hojearlo con rapidez, hasta encontrar lo que buscaba y lanzar una exclamación.

—Parece ella, nadie más que ella —dijo Julio Lesmes.

Bernardo sostenía el catálogo con ambas manos y Magdalena se inclinó para poder echar un vistazo. El humo del restaurante no había podido eliminar del traje de Bernardo el olor de que estaba impregnado y ella lo percibió como si en lugar de proceder de aquel hombre sentado a su lado llegase desde los armarios de la casa familiar, en los años de su niñez, por una imprevisible descomposición del tiempo, y sintió la contrariedad de estar recuperando algunos estímulos, más enfermizos que beneficiosos, que debían haberse extinguido ya definitivamente dentro de ella. Pero en las manos de Bernardo había un leve temblor y Magdalena lo apreció con una compasión estrictamente contemporánea, que se impuso a las difusas tentaciones de tristeza retrospectiva.

Aproximó más el cuerpo, hasta tocar el de Bernardo, y pudo comprobar que la persona que figuraba en la fotografía parecía idéntica a Heidi, tal como era en los años de su desaparición; tenía la misma mirada perspicaz en unos ojos pequeños, aquellas cejas espesas, el irónico frunce de los labios, un poco gruesos, e incluso sobre su frente se mostraba el mechón blanquecino que se venía anunciando desde los primeros tiempos de la Facultad y que ella nunca disimuló, por una extraña coquetería.

—Ahora entenderás por qué te llamé —dijo Julio Lesmes.

Magdalena recordó entonces los ojos de Heidi niña, relucientes y vivos sobre la apagada modestia de sus ropas. En las conversaciones casuales de los adultos, aquella niña era siempre citada con lástima, como ejemplo de un abandono que sin duda mostraba bien a las claras la flaqueza familiar y hasta religiosa de las costumbres extranjeras.

Sin embargo, aquella niña que suscitaba tanta conmiseración en las cocinas y en los cuartos de estar tenía una peculiar forma de relacionarse con los demás niños, desde su modo de mirar. Miraba con la inmovilidad de una maquinaria, como si sus ojos fuesen sólo un artilugio exterior que protegía la mirada secreta de otros ojos ocultos y voluntariosos, y decía: ahora deberíamos hacer esto, y lo otro; y a su mirada se unía el tonillo exótico de su voz para convertir la sugerencia en una orden que solamente ella podría revocar, cuando se cansase del juego.

Cuando ella llegó, el soberbio aislamiento de Bernardo y Julio Lesmes se vino abajo y en el tiempo que duró la comunidad del patio —un tiempo escasísimo, veloz, acaso solamente un verano— ella había dispuesto los juegos, repartido los papeles y hasta inventado los nombres ficticios de los jugadores.

—Vamos a cerrar —informó el camarero, colocando en la mesita un platillo con la cuenta.

—Pero hoy es viernes y acabamos de entrar —protestó Julio Lesmes—. ¿Qué sucede aquí?

El hombre hizo el gesto ambiguo en que suelen sumirse múltiples motivos, que sería prolijo, fastidioso y hasta inútil recapitular. El aspecto severo de su rostro se correspondía con lo tétrico del establecimiento y ambas imágenes se complementaban, reafirmando alguna dramática obviedad. Ellos se levantaron al fin y, abrigándose, salieron a la calle.

—Vamos allá —exclamó Julio Lesmes y echó a andar contra la niebla.

Desde el centro de la plaza solamente los bancos de piedra que marcaban levemente los lados del gran cuadrado mantenían apariencia, aunque tenue, de solidez. Más allá, las farolas reducían su resplandor a un fulgor deforme y exhausto, y las fachadas quedaban del todo invisibles, sugiriendo una ausencia que habría sido sustituida por el inagotable vacío de la nada.

—Esperad aquí —dijo Bernardo, alzando el rostro—. No se oye nada. Ahora sí que estamos lejos.

Quedaron quietos unos instantes, pero unos pasos lentos resonaron detrás de la niebla, trazando un itinerario que seguía sin duda el abrigo de los soportales y parecía rodearles.

—¿Quién camina en la niebla? —interpeló Bernardo al transeúnte invisible—. ¿Quién vive?

Los pasos se hicieron más rápidos, hasta extinguirse en las escaleras del arco del Ave María.

—¿Y qué, si fuese realmente ella? —preguntó Magdalena y le pareció advertir que ambos se estremecían.

—Vamos, vamos —dijo luego Julio Lesmes, en voz muy baja—. Si fuese realmente ella, habría que aclarar unas cuantas cosas. Qué pasó antes de que matasen a Anselmo, por qué le mataron, por qué ella se marchaba así, sin más ni más.

Como si una barrera invisible alzada en el borde de la calzada impidiese que la niebla tocase los edificios que flanqueaban la plaza, cuando llegaron junto a ella pudieron distinguir, con instantánea nitidez, el contorno bastante definido de la fachada. Aunque ya muy deteriorados y casi ilegibles, persistían los carteles que habían anunciado los antiguos negocios.

—Tu casa está siempre cerrada —dijo Magdalena a Julio Lesmes, mientras le observaba con atención.

—Ya no es mi casa —repuso él—. Mi madre ha terminado por venderla para comprar una casita en el sur, en la costa. Pero cuanto más envejece más me lo reprocha. Piensa que yo debería haber continuado al frente del negocio, con aquel mandilón que parecía una túnica. Al servicio del dios del hierro.

—¿Quieres ver el patio? —preguntó Bernardo.

—No lo sé —exclamó Julio Lesmes, deteniéndose—. ¿Se puede?

—Seguro que sí —dijo Magdalena—. Vamos.

Bernardo abrió el portal y encendió la lámpara del zaguán, y los tres se dirigieron a la puerta que desembocaba en el patio, que también Bernardo abrió con la llave. Dos vagos rectángulos de claridad marcaban en la negrura la costra de niebla.

—Mi madre y Basi tienen la luz encendida —musitó Bernardo.

Movió el interruptor y aunque la niebla menguaba los ya débiles alcances del resplandor, el patio mostró su descompuesta ruina, dejando entrever las grandes estructuras de la grúa, que se alzaban sobre el fondo como una amenaza inminente. Julio Lesmes les miró con incredulidad.

—¿Es aquí? —preguntó.

—Claro —repuso Bernardo—. Anda, pasa.

—No puede ser —dijo Julio Lesmes—. Es demasiado pequeño. No puedo creer que fuese sólo esto.

Quedaron en silencio, mirando los tenebrosos contornos del lugar. La luz de la ventana del cuarto materno se apagó y, poco después, se apagó también la del cuarto de Basi, y la bombilla sobre la puerta del zaguán quedó como único foco, haciendo resaltar con inesperado volumen las formas desdibujadas de la Anunciación del muro. Julio Lesmes contemplaba las sombras con el cuerpo un poco encorvado.

—Allí estaba Anguila —murmuró— y allí la trasera del Luna, y más acá el sótano del francés. ¿Queda la cara de Augusto?

—Creo que sigue ahí —dijo Bernardo.

—¿No falta el negrillo?

—Murió de esa peste que los ha matado a todos. Pero aún sigue ahí el tronco.

—Quedan las mismas tapias de tierra, que ya entonces estaban tan desgastadas —señaló Julio Lesmes–. Parece mentira lo que aguanta el barro. Y allí estaba la montaña.

–Yo ya no me acordaba de nada –exclamó Magdalena.

–Y ahí, la casa de Heidi –dijo Julio Lesmes, recorriendo los pocos pasos que le separaban de la ventana –. ¿No vive nadie?

–Nadie –respondió Bernardo.

Julio Lesmes alzó la cabeza.

–¿Y la huerta del obispo?

–Ha desaparecido –dijo Bernardo–. Ampliaron las dependencias del palacio. Pero la tapia sigue igual.

–Adiós al tesoro de Heidi –exclamó Julio Lesmes.

Magdalena no pudo comprender lo que quería decir y, con indecisión extraña en ella, creyó encontrarse otra vez en los tiempos del Patio, participando en alguna aventura furtiva cuyos extremos era ella la única que no conocía del todo bien. Se ciñó el abrigo y echó a andar decididamente hacia la puerta de salida.

–Vámonos de aquí. Hace mucho frío –dijo.

Los otros la siguieron sin replicar y los tres salieron a la plaza. La niebla se estaba acumulando en lo alto del espacio central, como un gigantesco balón.

–¿Se conoce dónde está esa mujer? –preguntó Bernardo, acercándose a Julio Lesmes, después de echar la cerradura.

–Parece que sí. Una isla pequeña, como Anguila, donde viven muchos artistas. Por qué quieres saberlo.

–¿No viniste a decírmelo?

Julio Lesmes suspiró.

–Me imaginaba que te sorprendería tanto como a mí. Pero tampoco esta sorpresa ha sido pequeña. Ahora sí que aquel patio nuestro sólo puede existir en la literatura.

–¿Nada más que por eso?

—¿A ti no te interesa conocer qué pasó? ¿No crees que es necesario saberlo? ¿No te falta algo importante, si no lo sabes?

—Yo qué sé. Acabo de volver a fumar y es mi única pesadumbre. Ya no sé dónde están mis restantes preocupaciones, si es que me queda alguna.

Magdalena les escuchaba con tristeza. Tras su breve victoria del restaurante, que era como una afirmación de que la realidad había cambiado, asistía al lento avance de un enemigo viejo y persistente, reconocible bajo la forma de aquella confianza, y percibía la exclusión como un tacto que la obligaba al apartamiento.

—Yo me voy. Esta mañana no me encontraba nada bien —dijo entonces, sintiendo un gran deseo de hallarse en su casa, lejos de ellos.

Le pareció descubrir en la mirada de Bernardo un reclamo de ayuda y estuvo a punto de modificar su propósito y quedarse, pero comprendió que, si aquella mirada podía suponer algo más que un gesto circunstancial, era preciso interponer rudamente su ausencia.

El gran balón de niebla seguía alzándose hasta gravitar cada vez más arriba y las hendiduras empapadas de las calles comenzaban a mostrar su oquedad viscosa.

—Te acompañamos hasta el coche —dijo Bernardo.

—Lo tengo muy cerca y voy con prisa —repuso ella, rehusando su compañía.

Todavía se mantuvo indecisa unos instantes y podría pensarse que no encontraba la fórmula de la despedida; sin embargo, su actitud respondía a la turbación por desoír la súplica muda de Bernardo; pronunció por fin un adiós tajante y se alejó con rapidez.

4.

La niebla engulló velozmente la silueta de Magdalena y Bernardo comenzó a andar hacia la cuesta de la catedral y subió unos pasos, antes de detenerse frente a los locales abandonados que se extendían calle arriba, más allá de la casa de la torre. Con simetría que solamente él era capaz de comprender, las puertas de la cordelería, del bar y del taller de encuadernación estaban clausuradas con grandes tablones sujetos a los marcos, y por los resquicios asomaban exuberantes masas de suciedad, ordenadas en añejos estratos.

Julio Lesmes llegó a su lado y contempló sin hablar los tableros pardos que ocultaban las ventanas y los pequeños escaparates; luego echaron a andar los dos juntos, con el cuerpo inclinado por el esfuerzo de la ascensión, hasta desembocar en la plaza, ante la catedral en que la niebla se entrelazaba con las lonas que colgaban de los andamios, perfilando un enorme bulto.

–Ya casi no queda *pulchra* –dijo Bernardo–. Esas son las vendas de sus heridas. Está moribunda.

–¿Por qué la avisaste? –preguntó entonces Julio Lesmes.

–Y por qué no iba a hacerlo –repuso Bernardo–. Tú y yo no compartimos secretos. Ni siquiera lo de María Luisa.

Julio Lesmes se agarró de su brazo y le obligó a seguir caminando lentamente. La tenue luz de las farolas parecía concentrarse en el volumen contrahecho de los andamiajes, haciendo derramarse sobre la plaza una oscuridad espesa que impedía la visión de los rostros.

– Ya te dije que María Luisa me ha dejado.

– ¿Sabes que mi madre no te lo perdona? Cree también que te quedaste con el dinero, cuando lo de la editorial. En mi casa eres el malo de la película.

– No esperaba tanto rencor –dijo Julio Lesmes, con tono que parecía de burla–. Nunca se acaba de conocer a la gente.

Bernardo sacudió el brazo, para soltarse.

– ¿No te he dicho que resucité? Resucité y he descubierto que Magdalena es lo único que realmente se ha mantenido vivo desde entonces. La única prueba de que tengo pasado.

– Yo he pensado también mucho en ello. Pienso y pienso en el patio, para escribirlo, y en todo lo que sucedió después, mientras fuimos creciendo. María Luisa te dejó para irse conmigo y yo resulté el gran traidor, como si María Luisa no tuviese ninguna responsabilidad.

– Para mí ése es un asunto totalmente liquidado –dijo Bernardo, con sincera indiferencia.

– Pero pensando, pensando, se me ocurrió que fuiste tú quien primero me la quitó a mí, mucho tiempo antes –continuó Julio Lesmes–. Tú sabías que desde chaval yo andaba loco por ella, que la seguía a todas partes, que le mandaba poesías. Pero tú te metiste, no paraste hasta quedarte con ella.

Desde el fondo de la plaza se fue acercando la imprecisa figura de un viandante, que al fin se detuvo a unos pasos de ellos y permaneció inmóvil, como observándoles con suspicacia, antes de continuar su camino.

– Para mi madre eres el arquetipo del canalla –dijo al fin Bernardo, sin animosidad–. Con lo que te quería de pequeño. Claro que el asco que siente por ti mantiene en ella un nivel de adrenalina muy estimulante.

El transeúnte se había alejado hasta detenerse de nuevo en el extremo de la plaza, en una zona tan oscura que no era posible identificar su figura. Se oyó el súbito ruido de un chorro de líquido que golpeaba contra el asfalto y a Bernardo le pareció que aquella conversación entre él y Julio Lesmes había comenzado mucho tiempo antes, en un lugar parecido, mientras un borracho se bamboleaba contemplándoles.

– ¿No hemos hablado de esto otra vez, aquí mismo, mientras ese tipo meaba?

La plaza era el fondo de un recipiente donde se había depositado la negrura más densa de la noche y Bernardo sentía su flujo pegajoso cubriéndole los tobillos. Julio Lesmes permanecía frente a él, con el rostro invisible. Al concluir su pregunta, Bernardo fue consciente de que acaso las actitudes eran similares a las de alguna conversación del pasado, pero que aquel encuentro no tenía precedente alguno.

– Eso es lo que voy a escribir, entre otras cosas –continuó Julio Lesmes–. Como Heidi no le hace caso, el caballero leal conquista a la princesa, aunque sabe que el piloto la quiere y, acaso por fastidiarle todavía más, acaba firmando un pacto con La Vaquita.

Aunque el lugar no fuese el mismo, ni la ocasión, una conversación similar en muchos aspectos había sucedido otra vez. Fue la misma noche en que Anselmo y Heidi les dijeron que se marchaban a la guerrilla. La foto del héroe muerto, con los ojos vidriosos, la barba rala, las greñas largas y sudadas y el torso desnudo de los crucificados, reproducida con grandes titulares en todos los periódicos, había encendido en ellos una emulación apasionada y dolorosa, y unos días después, a la hora del café, apareció Anselmo y mantuvo con Heidi un largo diálogo, al margen de la charla común.

Quedaron al fin los cuatro solos y Heidi, mientras Anselmo les miraba con el gesto de condescendencia que reproducía el de la niñez –cuando sólo adoptando aquella actitud de madura preeminencia podía compensar su falta de libertad para acompañarles en los juegos de ellos, que contemplaba furtivamente mientras cumplía los trabajos que su tío Buenaventura le ordenaba–les dijo que Anselmo se marchaba, para ayudar a que continuase la labor iniciada por el glorioso guerrillero. Primero iría a Francia y allí buscaría los medios de cruzar el océano.

Bernardo quedó abrumado por una amargura instantánea, corpórea como un precipitado químico, en que fraguaba una mezcla de admiración y envidia, y cuando Heidi añadió entonces que ella acompañaría a Anselmo, se sintió verdaderamente infeliz, acaso por primera vez en su vida. Comprendió que aquello era una aventura real y que él no hubiera nunca imaginado poder realizarla. Fue incapaz de hablar durante muchas horas y solamente cuando Julio Lesmes y él se encontraron solos —tras un largo deambular en que su estupefacción estaba ocupada, como una pantalla, por la imagen estática del muerto— salió de aquel mutismo que parecía insuperable y le dijo a Julio Lesmes que él quería acompañarles.

Estaban en una plazuela donde se escuchaba un suave manar de agua. Pasó junto a ellos la figura oscilante de un borracho que canturreaba y que, detenido unos pasos más allá, se puso a orinar, duplicando con su acción el sonido acuático de la fuente.

Claro que habían hablado de ello, o estaban hablando todavía, porque acaso la plaza era la misma —envuelta al cabo en el frío de un invierno muy duro— como era el mismo aquel borracho detenido al fondo. Habían hablado mucho, después de que Julio Lesmes le dijese que aquella decisión era delirante, que Anselmo era un tipo de carácter irracional y poco de fiar en sus ideas y que Heidi tenía un problema de fijación amorosa en aquel individuo.

En aquel momento, Bernardo se había vuelto a sentir desdichado, pero intentó rebatir, con energía, el juicio de Julio Lesmes sobre Heidi. Mientras le escuchaba, Julio Lesmes fue declarando su sorpresa ante una defensa tan apasionada: ¿Qué le pasaba con Heidi? Se separó unos pasos y le señaló con el dedo como si le acusase, para preguntarle, casi imprecándole, si su pretendida devoción por María Luisa era solamente una simulación.

Bernardo había replicado con un exabrupto iracundo, pero luego se sintió confundido. Había pensado primero que las suposiciones de Julio Lesmes provenían de alguna perfidia cuyos motivos no podía adivinar; luego, había recuperado su mutismo anterior, pues no podía decirle que, tal como Basi le explicara desde que era muy niño, él era un personaje peculiar, predestinado por las circunstancias de su nacimiento, obligado a ejecutar hazañas que pudiesen ir compensando el coste de un dificilísimo rescate. Guardó silencio y comprendió que debía comunicar a María Luisa su decisión, y con ello su enfado se transformó en simple desasosiego.

—Eso ya me lo has dicho más veces, pero Magdalena tiene razón. Ya no somos unos muchachos. Tú no eres el jefe de nadie. Y escribas lo que escribas, el patio ha desaparecido para siempre, y Heidi, y Anselmo, y casi hasta María Luisa y nosotros dos.

El hombre que deambulaba se acercó otra vez a ellos. Julio Lesmes se volvió y le preguntó qué quería, de modo tan agresivo que el otro, tras murmurar un breve parlamento incomprensible, se alejó de ellos a trompicones.

—Vamos allí —dijo Julio Lesmes.
—A dónde.
—Al patio. Volvamos al patio.
—Ya viste que no queda nada. Es un basurero.
—A la casa de Heidi. Quiero entrar en su casa.

Bernardo vaciló, pero al fin se dejó llevar por el otro, que le había sujetado nuevamente del brazo. Llegaron al extremo de la plaza, que quedó otra vez aplastada por un silencio tan crispado como alguna de esas apneas que preceden a los últimos estertores.

—Espera —dijo Bernardo—. Vamos a ir por otro sitio. Hay otra entrada ahora.

En vez de descender por la calle que habían seguido anteriormente, Bernardo se dirigió hasta la parte trasera del palacio episcopal, bordeando el edificio. La niebla estaba desgarrada en ligeros gallardetes y las farolas alumbraban con bastante claridad las estructuras metálicas de la grúa.

—Cuidado —dijo Bernardo—. Hay una zanja.
—¿Dónde estamos?
—Eso era la tapia del rincón. La han echado abajo estos días.

—¿La tapia del rincón? ¿Los acantilados de Anguila?

—Puedes pasar por la grieta, pero detrás hay cascotes y basura. Vete con cuidado.

Entraron en el patio. Un reflejo muy apagado permitía vislumbrar los vidrios de las ventanas de la parte trasera de la casa. Bernardo se adelantó y buscó tanteando la puerta del zaguán, hasta abrirla.

—Hay que echar siempre la llave —murmuró—. Ahora hay muchos robos.

Encendió al fin la luz y buscó en la caja del contador la llave, cubierta por capas de espesa telaraña, hasta encontrarla. Conectó la luz del patio y salió otra vez.

—Hace mil años que esta puerta no se abre. No sé si funcionará la cerradura.

Forcejeó un rato antes de conseguir vencer la resistencia del mecanismo y, cuando sonó el chasquido que anunciaba su liberación, creyó oír la señal sonora que marcaba un momento característico. Estoy abriendo o estoy cerrando, se preguntó, entro o salgo. Tuvo la intuición brevísima de que a sus espaldas quedaba un pasillo estrecho e infinito, y que al otro lado de la puerta continuaba el hueco, también de infinita longitud, de otro pasillo similar. Un pasillo, un tubo, una conducción cerrada y estanca de donde no era posible salir.

Empujó por fin la puerta, evitando, por la casualidad de un gesto instintivo, que le hizo apartarse, la avalancha de pedazos de yeso que cayó del dintel. Recordó entonces —por haberlo visto innumerables veces desde la parte exterior de la ventana— el lugar en que se encontraba el interruptor y se acercó a la pared, buscándolo con el tacto, para encender una bombilla sucia.

Con excepción del gran tablero adosado a la ventana, la estancia estaba completamente vacía, pero un polvo vetusto se había ido incorporando a las superficies con la uniformidad de los cultivos. Julio Lesmes lo observó todo detenidamente y luego señaló el suelo.

—Aquí mismo cayó el cadáver del padre de Heidi —dijo.

—No fue ahí —repuso Bernardo—. Quedó sentado, con la cabeza apoyada en la mesa.

—Qué va. Estaba tirado en el suelo.

—No. Su torso quedó sobre la mesa y de su cabeza salía la sangre como de un pequeño manantial.

—Pero si tú no lo viste —exclamó Julio Lesmes.

—Lo vi, claro que lo vi. Yo estaba en el carro cuando sonó el disparo. La ventana estaba abierta y me acerqué. Al principio no comprendí de qué se trataba. Luego vi la cabeza, y la sangre manando con un gorgoteo suave.

—Nunca me lo dijiste —exclamó Julio Lesmes, excitado—. Nadie supo que lo habías visto. ¿Por qué no se lo contaste a la policía?

Bernardo se sorprendió.

—¿No lo dije? Entonces no lo habré visto. Después de tantos años, quizá me lo he figurado. Qué sé yo.

—No, no se lo dijiste a nadie —repuso Julio Lesmes.

En su mirada había la misma desconfianza que aquella otra noche, en la plaza que había evocado mientras conversaban frente a la catedral oculta por los vendajes descomunales que proclamaban la gravedad de sus heridas. La vez anterior, la mirada se había reproducido en María Luisa, que también trató de loco su proyecto y se mostró suspicaz, acusándole de un interés desorbitado por las cosas de Heidi. Pero tampoco había querido contarle a María Luisa la misteriosa condición que le obligaba a intentar aquella aventura como si se tratase de una hazaña caballeresca y, aunque acaso no la volviese a ver nunca más, al fin le había escrito una larga carta de justificación y se había marchado con ellos tras conseguir algo de dinero.

—Tal vez no me lo he figurado y fue verdad. Ya no lo recuerdo —dijo Bernardo.

—¿Hay luz en los otros cuartos?

Un interruptor en el estrecho pasillo hizo lucir otra bombilla de luz tenue. Bernardo no había recorrido nunca aquella parte de la vivienda, que se mantenía sin alquilar desde la muerte del tío Alfonso, y fue abriendo las puertas chirriantes con prevención, sintiendo como una impudicia aquella extemporánea curiosidad. En el resto de las habitaciones no había luz y el escaso resplandor de la bombilla del pasillo apenas permitía atisbar los espacios vacíos donde mullía el suelo el espesor del polvo y largas guirnaldas de telarañas esbozaban la sombra de quiméricos cortinajes.

—Aquí debía dormir Heidi —dijo Julio Lesmes ante la última habitación—. Su cuarto daba a la calle.

Bernardo entró detrás y aquel olor a humedad paralizada en lo oscuro le sugirió el aroma a colonia de hierbas con que la madre de Heidi perfumaba los cabellos de su hija. Tuvo entonces una vívida rememoración de aquel olor, que había caracterizado a Heidi durante toda su vida. Se imaginó otra vez en la ciudad francesa en que concluyó su precipitado viaje —el lugar donde, según Anselmo, podrían comenzar con garantías las gestiones necesarias para culminar su aventura hacia la guerrilla americana– en una pensión llena también de polvo y antiguas manchas de humedad.

Se había quedado quieto ante la puerta de la habitación, con la maleta en la mano, mirándoles mientras Heidi sacaba de una bolsa un frasco de colonia y lo abría para enjugarse los brazos con ligeras palmadas y sonaba en el exterior una sirena anunciando el fin de la jornada. Anselmo le devolvió la mirada y, tras unos instantes, él comprendió que aquella habitación era para ellos dos, y que el olor de la colonia había perdido la simplicidad de la infancia y se mezclaba de pronto con otro aroma, más corporal y almizclado. En los ojos de Anselmo la condescendencia un poco áspera de los años lejanos había sido sustituida por un fulgor de satisfecha victoria. Heidi comenzó a sacar su ropa del maletín y a extenderla sobre la colcha y Anselmo indicó a Bernardo que cerrase la puerta, con un gesto que también significaba una orden de retroceso.

–Huele mucho a humedad y no se ve nada –exclamó Julio Lesmes.

Bernardo estuvo a punto de exclamar que en aquel mismo momento había descubierto una razón de su huida, antes inescrutable por debajo del brillo vergonzoso del temor que, aparentemente, había determinado su decisión, aquellos días en que Heidi y Anselmo iniciaban su partida. Rememoró certeramente el gesto de Anselmo, sus dedos sacudiendo el aire con una levedad que multiplicaba la displicencia y el gesto triunfal de su mirada, y supo que su aparente abandono había sido el gesto que respondía a aquellos ademanes.

Fue a su habitación y permaneció despierto toda la noche. Imaginaba a Heidi en brazos de Anselmo pero, sobre todo, era incapaz de apartar de su pensamiento el gesto autoritario de aquellos dedos y la soberbia de la mirada, como signos que anulaban el pasado y convertían el equilibrio del patio y hasta su apasionado fervor juvenil por la fraternidad de los hombres en una superchería. Intentó evocar la imagen del muerto cuyos ideales pretendía mantener con su lucha, pero el corazón le dolía y se puso a respirar entre jadeos, hasta que otra vez la sirena marcó el inicio de la jornada. Entonces recogió su maleta y, con el disimulo del delincuente que huye, abandonó la pensión, recorrió aquellas calles grises hasta la estación del ferrocarril, en que deambulaban los viajeros soñolientos del amanecer, y sacó el billete de vuelta.

—¿No te sucede a ti que algunas acciones del pasado, que habías interpretado con un sentido, se presentan de pronto en tu memoria con otro totalmente diferente?

Pero Julio Lesmes no le había oído. Salió de aquella habitación sacudiéndose las mangas.

—Era una vivienda diminuta —comentó—. Pobre Heidi.

—¿Cuándo supiste tú que se acostaba con Anselmo? —preguntó entonces Bernardo.

—Julio Lesmes le miró un instante con ironía y luego se echó a reír.

—No me digas que eso te preocupó alguna vez.

Bernardo comprendió que había cometido un error y no respondió nada.

—Así que ésta era su casa —exclamó Julio Lesmes—. No me extraña que tuviese tanta imaginación. Esto era una conejera.

En aquel momento se escucharon golpes frenéticos en la puerta del zaguán y un agudo vocear ininteligible. Bernardo intentó abrir, pero la puerta estaba asegurada con un candado. Salió por la puerta del patio y entró en el zaguán. Con un chal pardo sobre la bata, Basi le miró con sobresalto.

—Qué sucede, Basi, por qué gritas.

—¿Eras tú? Oí voces y me desperté, y vi la luz en el piso.

—Anda, vuelve a la cama.

—Me asusté porque no sabía qué pasaba. Pensé que era el alemán. Me dio miedo de lo que iba a acabar ocurriendo.

Julio Lesmes asomó por la puerta del patio y la vieja criada volvió a sobresaltarse.

—Tranquila, Basi, es Julio Lesmes.

—Julito Lesmes, Julito Lesmes —musitó ella muy deprisa y aflautando la voz más de lo habitual—. Tan sinvergüenza como su padre.

Bernardo la empujó suavemente a través del zaguán, hasta la puerta de su casa.

—Anda, que ya nos vamos. Vuelve a la cama.

Julio Lesmes llegó junto a él.

—Está viejísima ¿Todavía sueña?

—Ahora es lo único que hace —repuso Bernardo—. Vámonos.

—Tendré que buscar un sitio para dormir.

Salieron a la plaza. La niebla se había agrupado en lo más alto, sobre el borde del resplandor, formando la panza blanquecina de algún gigantesco animal.

—¿No se puede tomar una copa?

—No lo sé —dijo Bernardo—. Yo no salgo nunca.

Andaban despacio, siguiendo inconscientemente el rumbo de las antiguas rutinas, y abandonaron la plaza para subir hacia la carretera que bordeaba la muralla, rodeando el ábside de la catedral donde la informe figura de los andamios y toldos de la fachada ennegrecía aún más la sombra, deshaciendo los contornos; al fin, cuando en su paseo habían rebasado varios de los cubos de las murallas, descubrieron una lucecita en la distancia.

—No es posible que siga ahí aquella taberna —exclamó Julio Lesmes.

Sin embargo, allí seguía. Al entrar, Bernardo recibió la visión del lugar con exactitud, pues ofrecía el aspecto indeleble de su lejana experiencia, cuando en los años de la mocedad llegaban hasta allí en las horas perdidas de la noche, para reposar al calor de unas copas las fatigas de alguna singladura desarrollada entre los fragores de apasionados debates.

La taberna tenía un pequeño mostrador de zinc que recogía un angosto rincón y ante el que se extendía un espacio muy pequeño; sin embargo, a un lado, estorbando el paso, había una mesita cuadrada con tres taburetes de tijera pulidos por una infinita sucesión de culeras. Tras el mostrador estaba un hombre calvo y cejijunto que, cuando ellos entraron, se apartó de la atención de una radio de amortiguado discurso y les observó con serena compostura.

—¿Va a cerrar? —preguntó Bernardo.

—Si no hay que cerrar, no se cierra —repuso el hombre, pasando con energía una bayeta sobre el mostrador.

Bernardo miró durante un instante a Julio Lesmes, intentando transmitirle su sorpresa, pues aquel hombre que les hablaba era el mismo tabernero que regentaba el establecimiento veinticinco años antes. Julio Lesmes le participó su propia sorpresa con un gesto de inteligencia y encargó las bebidas. Luego se sentaron ambos junto a la pequeña mesita y Julio Lesmes depositó sobre la silla vacía la bolsa que había llevado colgada al hombro. Quedaron callados, oyendo claramente el bisbiseo de la radio y los sonidos del tabernero en la preparación de las bebidas.

Bernardo observaba el interior del establecimiento con progresiva sensación de familiaridad.

—No ha cambiado nada —murmuró—. Es como si el tiempo no hubiese pasado, como si estuviésemos dando una vuelta, por la noche, en vacaciones.

El hombre del bar dejó sobre la mesa los vasos con las bebidas y quedó inmóvil, los brazos cruzados, comentando que era una mala noche para pasear. Bernardo asintió cortésmente y el hombre les contempló todavía unos momentos antes de retirarse a su refugio tras el mostrador e inclinarse de nuevo sobre la radio, recuperando el aire de atención que la entrada de ellos había interrumpido.

Julio Lesmes bebió un trago antes de responder.

—Quién sabe. Nos vamos de estos sitios sin darnos cuenta de que solamente en ellos somos un poco eternos.

Bernardo bebió también. El whisky parecía nacional.

—Ahora dime de una vez a qué has venido.

Julio Lesmes le miró con gesto de incredulidad. Puso ambas manos sobre la mesa y se echó sobre él, alzándose un poco.

—¿Es que aún no te has enterado?
—¿Para que supiese lo de Heidi?

Julio Lesmes sacudió la cabeza, afirmando con energía.

—¿Tú crees que es ella? Tiene otro nombre. En el mundo hay mucha gente que se parece —dijo Bernardo.

—¿Parecerse tanto? —repuso Julio Lesmes—. En cuanto a lo del nombre, no tiene nada que ver. Cambiar de nombre no plantea dificultad.

—Pero todo indicaba que murió en aquel accidente.

—También he pensado a propósito de eso. Sin duda embarcó, pero acaso no entró en el avión. Imaginemos que después del embarque cambió de idea, que salió otra vez de la sala y no regresó. En realidad, el viaje tenía que haberlo hecho con Anselmo, si a él no le hubiesen matado una semana antes. Salió de la sala de embarque y no volvió a entrar. Por el motivo que fuese, por un error, no la dieron de baja en la computadora. Además, el vuelo estaba completo y había mucha gente en lista de espera.

Bernardo tomó otra vez el vaso, pero no lo llevó a los labios. Había llegado hasta su pensamiento un enjambre de recuerdos que, aunque entremezclados e ininteligibles, eran testimonio de su propia identidad o de la de aquel otro que parecía haber resucitado dentro de él.

—Qué importa ya —exclamó—. Por qué darle vueltas. ¿Has notado qué brebaje nos ha dado ese hombre?

—Quiero escribir un libro sobre el patio, una novela sobre el fin de los sueños. Necesito saber qué pasó realmente con Heidi.

—Y yo qué tengo que ver con eso.

—No regresó a la sala de embarque y el avión despegó sin ella. Después del accidente, ella comprendió que podía desaparecer, y lo hizo. Se marchó a un lugar apartado y tranquilo, cambió de nombre. Como si hubiese vuelto a nacer.

—Te pregunto que qué tengo que ver yo con eso.

—¿Que qué tienes que ver tú? ¿Es que te has vuelto imbécil del todo? Tú tienes que venir conmigo a buscar a esa mujer, a encontrar a Heidi, la inventora del patio, si es verdad que vive todavía.

Entre la penumbra del departamento, los rostros de los viajeros reflejaban la lividez del amanecer que se iba desprendiendo en largos goterones del cielo grumoso hasta alcanzar dificultosamente las tierras solitarias. Como la luz de la última playa del mundo, pensó Julio Lesmes.

Acurrucado junto a una ventanilla, se dejaba mecer en el traqueteo del tren mientras persistían en su imaginación los incidentes nocturnos, uniformados por la vigorosa piel brillante del frío que había cubierto las figuras y los parajes.

Estuvieron casi dos horas en aquel bar de las murallas que atendía el mismo impávido radioescucha después de tantos años. Hablaban muy poco, pero sentían la ajena presencia suscitando aquellos momentos de los años pasados en que la compañía era más sincera y fraternal. A las tres y pico de la madrugada dejaron el bar; Julio Lesmes no tenía sueño y, en lugar de buscar hotel, decidió regresar en el primer tren que pasase por la ciudad, de modo que se dirigieron andando a la estación, pero durante el paseo encontraron abierto otro bar que pregonaba, en un pequeño cartel del escaparate, su especialidad en combinados de todas clases.

Apoyadas en la barra había tres mujeres que interrumpieron la conversación que las entretenía para observarles con solicitud; ellos se sentaron junto a una de las mesitas y, ajenos a aquella expectación, recobraron un lento diálogo sobre los tiempos irrecuperables, en cuya evocación el acuerdo era difícil y la unanimidad imposible.

Julio Lesmes intentó rescatar algunos de los temas que les apasionaban en las noches de Facultad: disquisiciones sobre la organización de la vida pública, el papel de las fuerzas sociales, el destino de la literatura y hasta el sentido de la Historia. Hablaba de ello con ironía cordial, pretendiendo encontrar en la voz del viejo amigo el eco que arropase una concordia por encima de diferencias más profundas. Bernardo no decía nada y al cabo indicó que aquello había perdido ya para él todo interés. Qué te interesa ahora, le había preguntado entonces Julio Lesmes, y él había respondido, sin énfasis, que no lo sabía, que durante mucho tiempo había estado ausente de todo, que sólo muy recientemente había comenzado a notar otra vez el mundo, e hizo un gesto:

—Quiero decir, la pulsación de la Tierra.

El bar cerró a las cuatro y pico y ellos, tras rechazar cortésmente las sugerencias amatorias de las mujeres, fueron caminando hacia la estación, entre un orbayo lento y finísimo que empezaba a sustituir a la niebla. Comprobaron que había un tren al amanecer; Julio Lesmes sacó el billete y se dirigieron al bar, para tomar la última copa de su encuentro.

El bar había cambiado mucho desde los años juveniles y la sucia desnudez de los muros había sido sustituida por espejos y molduras que, también opacos y sucios, denotaban el incesante trajín que acumulaba en el suelo colillas y servilletas y había dejado cicatrices de quemaduras en las superficies de las mesas y en los asientos de las sillas.

Faltaba todavía bastante tiempo para la llegada del tren en que Julio Lesmes debería regresar, cuando los altavoces anunciaron un retraso y Bernardo se levantó de súbito, murmurando confusas frases de despedida.

—Entonces, ¿qué? —había preguntado Julio Lesmes.

Bernardo mantuvo la inmovilidad un poco envarada de quien intenta suavizar con su atención la brusquedad de la partida.

—Digo que qué vas a hacer con esto —había insistido Julio Lesmes, sacudiendo el catálogo.

—Pero ¿qué puedo hacer?

—Intentar aclararlo —exclamó Julio Lesmes—. Deberíamos buscar a esa mujer para averiguar quién es realmente.

Bernardo había alzado los hombros y en sus palabras se reprodujo el titubeo de su mirada. La luz cenital del lugar señalaba vivamente en su rostro unas ojeras profundas, que la noche en vela había acentuado.

—Yo sé dónde localizarla —añadió Julio Lesmes y en su voz vibró casi un aire de súplica.

—Te tengo que dejar —había dicho al fin Bernardo, dando por concluida la conversación.

Se había apartado unos pasos cuando se detuvo, metiendo las manos en los bolsillos de la gabardina.

—Mira, tengo que pensarlo —había añadido—. No puedo decidirlo ahora, sin más.

—¿Es que nos vamos a quedar tan tranquilos? —exclamó Julio Lesmes, mientras le miraba abandonar el bar.

Julio Lesmes se había quedado solo y, mientras esperaba la llegada del tren, evocó los años en que, en aquella misma estación, culminaban las infatigables caminatas y las largas charlas nocturnas. Junto a los trenes que subían a Asturias y descendían a la meseta, la estación era un confín que marcaba el límite del territorio y el final de la noche y de la charla, pero también la misteriosa antesala de alguna impredecible metamorfosis.

Después del Patio y del tiempo baldío del final de la adolescencia, en el bar de la estación concluían los empecinados debates en que se intentaba perfilar, con ciega complacencia, un futuro en que la pequeñez de los sueños y la tradición de la rapiña fuesen sustituidos por los grandes ideales y una generosidad sin exigencias; y contemplando a los madrugadores que, a aquella hora, aprovechaban el bar para preparar su jornada de esfuerzos manuales con una copa de orujo, ellos pensaban, exultantes, que allí estaban los verdaderos destinatarios de sus planes de salvación universal. Pero aquellas evocaciones le ofrecían a Julio Lesmes un pasado que, más cercano en el tiempo, parecía sin embargo mucho más pueril que el pasado del Patio.

Comprendió luego que las diferencias entre el antiguo local barnizado por humos incalculables y aquel bar envuelto en las musiquillas de las tragaperras eran elementos preciosos que debía recoger y conservar, como todos los datos que había ido acumulando a lo largo del día, y tuvo la tentación de comenzar a transcribir en aquel mismo instante sus experiencias de la jornada; pero el desentumecimiento que su cuerpo iba consiguiendo y una solapada euforia atribuible al abundante alcohol trasegado le hicieron mantenerse quieto mientras con el vaso vacío que sostenía en la mano derecha iba marcando en la mesa el suave tableteo de un mensaje sin código ni destinatario.

Al fin llegó el tren y Julio Lesmes acabó sentado en aquel departamento, junto a la ventanilla, contemplando el inseguro incremento de luz sobre la tierra amontonada en mogotes oscuros que parecían la mera prolongación del cielo apeñascado y sombrío.

Le rodeaban como efigies los rostros adormilados de los otros pasajeros y se dispuso a poner por escrito todo lo que había llamado aquella jornada su atención, en un inventario de recuerdos almacenados con urgencia que, transformados en relato, deberían encontrar en su libro el alvéolo adecuado.

Instaló la mesita que permanecía vertical bajo la ventanilla y, sacando de su bolsa los objetos necesarios para la escritura, comenzó a anotar en breves sentencias los sucesos del día, a partir de los ojos atónitos de aquel viajero que le había observado con tanta fijeza en el viaje de ida a la ciudad natal.

Reseñó, con una meticulosidad que a él mismo le sorprendía por su precisión, el brillo de las farolas entre la niebla, los ecos de la plaza en que se encontraba el restaurante de su cita, las actitudes de Bernardo y de Magdalena, con sus gestos, palabras y silencios, y por fin sus propias impresiones sobre aquel terreno abandonado y sucio en que había venido a convertirse el antiguo Patio, en cuyos arrecifes nunca más resonaría el océano y donde todas las cumbres se habían desmoronado, como se habían cegado las lagunas y extinguido los manantiales.

A pesar de que el tren era menos rápido y moderno que el que le había conducido hasta la ciudad el día anterior, el vaivén de la marcha no dificultaba su tarea; tras concluir aquellas anotaciones, recuerdos menos inmediatos habían acudido hasta él, múltiples y apiñados, y se dispuso a seguir redactando lo que sin duda mostraba aspectos profundos del significado del Patio.

Cuando Heidi se incorporó a la vida del Patio, hubo una gran transformación de todo. Por una turbadora osadía de su carácter, Heidi carecía de la vergüenza que a los demás les embargaba al revelar un don que fuese más allá de las puras facultades físicas o de los sarcasmos burlones para incitar, contra alguno de sus miembros, las risas del grupo.

Heidi decía voy a bailar y, levantándose, se colocaba en medio de la explanada —la tierra de nadie entre Anguila y el Callejón— y comenzaba a mover sus miembros y su cuerpo, con los ojos entrecerrados, mientras musitaba una melodía; y todos, que si en vez de tratarse de Heidi hubiese sido cualquiera de los demás habrían coreado su danza con burlas e improperios, permanecían silenciosos, sujetos por un extraño sosiego. Otras veces Heidi decía escuchad, obligándoles a prestar atención a su canto, una canción en lengua incomprensible que no provocaba una jocosa algarabía, como habría sido natural, sino un respetuoso estupor.

Fue ella quien comenzó a solemnizar con sus relatos los espacios y quien les convenció para que construyesen el cobertizo sobre el amontonamiento de antiguos adobes desmoronados, primero con tablones y puntales que, además de servir de asiento en los momentos de reposo y diálogo, iban determinando los linderos de un interior fingido para el recogimiento. Más tarde –con ayuda de Anselmo y del propio Buenaventura– se erigiría allí arriba la caja del viejo carro inservible. Y entonces el lugar se convirtió verdaderamente en una habitación y, sobre todo, en el teatro en que Heidi escenificaba las historias en que todos se encontraban recorriendo lugares exóticos y atravesando peripecias extraordinarias y donde les acechaban continuamente muchos peligros y el riesgo llegaba a menudo hasta el punto de poder perder la vida.

Heidi descubrió lo que les protegía de los peligros en todas sus singladuras: la mirada cruzada de la cara de Augusto y del ángel de la Anunciación. Ambos rostros de piedra enfrentaban sus ojos, transmitiendo un mensaje secreto, y ella afirmaba que algunas noches era posible vislumbrar entre las dos miradas un leve resplandor, una finísima línea fosforescente.

La mirada recíproca de los rostros de piedra cruzaba el Patio estableciendo un límite tutelar que les permitía trepar al negrillo, recorrer las crestas de las tapias y de los muros y hasta coronar sin accidentes el alto muro del norte, una noche, tras una esforzadísima ascensión, para ver al otro lado la huerta del obispo brillando bajo la luna como si todo en ella estuviese hecho de plata.

El recuerdo de aquel plenilunio le hizo consciente de que la iluminación del paisaje había cambiado: la corteza que ocultaba el cielo se había deshecho de pronto y en el azul brillaba el sol, convirtiendo en doradas ondulaciones los parduzcos promontorios de la llanura.

Era una luz intensa, que parecía iluminar también el interior de su pensamiento, dejando ver claramente los recuerdos allí ordenados, uno junto a otro, como los libros de una biblioteca. Confirmó entonces —corroborando un dato anterior, recordado de pronto— que Heidi conocía algo que los demás no sabían y que por eso fue capaz de concertar los distintos espacios hasta organizar el Patio.

Escribía sin cesar, admirado de la precisión del recuerdo y de su comprensión del significado de todo, descubriendo que en el Patio se habían armonizado partes contrarias y misteriosas; y a la recuperación de aquella mirada tutelar de los rostros de piedra acompañó la de las líneas que enlazaban los rumbos y los sitios, creando una red sutil que envolvía el Patio para darle su admirable consistencia.

Se abrió entonces la puerta del departamento y entró el revisor pidiendo los billetes. Julio Lesmes levantó la vista de su trabajo —ya casi diez folios de escritura sin tachaduras— para descubrir que aquel individuo era el mismo que, en el viaje de ida, le observaba con tanta insistencia mientras él escribía.

El revisor le saludó con una familiaridad que rebasaba la cortesía, como si le reconociese y confirmase con un saludo una relación antigua y, tras picar su billete, sacó del bolsillo una fotografía y se la mostró antes de guardarla otra vez, con tanta rapidez que Julio Lesmes no pudo verla claramente. Sin duda se trataba de un retrato de mujer y Julio Lesmes tuvo la seguridad temerosa de que era el mismo retrato que tanto le había desazonado al encontrarlo en el catálogo, pero el revisor le dió una palmada en el hombro, antes de retirarse, y Julio Lesmes pudo descubrir que el cielo azul había sido cubierto de nuevo por el cuerpo ceniciento de los nubarrones y que los páramos habían recuperado la parda suciedad sin brillos ni relieves, donde reptaba la niebla.

Alzó la cabeza y comprendió que el revisor al que había creído entregar su billete pertenecía a un espacio soñado: ante él estaba el revisor de la vigilia, un hombre cetrino, con bigote gris, que acababa de tocar su hombro.

—El billete, por favor.

—Me había quedado dormido —repuso Julio Lesmes, entregándoselo.

Se había dormido con los brazos apoyados en la mesita; sin embargo, la sensación de haber estado escribiendo durante mucho tiempo se mantenía en él con fuerza y hasta le parecía recordar los rasgos generales del texto de su escritura y sentía como real la clarividencia con que había sabido encontrar el sentido recóndito del Patio y la presencia de Heidi. Mas aquella niebla que se desparramaba por las vaguadas penetraba también en su mente y las señales se fueron esfumando hasta dejarle sólo la seguridad de un sueño que ya había quedado vacío.

Sacó papel de su bolsa y se dispuso a escribir, esforzándose por recuperar alguno de los aspectos que con tanta diafanidad había ordenado en su sueño, pero la vigilia le había devuelto a la torpeza y a la confusión. Se quedó pues contemplando el paisaje fugitivo e intentando encontrar en su imaginación la clave que haría emerger la sustancia verdadera del Patio, mas le llegó otra vez a la memoria la visión cuya cercanía no le había permitido discernir en su verdadera magnitud: el Patio entrevisto, en la pasada madrugada, como un vertedero de basura rodeado de socavones.

La imagen se ceñía con fidelidad a la visión de los eriales que el tren iba recorriendo y tuvo que esforzarse para no aceptar aquella imagen como un avatar más de la única que les servía de soporte a todas: la playa vacía al pie de enormes farallones infranqueables, un panorama adverso que el náufrago contemplaba impotente.

Comenzó a escribir. El escenario del Patio era la introducción a un relato que debía empezar describiendo su descubrimiento y su conquista. El destierro y las posteriores aventuras de los primitivos descubridores y conquistadores sería parte sustancial del ulterior desarrollo narrativo. El Patio sería una realidad y una metáfora, aunque en ambos sentidos la fuerza de su espíritu estaría en la imaginación de sus inventores. Los conquistadores, con el tiempo, serían conquistados y vencidos, y perderían al cabo la fe y el alma. Pero el relato del Patio debería mostrar, más allá del fracaso, la posibilidad del esplendor.

Intentó imitar con su esfuerzo la versátil fecundidad del sueño, que había mostrado cómo en el Patio pudieron haberse cumplido misteriosos vaticinios; anotó que acaso el Patio estuvo dispuesto para coincidir con alguna secreta conjunción que hubiera modificado los procesos del futuro, originando un mundo diferente, donde todos los ámbitos –con Anguila y la Cabaña, los ventanucos y el Callejón, la Anunciación y el pozo, el negrillo y la cara de Augusto, la puerta trasera del Luna y la de Radio K – asegurarían a los piratas un destino de felicidad y regocijo, en que no se desmoronarían las catedrales ni la niebla invadiría eternamente las ciudades abandonadas a una noche interminable.

Pero enseguida fue consciente de que aquellas reflexiones ni siquiera eran una guía verosímil para su trabajo, sino desahogos del náufrago, deseos convertidos en invocaciones de ayuda, como las oraciones del creyente, consecuentes a la inutilidad manifiesta de los propios afanes. Repasó la descripción del Patio esbozada en el viaje a la ciudad que estaba dejando tras él y comprendió que ninguna oración podría ayudarle, pues si existía algún espacio sin posibilidad de dioses todopoderosos, era indudablemente el del trabajo literario.

Debía continuar su rebusca, arrancar de la memoria todas las palabras que dieron vida al Patio, las miradas y los gestos de los piratas, sus viajes estacionales y cada secuencia de sus vicisitudes y desentrañar, dentro de cada gesto, las actitudes de Heidi –como símbolos del sentido profundo de todo– y luego convertir aquello en escritura.

En aquel momento recordó un incidente muy concreto de la noche, el momento en que, visitando la antigua casa de Heidi, Bernardo había expresado con tanta seguridad su testimonio directo sobre la imagen del suicida, porque era la primera vez que lo había oído y, cuando el hecho había sucedido, hubo alrededor bastante revuelo e investigaciones muy insistentes de la policía, ante la imposibilidad de localizar el arma con que el muerto se había volado la cabeza. Apuntó *Bernardo y la pistola* y se sintió mucho mejor, al constatar que todos podían aportar datos importantes, sin depender solamente de la exclusiva memoria de Heidi.

Había encontrado casualmente a Heidi en el Paseo del Prado, cuando él cursaba tercer año. De su antigua relación infantil apenas quedaba la costumbre de los saludos pasajeros, pues los años finales de la adolescencia les habían separado, pero la lejanía de la ciudad originaria dio a su encuentro una renovada familiaridad. Ella le contó que venía del museo –estaba estudiando Bellas Artes – y se sentaron en un banco. Heidi llevaba el pelo largo y estaba vestida con un jersey negro y pantalones de pana.

–Siempre recuerdo los años del Patio –había dicho Julio Lesmes–. Ahora me parecen muy breves.

–Fueron breves –dijo Heidi–. Apenas dos temporadas. Enseguida me dejasteis sola.

–¿Dos temporadas? –preguntó él, con extrañeza–. Qué va, fueron cuatro o cinco años.

–Dos temporadas. Os hicisteis mayores, empezasteis a cambiar la voz. Además, el Patio fue poco para vosotros. Os convertisteis en unos hombrecitos que iban a las fiestas del Casino.

Aunque había pasado poco tiempo desde entonces, Julio Lesmes recordó con extrañeza los bailes a que Heidi aludía: aquellas veladas, siempre iguales entre sí como copias exactas, y aquella uniformidad en el vestir que encendía en los comerciantes más ricos de la ciudad y en unos cuantos profesionales acomodados, con la vanidad de las pajaritas y de los escotes, una imprecisa conciencia aristocrática. Su gesto debió mostrar tal aturdimiento que Heidi se echó a reír.

–No te preocupes, hombre. El Patio no iba a durar siempre.

–Hace mucho que no me he vuelto a poner el esmoquin –musitó Julio Lesmes.

–¿Y eso por qué? –preguntó ella.

–¿Tú has oído hablar de la lucha de clases? –preguntó Julio Lesmes.

Descubrió en la mirada de ella una señal inconfundible de inteligencia y exclamó Sangre en el Ojo con tono regocijado.

Aquellas mismas navidades supo que su padre pagaba los estudios a Heidi, cuya madre seguía trabajando como cajera en la ferretería. El gesto generoso mostraba un aspecto inesperado de la personalidad paterna, que redimía su apariencia de inconmovible egoísmo.

–¿Te dio pena? –le preguntó.

El hombrón le había mirado con sorpresa, sacando el farias de entre sus gruesos labios y echándose a reír.

–¿Pena? ¿Por qué? ¿Porque el borracho del padre se pegó un tiro?

Pero Julio Lesmes atribuyó aquella ayuda a una insospechada y secreta virtud caritativa que se ocultaría bajo una máscara de insensible cinismo y desde que lo supo sintió una simpatía sincera por aquel hombrón que parecía considerar todas las cosas del mundo a la luz de juicios brutales e inmisericordes.

Heidi era la clave del Patio y del relato. Se levantó para ir al lavabo y, cuando regresaba, fue pasando distraídamente la vista por el interior de los departamentos que precedían al suyo, hasta que en uno de ellos encontró un rostro familiar. Se detuvo y comprobó que se trataba del revisor de su sueño, aquel mismo pasajero que el día anterior había hecho con él el viaje de ida, sometiéndole a una continua e impertinente observación. Creyó entonces haber sido de nuevo víctima de la insidia del sueño y, volviendo las espaldas, hizo un esfuerzo por regresar a la vigilia: su asiento junto a la mesita, en sentido contrario a la marcha. Pero transcurrieron unos instantes y el traqueteo bajo sus pies y las asperezas del paisaje que iban anunciando el final de la llanura, tenían la apariencia exacta de la realidad.

Volvió otra vez la cabeza: el hombre hablaba con su vecino, moviendo las manos con gestos nerviosos. La puerta del departamento estaba cerrada y no era posible escuchar sus palabras, que parecían explicar algún suceso enojoso. Acaso el hombre se había visto obligado a regresar poco después de su llegada; él mismo había tomado el primer tren de regreso, consideró. Estaba sin duda despierto y sus dificultades con el relato del Patio lo demostraban, pues carecía de esas inefables habilidades que nos otorgan los sueños.

Regresó a su asiento y aunque sentía bastante cansancio y una molesta acidez estomacal, continuó acarreando recuerdos, comenzando por los más recientes: Bernardo inmóvil, con las manos en los bolsillos, mientras intentaba atenuar su cortante despedida; los bares en la noche, con el señuelo de un cobijo siempre efímero; las ruinas innobles del Patio; Magdalena mirándole con aversión añeja y recíproca.

Escribía con desesperación, sin atreverse a pensar que acaso su esfuerzo no era otra cosa que un gesto soñado, y por lo tanto tan inúltil como los de su inicial embeleso en el tren; o que, perteneciendo a la vigilia, resultaría al cabo tan inútil como todos los que había ido adoptando a lo largo de su vida. Pues el naufragio era tal vez definitivo y todos sus trabajos en la isla solitaria no tenían otro sentido que el de un espejismo en que se dejaba engañar, jornada tras jornada, como si con ello pudiese prevenir la desesperanza.

Los días eran ya largos, pero ellos madrugaban mucho: con la fresca, decía su padre en vísperas del viaje, hay que salir con la fresca, obsesionado por un uso que sin duda pertenecía a sus experiencias de antiguos y azarosos viajes; y aunque el trayecto apenas alcanzaba los cien kilómetros y tenían un buen automóvil, toda la familia se levantaba al amanecer.

Magdalena, todavía medio dormida, vagaba por aquella casa transformada por las sábanas que cubrían los muebles en un misterioso panteón de figuras blancas cuya quietud no sugería el reposo, sino la inmovilidad obligada por alguna fuerte atadura, y aspiraba con ansia el olor a insecticida, hasta sentirse mareada por un dulce envenenamiento.

Al fin estaba preparado el equipaje y mientras el portero lo bajaba, su padre comprobaba que todas las ventanas quedaban cerradas, a lo largo de un recorrido lento y solemne como el de un piquete, y revisaba con cuidado las luces de cada una de las habitaciones, dejándolas cerradas y sumidas en una oscuridad que, en contraste con la luz incipiente del amanecer, reproducía la de los más rigurosos calabozos del cine.

Antes de arrancar, cuando ya el equipaje estaba cargado y todos se encontraban dentro del coche, su madre dirigía el rezo de algunos padrenuestros; salían por fin de la ciudad, entre el resplandor azulado de los primeros claroscuros del día; luego la luz se hacía rápidamente blanca sobre los paisajes y marcaba con fuerza el perfil de las densas choperas, entre los oteros cuyo leve verdor se iba volviendo pajizo, como un vaticinio del estiaje.

Durante largo trecho, la carretera era recta; una desviación lateral les llevaba, a la derecha, por un ancho camino polvoriento, hasta enlazar con otra carretera asfaltada, llena de curvas y cuestas, que les conduciría a la gran casa rodeada de prados. En mitad del camino de tierra, entre la planicie cereal, quedaba una pequeña aldea cuyo nombre hacía considerar siempre a su padre, con admiración, el de un lugar en que había sucedido una importante batalla, en los tiempos de la Primera Guerra Mundial.

—Fijaros —decía—. El mismo nombre que en Francia, tan lejos. Qué misterios.

En la noche, Magdalena contempló con un asombro que repetía el de su padre la placa que resaltaba a la luz de los faros, anunciando el nombre del pueblo. Había entrado en su coche con el propósito de regresar a casa, pero en lugar de seguir la ruta habitual, había tomado la dirección opuesta, hasta encontrar aquel camino de tierra —convertido por la humedad en un suave barrizal— y llegar ante el cartel, con la conciencia muy borrosa de recobrar una ruta lejana.

A través de la negrura y de la niebla había ido vislumbrando, como un negativo de las imágenes recordadas, las choperas —ahora blanquecinas y peladas— los oteros desfallecidos por el frío, la cinta rectilínea de la carretera.

Detenida por fin frente al cartel que señalaba el desvío hacia la aldea invisible, estimó que su habitual equilibrio estaba gravemente perturbado por aquellos encuentros tan recientes —la visita de Bernardo, la cena con él y Julio Lesmes— y por el vislumbre de aquel patio y la rememoración de quienes permanecían desde hacía años en su memoria solamente bajo la inconmovible quietud de la muerte.

A pesar de las habituales referencias, su padre nunca se había acercado a aquella aldea cuyo nombre suscitaba en él la sorpresa por su coincidencia con el lejano topónimo. Magdalena sintió una curiosidad que se ajustaba al impulso de huida que la había llevado hasta allí, puso el motor en marcha nuevamente y condujo el coche por un camino que bordeaba el cuerpo alargado y escuálido de unas sebes oscuras en que, como lanzas, se clavaban algunos chopos pelados. El conjunto de la aldea –los edificios de un modesto caserío– se diseminaban como los animales de un rebaño en torno a una iglesia de traza tosca.

Magdalena detuvo el automóvil frente a la iglesia y apagó los faros. Su llegada no había alterado la quietud de la aldea y aceptó aquella tranquilidad como un sueño ajeno a cuyo arrimo podría descansar. Se reclinó en el asiento, con los ojos cerrados, intentando recuperar la serenidad cotidiana que había turbado su reunión con Bernardo y Julio Lesmes.

Tanta insistencia por parte de Julio Lesmes y de Bernardo en recuperar el patio y la figura de Heidi les hacía adoptar, con un anacronismo que tenía bastante de caricatura, algunas actitudes del tiempo infantil.

Julio Lesmes había querido ser un náufrago que, tras muchos años de soledad en una isla desierta, donde habría construido con sus manos una fortaleza inexpugnable, había sido rescatado por los piratas; sabría mucho de la mar y habría ido recogiendo en cuadernos todas sus experiencias. A él le correspondió por fin el rol del piloto, un cargo de ambigua relación con el capitán y de indiscutida superioridad frente al resto de la tripulación.

Bernardo aceptó ser convertido en el contramaestre, aunque un poco a regañadientes. En la inquietud de emular las gestas descritas en los viejos romances y representadas en las películas sobre arqueros infalibles y jinetes revestidos de brillantes armaduras, él quería ser un caballero que, por una complicada obligación relacionada con el honor familiar, se veía obligado a realizar hazañas que, alguna vez, supondrían la liberación de su padre, preso al parecer en una lóbrega mazmorra, o el rescate de una dama hermosísima, cautiva acaso del más feroz de los alikanes.

—Pero eso es de otra época —había objetado Heidi.

Durante bastante tiempo Bernardo se mantuvo en su idea y hasta amenazó con retirarse del juego si no se le aceptaba en aquel papel.

—Serás un caballero que, lejos de su castillo, se ha visto obligado a hacerse pirata —propuso por fin Heidi, olvidándose del anacronismo.

—Sí —aceptó Bernardo—, pero sólo para luchar contra los tiranos.

María Luisa era habitualmente la princesa robada. En cuando a Magdalena, con los otros muchachos —la hermana de Julio Lesmes y los gemelos del Bazar Bayón— asumían el papel proteico de una tripulación que debía manejar el aparejo, pescar, cocinar, explorar y, por supuesto, lanzarse al abordaje cuando llegaba la ocasión, con los machetes colgados del cuello y los cuchillos entre los dientes. Magdalena recordó también a otro miembro de la tripulación, el de menos edad de todos ellos, un niño de otra casa cercana que solía hacer de grumete, perro o tiburón, según la trama de las peripecias.

Las puertas cuidadosamente cerradas y las ventanas encristaladas de las casas de la aldea mostraban que, pese a su inercia sombría, no se trataba de un lugar deshabitado, y Magdalena pensó que acaso estaba siendo vigilada por miradas cautelosas y que lo más prudente sería irse de allí, pero la quietud del lugar, aunque fuese sólo aparente, había conseguido aplacar su desazón.

Bloqueó las cerraduras del automóvil y pensó en el capitán, evocando sin duda la figura de Heidi; simultáneamente advirtió que, como en otros casos, Heidi era un puro pretexto para la pereza de su memoria, pues no había sido ella el capitán, y recordó entonces con claridad que, mientras se fueron urdiendo los extremos y las reglas del juego, la rivalidad entre Julio Lesmes y Bernardo suscitó la invención, por parte de Heidi, de un capitán ausente, llamado Antifaz, cuya contraseña era el grito *sangre en el ojo*.

Bernardo y Julio Lesmes acabaron aceptando aquella solución que les permitía ejercer similar grado de autoridad, y cruzaron los océanos o fondearon frente a las islas sin que una voluntad más poderosa se impusiese a la suya para determinar sus acciones, aunque periódicamente, y como si con ello el juego recobrase un elemento que lo enriquecía, Heidi se convertía en la voz que interpretaba órdenes y mensajes del lejano capitán.

Les imaginó en los preparativos de una aventura: la partida de la isla en busca del capitán ausente –al parecer cautivo – cuya localización estaba reflejada en un mapa. Con motivo de aquella aventura escalaron por primera vez la tapia de la huerta del palacio episcopal y descendieron a aquel huerto abandonado y lleno de maleza como un bosque de cuento. En el punto señalado en el mapa encontraron a su vez un mensaje, firmado con un antifaz, en que el lejano capitán les indicaba que había conseguido escapar. Eran las cosas que Heidi inventaba, pensó.

Magdalena recordó también a Anselmo mientras les observaba jugar, en alguno de los momentos en que se encontraba fuera del Luna; y como si la distancia temporal hubiese purificado el sentido confuso de aquellos momentos, creyó comprender que Anselmo, obligado a la segregación por su mayor edad, pero sobre todo por las obligaciones de su trabajo, acaso había asumido en su intimidad el papel del capitán siempre ausente; y a la luz de aquella interpretación, que coincidía con algo que una vez le dijera la propia Heidi, la mirada sardónica y altiva de Anselmo cobraba una significación especial.

Así pues, Heidi no era el capitán, sino una ocasional mediadora, que añadía a su papel de narradora principal de las aventuras el de transmitir a veces lo que podía ser un lejano deseo de la autoridad superior y remota.

Aquella vez el Capitán Antifaz había decidido saquear el Puerto de las Perlas, invadido hacía un mes por los ingleses, imaginó Magdalena, pensando en Heidi mientras iniciaba el relato de una aventura, y comprobó que la memoria puede llegar a una gran precisión en la figuración de los sonidos, pues le pareció escuchar aquella voz cantarina y suave que conseguía imponerse sobre la algarabía del grupo.

Todos la escuchaban sin pestañear, hasta que, casi inconscientemente, pasaban de la inmovilidad apacible del oyente a la actividad frenética del aventurero y el relato de Heidi era sustituido por las voces de todos, en exclamaciones de ira, exhortaciones, quejidos y onomatopeyas que simulaban los disparos de los mosquetes y el entrechocar de los sables en el fragor del combate.

Heidi era la narradora, la mediadora de todos con el lejano capitán, pero además tenía un secreto. Se lo había dejado entrever una vez a ella, y a partir de aquel momento Magdalena pudo entender la libertad y la naturalidad que caracterizaban su comportamiento: pues Heidi creía que no estaba allí en carne y hueso, sino bajo la figura de un sueño.

Magdalena lo supo una tarde, mientras los otros, recién desembarcados en la isla, preparaban junto a la playa una cabaña y ellas dos permanecían en la galeota, fondeada junto al árbol; Heidi iba a subir al muro de la Anunciación para otear el horizonte y como aquel ejercicio era arriesgado —pues entre las ramas del árbol y el muro había un trecho que era necesario salvar de un salto— Magdalena le dijo que tuviese cuidado de que no se le enredasen las faldas, pues podía caer y hacerse daño, y hasta matarse.

—Yo no puedo matarme —repuso Heidi.

—Qué dices.

—No puedo matarme —insistió Heidi—. Nadie se mata en sueños. ¿Tú no sueñas a veces que te caes? Pero luego resulta que estás en tu cama, aunque todo parecía tan real.

—¿Estás soñando ahora? —preguntó Magdalena.

—Sí —afirmó Heidi, con la certidumbre de una convicción inquebrantable.

No dijo más y comenzó a trepar árbol arriba. Magdalena la siguió con la vista mientras las ramas no la ocultaron. Luego la vio surgir de entre el follaje y llegar hasta el muro, dando un salto que era un pequeño vuelo; como si fuese posible la visibilidad de un horizonte lejano, vio que hacía los gestos propios de un atento vigía antes de juntar las manos en forma de bocina para anunciar que se aproximaban canoas de caníbales, lo que suscitó entre los constructores de la cabaña el bullicio que indicaba, con alegre sorpresa, un cambio en el juego.

A Magdalena, que se creía tan capaz de distinguir realidad y sueño, y para quien el sueño sólo era la sombra vaga de la realidad y no un espacio también compacto, aunque de diferente latitud, aquella declaración absurda la había deslumbrado, porque nada en Heidi hacía suponer la presencia de una alucinación tan poderosa.

Buscó desde entonces estar cerca de ella para que otro momento de intimidad pudiese facilitar sus confidencias, pues sin duda en ellas se ocultaba la más interesante de sus narraciones; y por fin lo consiguió al final de una tarde, cuando la montaña contaba ya con el refugio del carro.

—¿Estás soñando también ahora? —preguntó Magdalena.

—Siempre sueño —repuso Heidi—, excepto durante el día, naturalmente. Entonces, después de levantarme, salgo de la casa del abuelo y veo el valle muy abajo, entre la bruma de la mañana, y los pastos largos y el rebaño que se aleja, y la línea azul de la cordillera.

Magdalena la miraba con el interés del oyente que está conociendo una historia extraordinaria.

—Al fin me di cuenta de ello —continuó Heidi—. Comprendí que no había salido de allí, que seguía con mi abuelo en las montañas, donde vuela el gavilán burlándose de los que viven en casas apiñadas.

—¿Y la Argentina?

—Eso fue también un sueño, eran sueños que tuve sin pensar, sobre cosas que oía. Pero he ido aprendiendo mucho y ahora ya me invento lo que quiero soñar. Me inventé este patio y luego os inventé a vosotros. Todos sois piratas en mi sueño, aunque os creáis otra cosa.

—¿Otra cosa?

—Julio cree que es un náufrago y Bernardo cree que es un príncipe y María Luisa cree que es la Bella Durmiente y Anselmo cree que es el Capitán Antifaz.

—¿Y yo? ¿Qué creo ser yo?

Heidi la miró con sorpresa. Luego, levantándose, hizo ese gesto de apaciguamiento con que las personas comprometidas con grandes responsabilidades señalan la poca importancia de los detalles accesorios.

—Por ahora sólo eres Magdalena. Pero no te preocupes, ya se me ocurrirá algo.

Magdalena se echó a reír entonces y sonrió otra vez dentro del auto, mientras encendía el motor para que la calefacción comenzase a funcionar de nuevo. Un bulto pequeño, posiblemente el de un gato, cruzó rápidamente el espacio que la separaba de la iglesia. Realmente Heidi tenía poder para seducir al auditorio y aquella imagen de Julio Lesmes, tantos años después, buscando en el patio los espacios imaginarios que marcaban el mar con sus islas de coral y las grandes montañas, era muestra clara de la fuerza de aquellas sugestiones.

Pero rememoró también el talante de Julio Lesmes, que manifestaba hacia ella el menosprecio originario, y la dócil colaboración de Bernardo, y se sintió tan llena de rabia que abrió la portezuela y salió al frío, buscando en el movimiento el paliativo de un malestar antiguo y olvidado que la presencia de Julio Lesmes y los incidentes de la noche habían conseguido revivir.

Durante mucho tiempo había pensado que la animadversión de Julio Lesmes era la respuesta a la repugnancia que ella siempre tuvo de su pretensión de liderazgo moral. Con los años debió aceptar que, aunque ello fuese así, la malévola sutileza del hombre lo había transformado en otra cosa, como si su oposición a ella –que en los gestos aparecía con la forma de un desdén permanente– fuese consecuencia de la imposibilidad de aceptar determinados defectos fundamentales de Magdalena: su convencionalidad, su simpleza y, sobre todo, su voluntad de asumir sin beligerancia las cosas del mundo.

En una de aquellas meriendas con Bernardo, a las preguntas insistentes de Magdalena por las razones de los desplantes de Julio Lesmes –que a veces la hostigaba delante de personas que ella no conocía – él, con la mirada huidiza y tras quitar importancia a los sucesos, vino a decirle que Julio Lesmes no la valoraba por su falta de inquietudes intelectuales.

–¿De modo que yo soy eso que llamáis una vaquita?

Bernardo se echó a reír y le palmeó el brazo.

–Tú eres una chavala muy maja, Magdalena.

–¿Y él no es también un burgués?

Quería referirse a las fiestas del Casino, cuando Julio Lesmes se mostraba tan circunspecto dentro de su flamante esmoquin, en los interregnos vacacionales, de vuelta a la casa materna; allí, tanto Julio Lesmes como Bernardo parecían olvidar sus fervores críticos y su obsesión revolucionaria. Pero prefirió callar.

—No le des más vueltas, Magdalena —decía Bernardo—, a ti que te importa lo que pueda pensar Julio Lesmes.

Pero sí la importaba, porque era el elemento principal de su apartamiento, de aquella especie de destierro. Todos tenían papeles, o creían que cumplían un papel. Sólo ella permanecía al margen, debiendo aceptar ser solamente ella, una muchacha demasiado común, salvo por el cuerpo larguirucho, que había carecido siempre de lo que los otros valoraban: de suficiente insatisfacción ética y política ante la sociedad, en los tiempos de la Facultad.

Por fin, cuando tras la reaparición de Heidi y de Anselmo, después de su eclipse de años, ella quiso participar en la empresa que estaban preparando —pues sin duda había llegado el momento en que le correspondía un lugar en el grupo, y ella podía aportar a la empresa sus conocimientos profesionales y algo de dinero— Julio Lesmes había rechazado tajantemente su colaboración.

Recorrió la plaza contando los pasos varias veces, bien arropada en su abrigo, mientras el caserío continuaba sumido en la apariencia del sueño. Otro bulto oscuro corrió cerca de ella y pensó que era demasiado pequeño para ser un gato y que, además, carecía de la suavidad de los movimientos felinos, y volvió a entrar en el coche apresuradamente. Aquel repudio había sido para ella muy decepcionante, pues le hizo comprender que en Julio Lesmes había cristalizado uno de esos aborrecimientos profundos y sinceros contra los que no existe otra defensa que el alejamiento.

Había seguido así su vida, lejos de ellos, pero sin que su rechazo suscitase en ella ningún resentimiento, sino una idea vagamente dolorosa de limitación e impotencia. Con el tiempo, su pericia en los negocios la había ido acostumbrando al aplomo y dando bastante seguridad en sí misma, y los sucesos que fueron marcando las vidas de ellos acabaron por suscitar en ella una compasión que, en el caso de Bernardo, reavivaba la antigua simpatía.

Otros pequeños bultos corretearon delante del coche y decidió irse de allí; tras recuperar el camino de tierra, tuvo la intención de continuar la antigua ruta que llevaba a la casa de los abuelos, abandonada ya desde hacía mucho tiempo. Estaba a punto de hacerlo, al llegar al cruce, cuando una súbita decisión la obligó a dirigir el coche en sentido contrario, de regreso a la cudad y a su casa. Y mientras recorría el paisaje solitario y helado, consideró que ella no podía buscar la casa de los veraneos de su infancia, sino la casa construida con las esperanzas de su madurez.

Nunca había hecho nada desde la nostalgia y no iba a empezar a hacerlo entonces. Sintió la actitud de ellos como una enfermedad y comprendió que corría peligro de contagio. Apretó el volante con firmeza y su rabia se esfumó al comprender que Julio Lesmes estaba apresado por un lugar que ya no existía, como al parecer lo estaba Bernardo por las teselas, los cascotes, los pergaminos mugrientos, todos aquellos residuos mortuorios que intentaba ordenar.

Dentro de ellos —como había dicho Heidi con esa certeza que, sin embargo, alcanzan a veces los delirios proféticos— había otros que pugnaban por protagonizar sus vidas, y por eso estaban condenados a debatirse en la persecución de sombras fugitivas.

Pero ella sólo era Magdalena, y aunque a veces se veía a sí misma como el personaje de un tebeo e intuía la sucesión de su vida bajo la forma de una serie de viñetas efímeras, ningún otro destino que no fuese el propio de ella misma estaba obligada a cumplir.

—No se te va a ocurrir nada —contestó—. Yo sólo soy Magdalena Riesco. Y a mí me dan igual los sueños.

Heidi la había mirado con expresión gemela, en su interés, a la que Magdalena había mostrado ante ella.

—¿Tú no sueñas?

—Sí —repuso Magdalena—. A veces sueño que vuelo por encima de la huerta de los abuelos, en luna llena. Otras veces sueño que nado por debajo del agua, como si fuese un pez.

—Los sueños son verdad —dijo Heidi con firmeza, agarrándola de un brazo—. Hay gente que se pierde en ellos y no puede regresar.

Tal vez Heidi era la que, a pesar de todo, se parecía más a ella misma. Pues Heidi no quería ser otra cosa que Heidi.

Los suburbios de la ciudad, con su aspecto de descuido y pobreza, le devolvieron definitivamente el equilibrio de la realidad. La realidad estaba en la vigilia, en la necesidad, en las dificultades contra las que se luchaba, muchas veces sin suerte. La infancia, la juventud, eran períodos pasajeros donde sólo era posible el tránsito, y todos los que intentaban establecerse allí permanentemente acababan en el desvarío, salvo que tuviesen la intuición de Heidi. Pues Heidi sabía ciertamente acompasar sus sueños a las obligaciones de la vigilia y construir en ella sueños que prendían la atención de los otros.

Cuando coincidieron en los años de la Facultad se vieron bastantes veces y en dos ocasiones —lo que nadie supo— ella ocultó a Heidi en su casa, mientras la policía la buscaba por sus actividades políticas. Magdalena admiraba en Heidi la capacidad para imponer sus fantasías y su valor para asumir los riesgos que comportaban aquellas actividades, que la habían llevado una vez a ser detenida e interrogada, con violencias y golpes que le habían dejado el cuerpo lleno de cardenales.

Al cruzar el centro de la ciudad, le pareció vislumbrar a lo lejos las figuras de los dos, bajando acaso desde la catedral, y tuvo la tentación de acercarse a ellos, porque nuevamente se encontraba vacía de resentimiento. Paradójicamente, el último ademán de

Bernardo –aquella mirada de intensa ansiedad– le aconsejó otra vez alejarse. Julio Lesmes se iría, pero Bernardo quedaría en la ciudad y los días venideros estaban por pasar. El pasado era inmutable, pero todo era posible en el futuro.

5.

Era la hora del amanecer, pero la niebla no reflejaba ninguna claridad por encima del halo amarillento de las farolas. Bernardo llegó a casa cuando el vacío callejero empezaba a animarse con las figuras madrugadoras que, en busca sin duda del cotidiano destino laboral, se ensimismaban en el espejismo del sueño recién abandonado. La casa prolongaba también su inmovilidad nocturna y Bernardo llegó silenciosamente a su habitación y se acostó, reconociendo en su cuerpo esa señal dulcemente cansina que sella el alba de los trasnochadores y que parecía pertenecer solamente a las sensaciones de un Bernardo antiguo y olvidado.

Supo que se había quedado dormido enseguida porque, en la siguiente percepción –asumida con el sobresalto de uno de esos despertares súbitos que se presentan como el definitivo triunfo de la amnesia– la lámpara que colgaba sobre la mesa de trabajo continuaba encendida, aunque la oscuridad general del espacio había sido sustituida por el exiguo fulgor del día, que atravesaba penosamente los tragaluces. Pudo entonces contemplar, junto a la hoja de la puerta abierta, las figuras de Basi y de su madre, que le observaban con aire de alarma.

–Qué ocurre –dijo Bernardo, alzándose.

–¿No nos oías? –preguntó Basi.

Bernardo confirmó la sospecha de lo instantáneo y profundo de su sueño y reencontró, en el eco de un retumbar al punto desvanecido, las llamadas cada vez más acuciantes que las dos mujeres habían hecho antes de entrar en el desván.

—Sí –repuso–, pero no me daba cuenta.¿Qué hora es?

—Pasa de las once –dijo Basi–. No se te oía. Te llamamos y nada. Entramos y te vimos tan quieto como un difunto.

—No digas tonterías y baja a prepararle el desayuno. Porque querrá desayunar –exclamó la madre de Bernardo.

La madre de Bernardo cerró la puerta y avanzó por el desván con cortos pasos de pájaro, hasta detenerse en el medio; indecisa, movía también la cabeza con titubeo de ave.

—Hace muchísimo frío aquí –dijo.

—Hay que encender la estufa. No me di cuenta al llegar.

Se acercó por fin a la cama de Bernardo y se sentó a los pies.

—¿Volviste muy tarde?

Bernardo sospechó que aquella pregunta estaba cargada de intención y era el obligado pórtico a un discurso lleno de reproches, pero el tono desarmó su prevención.

—Sí.

—Estuve despierta mucho tiempo, pero al fin me dormí. Os oí en el patio. Oí a Basi, siempre gritando. Me pareció que estabais en el piso del zaguán.

Contemplada fuera del resplandeciente contraluz de su habitación, su madre ofrecía un aspecto enfermizo y desamparado. Bernardo se inclinó sobre ella y le rodeó los hombros con un brazo.

—Estuvimos echando un vistazo al piso donde vivieron los alemanes. Arreglándolo un poco, se puede alquilar. Ahora las rentas andan muy altas.

Su madre no dijo nada, sorprendida de aquella repentina incorporación del hijo a sus preocupaciones financieras.

—¿Tú crees?

—Es incómodo, pero es una vivienda, al fin y al cabo. Además, tal como está de descuidado puede acabar hundiéndose cualquier día.

Bernardo estaba también sorprendido de la misteriosa lógica que, por evitar acaso amonestaciones maternas, había determinado su aparente implicación en aquellos asuntos. Al mismo tiempo, sentía una extraña euforia, como si la imagen de una Heidi recobrada fuese en verdad una noticia que venía llena de augurios benévolos y que le estaba directamente destinada. Es cierto que debe haber otro en mí, pensó, otro que estaba dormido, o muerto. Alargó la mano y acarició una mejilla de su madre, y sus dedos reconocieron incólume un tacto de la infancia.

—Anda, baja, que me voy a arreglar. No te preocupes, que enseguida voy a tomar el desayuno. Estoy hambriento.

Sus palabras a propósito del alquiler del pequeño piso anexo al zaguán debían haber sido muy importantes para su madre, pues cuando llegó a la salita se la encontró sentada junto a la mesa, dispuesta pacientemente a la continuación del diálogo interrumpido.

El hombre que había resucitado unos días antes pensó que la mujer mostraba esa tristeza natural de quienes se vieron obligados a perder, mucho tiempo atrás, los sueños fundamentales. Después de tantos años de observar con fijeza la calle, en su actitud había quedado la mueca de la expectativa, como una máscara vigorosa de pena. Desde que era niño, Bernardo había advertido aquella tristeza como si perteneciese a la expresión originaria del carácter de su madre; y cuando fue capaz de imaginar su motivo y se interesó por ello, comprendió que había adivinado.

Fue mucho antes de que Basi comenzase a confundir a su tío Alfonso con un rey malo. Estaba con su madre en algún lugar ya inidentificable, pero donde resonaba el ruido de un motor o de un salto de agua. Acaso era junto a la presa del molino, en la Valcueva. Él le preguntó dónde se encontraba su padre y ella, sorprendida sin duda por la pregunta, abandonó la labor sobre el regazo y alzó las manos con torpeza, antes de suspirar y recoger de nuevo la labor.

—Se fue a América.

—¿Por qué se fue? ¿Por qué no vuelve?

—Tuvo que irse porque le querían matar. Hubo una guerra y él estuvo en la parte de los que perdieron. Después de la guerra, se escondió en la montaña mucho tiempo. Luego, le hirieron.

—¿Le hicieron mucho daño?

—Le dolía mucho. Yo le cuidé. Más tarde se fue a América y ya nunca supimos nada de él.

—¿Se habrá muerto? ¿Tú crees que se ha muerto?

Su madre se encogió de hombros sin mirarle y él encontró en ella aquella tristeza inerme, acurrucada como un animal pequeño; desde entonces, cuando estaban solos, hurgaba en ella por el gusto agrio de sentirlo removerse.

Otro día le preguntó por la foto de la boda. Se demoraba en la despedida de la noche, mientras ella acababa de ordenar la ropa blanca en el gran armario de madera, oloroso a cera, cuyo inmediato depósito de prendas dobladas y dispuestas en simétrica quietud hacía sospechar más allá, en los huecos recónditos de las baldas, espacios donde podían refugiarse huidizos seres también blancos y de tacto seco.

—¿Donde está tu foto de boda?

Había visto, en casa de la prima Lita, su rostro —más joven, más flaco— sobre un vestido blanco y al lado el novio, serio, tieso, con la frente abombada sobre los ojos atónitos. También en alguna visita, cuando los pésames, o con motivo de otros protocolos que no comprendía, alcanzaba a contemplar aquellas fotografías rituales, en cuya superficie —el gesto severo y el ademán firme, un ramito de flores, sombreros– permanecían los contrayentes, alcanzando la imagen indeleble que sin duda era el único propósito de su postura. Pero en su casa no había foto de boda.

Tendría alrededor de ocho años. Aquel día se abrieron en su mente nuevos interrogantes, pues sabía que su padre se había ido lejos, a algún lugar ignoto de América, pero nunca se había planteado el hecho concreto de aquella boda, los contrayentes emparejados, con el gesto un poco adusto ante el sacerdote, flanqueados por dos personas que eran los padrinos. Su madre se detuvo –las manos alzadas a la altura del rostro, depositando unas toallas en el estante– y le miró.

–No nos hicimos foto –dijo en voz baja.

Bernardo comprendió que el pequeño grillo de la pena materna se había revuelto inquieto en su guarida y la contempló inquisitivamente, dueño tan sólo él de sus movimientos, de su falda gris, de sus pantorrillas finas sobre los pies que calzaban zapatillas negras similares a las de Basi. Dueño de sus manos, de sus antebrazos ceñidos por las mangas del jersey, de su cabello recogido en un moño en la nuca, de su perfil fino y frágil.

–¿Por qué no os hicisteis foto?

Ella concluyó su tarea.

–Vamos –ordenó.

Bernardo la precedió hasta su propio dormitorio. Ya estaba en pijama y ella le abrió la cama, como todas las noches.

–¿Has rezado? –preguntó.

–No –dijo Bernardo, en la conciencia de una falta que, sin embargo, le producía una secreta satisfacción –. No me gusta rezar.

–Tienes que rezar –dijo su madre y, santiguándose, enunció ella misma la oración, que él acompañó maquinalmente. Luego se inclinó para besarle.

–Hijo, no pudimos casarnos como todo el mundo –dijo.

Bernardo, con el embozo hasta la boca, la observaba con usura. Era del todo suya en aquellas horas vespertinas, cuando se demoraba en atenderle.

—Nos casamos delante de Dios.

Una súbita intuición de oscuras y misteriosas solemnidades relampagueó en su imaginación.

—¿Delante de Dios?

—Juramos que seríamos marido y mujer, pero estaban persiguiéndole y él tenía que seguir escondido. Estaba encerrado en un sótano, entre cachivaches, mientras le buscaban para matarle.

Bernardo vislumbró una foto en que su madre y un hombre sin rostro, en un lugar oscuro y temeroso, sin padrinos ni adornos, serios el uno junto al otro, permanecían inmóviles ante el fogonazo de su imaginación.

Desde entonces y hasta que Buenaventura le enseñó el lugar del escondrijo paterno, Bernardo lo había reconstruido en sus figuraciones con una apariencia mucho menos ambigua que la misma realidad. De las indicaciones confusas de su madre había deducido que el lugar era sombrío, pero inmenso. Imaginaba el lecho de su padre —acaso un lecho alto, como los de los cuartos de la casa de la Valcueva— con grandes armazones metálicos en la cabecera y en los pies, colocado ante un cajón que, en sus pensamientos, se parecería a un gran pupitre, similar a los que se usaban en el Colegio. Imaginaba pues un lugar vacío y la alusión materna a los cachivaches había fijado en su mente tales objetos como bultos misteriosos, de forma indefinible.

Él imaginaba pues el lugar oscuro, pero grande: una estancia amplia, solitaria, vacía. Su padre, reclinado sobre el gran pupitre, iluminado por un fulgor que parecería no llegar de ninguna parte, escribiría, acaso sobre las páginas rayadas de un gran cuaderno. Todo estaba tan silencioso, que se oiría la pluma recorriendo las páginas.

Su padre escribiría poesías –su madre le recitó alguna de las que había compuesto en su honor– acerca de un río que iba corriendo entre los alisos y de lugares donde todos los objetos del recuerdo estaban inmóviles, pero su madre no conservaba ninguna y hablaba de ellas como de algo irremediablemente perdido. Eran tan bonitas como las de Campoamor, decía, con los labios de pronto dominados por un gesto de niña pequeña.

Así supuso que era el lugar durante muchos años, hasta que las confidencias de Buenaventura le llevaron a aquel sitio angosto, con un techo de tablas sostenidas por vigas negruzcas del que colgaban, como estalactitas que hubiesen filtrado el polvo centenario, jirones de viejas telas de araña; un lugar atiborrado de objetos con aspecto de figuras geométricas, masas esferoides, cilindros, cubos, con las aristas carcomidas por la oscuridad corrosiva de los subterráneos.

–¿Tú crees que costará mucho arreglarlo?

–No lo sé –repuso Bernardo–. Tengo que hablar con Fructu.

Su aparente propósito de intervenir hacía brillar los ojos de su madre con un resplandor inédito, pero el rostro mantenía su gesto de derrota.

Entonces Bernardo estuvo a punto de hablar de la casa de la Valcueva, pues pensó que aquella vetusta edificación debía conservar todavía muchos elementos que podrían aprovecharse antes de que el embalse lo cubriese todo: aquellas camas metálicas, los arcones, las cómodas y las mesas, pero también las tejas, los hierros de las balconadas, las vigas y toda la estructura de madera.

Iba a decirlo cuando recordó con alarma el hallazgo del esqueleto, asombrado no tanto de haber olvidado el dramatismo que envolvió su aparición –pues después de tantos años todo debería haberse anegado ya en los pantanos de la memoria– sino de que se le hubiese hecho presente de un modo tan oportuno. Guardó silencio pues, mientras su madre hablaba muy lentamente.

—Así que por fin viste a ese Lesmes.

—Le vi, sí —dijo Bernardo—. Estuvimos Magdalena Riesco y yo con él.

—¿Qué quería?

Por un momento, Bernardo estuvo a punto de ocultar los motivos de la visita de Julio Lesmes y achacarla a su capricho de novelista que andaba, al parecer, buscando estímulos y asuntos; pero dentro de él la imagen de Heidi, superponiéndose a la foto del catálogo, volvía a incorporarse con la regularidad de los elementos cotidianos, como si fuese cierto que no había desaparecido la persona que representaba.

—Ha encontrado el catálogo de una exposición reciente donde aparece la foto de una artista que parece Heidi. Figura con otro nombre pero la verdad es que es Heidi, clavada.

—¿Heidi? ¿La hija de los alemanes? ¿Es que no había muerto?

Bernardo encogió los hombros, sintiendo la íntima convicción de que aquel accidente de avión cuyos resultados él mismo había comprobado pertenecía a un mundo paralelo, cuyo futuro había derivado por un rumbo en que él había quedado excluido.

—¿Y María Luisa? —preguntó su madre, con el eco de una conocida pena en la voz—. ¿No te dijo nada de María Luisa?

—Ya que te interesa saberlo, María Luisa también le ha dejado a él —repuso Bernardo, alegremente.

—Pobre María Luisa.

Aquella exclamación de su madre restalló con violencia en los oídos de Bernardo; luego tuvo que reconocer que, a pesar de todo, en ella no se había extinguido la vieja admiración por la familia de María Luisa. Sin duda el matrimonio de su hijo con aquella muchacha hermosa y distinguida había sido una de las pocas alegrías de su vida. Y hasta pudiera ser —pensó, desde la distancia que mantenía con el Bernardo habitual el otro Bernardo recientemente despertado o resucitado– que, con aquel matrimonio, él hubiese pretendido, principalmente, proporcionar a su madre esa alegría única y rara en una vida de tanta amargura. En eso derivaría, a poco que entrelazase las historias del patio, la lógica del relato de Julio Lesmes.

–¿Y qué te contó Magdalena? –preguntó su madre.

–Se ha hecho millonaria. No te imaginas la casa que tiene.

–También es buena chica Magdalena –sentenció su madre–. Un día voy a verle la casa.

La disposición con que Bernardo se había despertado aquella mañana le había devuelto con inusitado vigor las ganas de hablar y Bernardo debió quedarse todavía bastante tiempo sentado ante la mesa, escuchándola; creyó primero que seguía hablando de María Luisa, de Magdalena y de otros compañeros suyos, pero pronto comprendió que ya no se refería a ninguno de ellos, sino a las mujeres y a los hombres que fueron las muchachas y los muchachos de su propia generación juvenil, rememorando con ello los años en que ella misma era una muchacha y olvidando por un tiempo una tristeza tan persistente.

Por fin, cuando los resoplidos de Basi subrayaban lo impropio de su permanencia en aquel lugar –pues la sobremesa del tardío desayuno se había alargado hasta horas intempestivas y trastornaba la ejecución de las necesarias rutinas– Bernardo se despidió, fue a su cuarto y, aunque se sentía bastante soñoliento, se abrigó para irse a la calle.

Aquel renacer de sus sentidos, que le había parecido comprobar desde la llamada telefónica de Julio Lesmes, seguía manifestándose como una sucesión de contactos y rozaduras, pero sobre todo por el intensísimo deseo de fumar. La luz sucia que salpicaba los muros y recortaba los huecos de los portales y de las ventanas parecía enaltecer las sombras en el fondo de su mirada, a través de un tajo doloroso. Los humos se disolvían en una atmósfera ácida, que metía en su olfato grandes dedos asfixiantes. Veía sucederse los automóviles, como escuchando, descompuestos en innumerables sonidos, los chasquidos, explosiones y rodamientos de sus mecanismos.

Descubrió en la mirada del hombre del quiosco el signo, acaso adverso, de un antiguo conocimiento no correspondido, mas hojeó el periódico con naturalidad, sintiendo como otro síntoma de su resurrección una curiosidad que le llevaba a interesarse por todos los titulares y todas las fotos, como si nunca en su vida anterior hubiera visto un periódico, y tuvo noticia de las convulsiones que agitaban el mundo, desde su último confín hasta la vecina ciudad: guerras regionales y problemas con el suministro del agua; lejanas desavenencias políticas y, muy cerca, el enfrentamiento del alcalde con algunos concejales de su propio partido.

Debió estar inmóvil junto al quiosco mucho tiempo, pues cuando recuperó la conciencia –sin encontrar ya sospecha en los ojos del hombre, que había dejado de mirarle y se agazapaba en el seno de su refugio– el sol pálido dio en las hojas del diario que hojeaba, ocasionándole un deslumbramiento del que tardó unos instantes en recobrarse.

Se puso luego a caminar. Había regresado del olvido e intentaba amoldarse lo más rápidamente posible al convulso fluir del presente. Su sombra se arrastraba por la acera como un saco placentario y la sentía como si fuese parte de su propia piel, enganchándose en los guijarros y tropezando en los bordillos. Se detuvo al fin junto a una fuente y se refrescó el rostro. Una mujeruca compasiva se interesó por él, pero Bernardo eludió su ayuda. Era solamente el quebranto de haber dormido tan poco, pensó, después de haber resucitado tan inesperadamente.

Tiró el periódico a una papelera, se encaminó con rapidez hacia la parte moderna de la ciudad —sintiendo cómo su cuerpo, cada vez más libre, iba soltando los últimos filamentos de su sujeción— y cuando entró en la tienda de Magdalena, tanto la chica de la caja como el dependiente le observaron con suspicacia, y al preguntar por la dueña le señalaron hacia el fondo con expresión asustada, como obligados a hacerlo por una inevitable coacción, aunque luego el dependiente le siguiese hasta la puertecita, que apenas se veía entre las estanterías llenas de maletas y carteras.

Abrió sin llamar y encontró a Magdalena sentada ante una mesita oscura, en actitud de repasar unos documentos. La entrada de Bernardo la había sobresaltado y se quedó quieta, pestañeando. Ante la puerta, el dependiente les miraba con inquietud.

—No pasa nada —dijo Bernardo—. Sólo quería saludarte.

En la actitud de Magdalena asomaba la extrañeza de verle llegar de aquel modo inusitado. Se puso de pie y se acercó a la puerta, para cerrarla. Bernardo volvió a comprobar que, con los años, su largo cuerpo había ensanchado hasta conseguir unos volúmenes robustos, pero armoniosos. La abrazó cuando pasaba a su lado y se puso a oler su cuello con delectación. Magdalena tenía un perfume floral y suave que le recordó la colonia de Heidi. El aroma de su perfume se mezclaba con el del cuero, en un efluvio propio de inescrutables conmemoraciones. Bernardo buscó con las manos los cierres del vestido de ella.

—Pero qué haces. Estáte quieto.

Bernardo, sintiéndose flotar en la lasitud de una gran somnolencia, pensó que necesitaba apurar todas las sensaciones de su resurrección y encontrar algunas que le compensasen de tantos años de postración, de las magulladuras y desgarros de su despertar y, también, de las certidumbres que le había traído la visita de Julio Lesmes. Pero Magdalena mantuvo el cuerpo tenso y por fin se apartó, aunque sin brusquedad.

—No —repitió.

Le llevó con firmeza hasta la puerta, le besó en las mejillas y le devolvió a la tienda, donde los dependientes les miraban con un asombro sin disimulos.

—¿Te has dado cuenta de que sigues llevando puesta la chaqueta del pijama? —murmuró ella, mientras le acompañaba hasta la salida.

—¿Por qué te marchaste ayer? —preguntó entonces Bernardo.

Magdalena no respondió y él se dio cuenta de que su aspecto debía ser estrafalario en el mundo de la realidad para el que había sido rescatado.

—Llámame a casa después de comer —dijo ella con una sonrisa—. Ahora estoy muy ocupada.

Bernardo salió a la calle y regresó a casa lentamente, analizando a Magdalena a la luz de los implacables juicios con que siempre la había condenado Julio Lesmes. Advirtió que, tantos años después de la muerte del dictador, su nombre permanecía dando nombre a la Calle Ancha y recapituló las historias municipales que acababa de descubrir en el periódico, las greñas que dejaban traslucir puras reyertas de clanes políticos y las tensiones entre el alcalde y sus concejales, que sugerían las estridencias del celo en un gallinero.

Todas las revoluciones han fracasado ya y unos caciques parecidos a los que trajo Roma hace dos mil años —porque los anteriores no tenían tanta ciencia jurídica— manejan los dispositivos, pensó, y evocó con simpatía la figura de Magdalena, inclinada sobre sus albaranes.

La llamó después de comer. Deformada por la grabación, su voz en el contestador presentaba matices que le recordaron la voz de Heidi. Colgó y volvió a llamar y escuchó por segunda vez aquella voz extraña, hecha de apariencias contradictorias y familiares, que le indicaba que podía dejar grabado el mensaje que quisiese transmitir. Decidió no hacerlo y quedó pensativo bastante tiempo, descubriendo en Magdalena algunos rasgos de Heidi: aquella voz, el modo de inclinarse para repasar los documentos, el perfume.

Luego telefoneó a Fructu, que no disimuló su sorpresa al reconocerle.

—Me gustaría ver la casa de la Valcueva contigo, el día que puedas —dijo Bernardo.

Tras una breve pausa, el otro manifestó, con deferencia casi servil, que estaba totalmente a su disposición.

—Podríamos ir mañana mismo —propuso Bernardo.

—Hombre, mañana es domingo —repuso Fructu.

—Es ir y volver —dijo Bernardo, sin querer entender el sentido de aquella aclaración—. Estaremos de vuelta a la hora del almuerzo. Te espero abajo, a eso de las diez.

Julio Lesmes volvió en sí repentinamente, apremiado por una gran ansiedad: en la televisión iban sucediéndose los letreros del final de una película que apenas había entrevisto, sorprendido por un sueño tan súbito como su despertar, y tuvo la sospecha —unida a un insoslayable sentimiento de pérdida— de que precisamente en aquella película se habían representado acciones cuyo conocimiento hubiera sido decisivo para su futuro. A los letreros sucedieron los breves mensajes que indicaban el final de la emisión y, por fin, en la pantalla desaparecieron las imágenes para ser sustituidas por el continuo crepitar plateado.

Julio Lesmes comprendió que su ansiedad sólo podía corresponderse con las intuiciones temerosas de los sueños; desconectó el aparato y se encontró torpe por la vigilia de la noche anterior y el lento viaje ferroviario. La casa se había quedado muy fría y él se fue a la alcoba y se acostó, pero no conseguía dormirse: en su desvelo fosforecían aún las enormes masas de niebla que durante la noche habían gravitado sobre su largo paseo y la figura real de Bernardo, caminando a su lado, mezclaba su perfil con el de la figura de aquella fotografía tantas veces contemplada.

Decidió al fin levantarse de nuevo y regresó a la sala; bien abrigado, enchufó la pequeña estufa eléctrica y la colocó junto a sus pies, debajo de la mesa, y comenzó a repasar otra vez los textos que había ido garabateando durante el viaje, tanto a la ida como al regreso. Por un lado tenía una descripción del Patio, tal como él lo recordaba; por otro, algunas evocaciones de Heidi, bastantes vagas y confusas.

El calorcillo de la estufa llevaba hasta sus piernas el mismo calor que le hubiese traído desde la hoguera el soplo de la brisa. Sólo ese calor mantenía en la isla una señal de vida humana, pues alrededor el paraje desértico mostraba su inclemente rigor.

Al llegar de la estación, a mediodía, había reconocido un abrigo arrojado con el descuido de la familiaridad sobre el pequeño asiento del recibidor; creyó que María Luisa había regresado a casa y, tras cerrar la puerta, abandonando su habitual cautela, avanzó con el aplomo de quien, tras sufrir la amargura del exilio, recupera las alegrías de la rehabilitación. Pero su contento no duró más que el tiempo en que sus pasos le llevaron desde la puerta de entrada hasta la sala, pues aunque María Luisa estaba allí, su comportamiento no parecía indicar que hubiese modificado la actitud de los últimos meses: estaba guardando en una bolsa los libros que le pertenecían y que todavía no había terminado de recoger, con el ademán ajeno y el aire decidido de quien pretende terminar cuanto antes su tarea.

Sobre el vacío de los libros seleccionados por María Luisa se habían desplomado los libros vecinos, destruyendo la simetría de las estanterías antes colmadas; caídos unos sobre otros, manteniendo algunos un equilibrio casual, ofrecían en la isla el testimonio de un desorden que pudiera achacarse a un cataclismo, más que a la intervención de la mano humana.

María Luisa apenas se había sorprendido de su aparición; le dijo que le había telefoneado varias veces a lo largo de la semana y que, al no conseguir comunicarse con él, había tomado la determinación de acercarse a recoger aquellos libros, pues había algunos que necesitaba urgentemente.

Él repuso que había estado fuera un par de veces, la primera dando una conferencia y la segunda visitando la ciudad natal. Luego se había quedado mirándola sin hablar y aunque seguía desconcertado por la rapidez con que la decepción había sucedido a la esperanza, sentía la presencia de ella con peculiar intensidad.

Diez horas después, de su presencia no quedaba ya sino aquel desorden en las estanterías y la manera cuidadosa como había colocado de nuevo las sillas, tras haberlas debido apartar para sacar sus libros. La soledad de la isla había recuperado su consistencia mineral y sólo el océano resonaba en la inmensa caracola de la noche.

María Luisa no había hecho ningún comentario, pero interrumpió su tarea y le miró cuando él, después de serenarse, le preguntó si no quería saber a quién había visto. A la blanquecina luz invernal, él la encontraba bastante desmejorada, con grandes ojeras y una repentina delgadez en la barbilla y en las muñecas.

—Estuve con Bernardo —dijo Julio Lesmes—. Fui allí sólo para hablar con él.

María Luisa dejó sobre la mesa los libros que estaba a punto de colocar y esperó a que él continuase, pero Julio Lesmes guardó silencio, a la vez satisfecho y molesto por haber encontrado el modo de despertar su atención.

—¿Qué tal está? ¿Ya se repuso del todo?

—No está mal —repuso Julio Lesmes, midiendo con cuidado sus palabras—. Descuidado, pero vivo. Bastante resentido, me parece.

Añadió aquello para prevenir la conmiseración de María Luisa. Tras su charla nocturna con Bernardo se sentía en paz, destinatario de una absolución que iba mucho más allá de aquellas de la infancia, tras el diálogo susurrado con los curas que se incrustaban en el vaho tenebroso de los confesonarios, y ya no se arrepentía de nada.

—Muy resentido —repitió, para asegurar la imagen de un Bernardo aborrecible e impedir que, por descuido suyo, pudiese suscitarse en María Luisa una piedad que la apartase todavía más.

Ella, sin un comentario, regresó junto a la bolsa y siguió ordenando los libros.

—¿No te interesa saber a qué fui?

María Luisa hizo un gesto de ambigua cortesía.

—Quería enseñarle a Bernardo algo sorprendente.

Buscó entonces el catálogo, pero no lo llevaba ni en los bolsillos ni en la bolsa de viaje y supuso que lo había olvidado en el tren. Se sintió furioso, pero hubo de continuar forzándose a la serenidad.

—Fui a enseñarle la foto reciente de una ceramista que parece la propia Heidi. Yo creo que es Heidi, aunque aparezca con otro nombre. Como si estuviese viva.

María Luisa interrumpió de nuevo su labor.

—Cómo va a estarlo.

—Imagínate que no se mató entonces, que no iba en el avión, pero que decidió aprovechar las circunstancias para desaparecer.

—Pero ¿por qué?

—Eso es lo que no soy capaz de adivinar. De todas maneras, tampoco sabíamos que se iba. No teníamos ni idea de que fuese a largarse así, sin decir nada, dejándonos colgados.

María Luisa continuó su tarea.

—Y qué, si fuese ella.

—Te he contado que quiero escribir una novela sobre el Patio. A estas alturas, encontrar a Heidi sería como tropezarse con una de esas apariciones mágicas de los cuentos.

María Luisa estaba muy ojerosa y había adelgazado bastante, pero no había perdido nada de sus antiguos ademanes corteses y, sin detener sus movimientos, volvía los ojos y le miraba con la cadencia justa para mostrar que su atención permanecía puesta en lo que él decía.

—Quiero escribir el Patio como un lugar donde la principal riqueza era la imaginación. Se vivía de la pura imaginación y con ello se poseía el mundo. Heidi era como una de esas sacerdotisas de los mitos antiguos. Hablaba de las perlas y las veíamos brillar entre la arena. Hablaba de la mirada de aquellos rostros de piedra y yo, por la noche, descubría entre ellos un flujo luminoso.

—Yo casi no me acuerdo de nada. Cada día tengo menos memoria.

Julio Lesmes intuyó que María Luisa era la única compañía humana en su lejana isla y que acaso la estaba viendo por última vez y tuvo miedo de que la idea de aquella novela fuese solamente un subterfugio que, convertido en obsesión para olvidar el abandono de la mujer, se desharía súbitamente cuando no fuese capaz de mantener el esfuerzo por no reconocer su soledad, dejándole ya sin recurso alguno.

—A mí Heidi siempre me pareció una persona rara —continuó María Luisa—. Una vez me dijo que todo lo veía tan etéreo como las burbujas. Yo le había preguntado por qué era tan radical y me contestó eso: me horroriza conformarme con un mundo transparente. Quiero uno sólido, opaco, que se sienta, aunque llegue a doler. Figúrate.

Cerró la bolsa y la depositó en el suelo con evidente esfuerzo.

—¿No te das cuenta? —dijo Julio Lesmes—. En Heidi hay un secreto, el secreto del Patio. Hay un secreto que es una novela.

—¿Por qué esa manía de mirar atrás? Como si hubieras perdido algo maravilloso. Pero qué has perdido tú.

Él se acercó a ella y estuvo a punto de abrazarla, pero se inclinó para coger la bolsa.

—Esto pesa mucho. Te lo llevo hasta el coche.

—Tú te quedas —repuso ella, secamente.

Julio Lesmes dejó la bolsa en el suelo.

—Nunca te lo he preguntado —dijo—. ¿Por qué fuiste a verme aquel junio, antes de la boda?

Ella permaneció en silencio un rato, sin mirarle.

—Tuve un sueño —dijo al fin—. Soñé que había pasado mucho tiempo y que todos habíamos muerto y sentí una desolación muy grande por ti y por mí. Hacía un calor agobiante aquellos días. Fui a verte como si estuviese sonámbula, para comprobar que no era cierto que habíamos muerto ya y que nunca podríamos estar juntos tú y yo.

Julio Lesmes la sujetó suavemente por ambos brazos.

—¿De verdad que ya no sientes nada de nada por mí?

—Qué más da eso. No estoy buena. Necesito estar a solas, reflexionar. Nunca lo hice. Me casé con Bernardo y me di cuenta de que había interpretado un papel, como cuando hacía de princesa secuestrada, o aquella vez que me llevaron a tu colegio para representar a la Virgen. Pensaba en ti y me acordaba de aquellos poemas.

—Algunos sí eran míos.

—Yo sólo me acordaba de los que le copiaste a Bécquer. Nunca me he podido convencer de que no fuesen tuyos. Y me fui contigo, pero también interpretaba un papel. Yo creo que vuestro modo de ser me ha hecho comprenderlo. Los dos estáis igual de ausentes, como si tuvieseis una obsesión oculta que no os deja ser verdaderamente vosotros mismos. También vosotros interpretáis un papel, igual que aquella Heidi. En el fondo, los dos habéis estado siempre locos por ella.

—Qué dices.

—Los dos. Bernardo y tú. Besábais el suelo que pisaba.

Tomó por fin un folio en blanco y escribió en lo alto *Heidi*. Intentaba anotar las características que habían hecho de ella el núcleo del Patio y, sobre todo, trataba de ordenar las pautas fundamentales de los juegos que inventaba, para encontrar así las líneas profundas de su imaginación. *¿Heidi tenía un secreto?*, escribió más abajo. Sin duda Heidi era bastante reservada y, salvo cuando se incorporaba a los juegos del grupo —en que su comportamiento tenía una especial naturalidad— había muchos momentos en que se apartaba para buscar la soledad y el ensimismamiento.

Una mañana que él había madrugado mucho para preparar un examen, al asomarse a la ventana encontró en el Patio el movimiento de una figura que llamó su atención: pronto descubrió que se trataba de Heidi, que había trepado por el negrillo y escalaba el gran muro de la huerta del palacio episcopal con una bolsa cargada del hombro.

Atraído por la aventura de aquel propósito desconocido, bajó al pequeño patio de la ferretería y pasó al otro por la puerta, trepó al árbol, saltó luego al muro y, tras escalarlo, llegó al extremo superior. A horcajadas, fue avanzando hasta el contrafuerte que debía facilitar su descenso, mientras seguía con la mirada el bulto de Heidi, que se perdía entre la maleza. Alcanzó al fin el suelo y sintió frío, porque aquel jardín descuidado, encerrado entre altos muros bajo el ramaje de árboles espesos, conservaba un aliento de humedad invernal.

Buscaba a Heidi sigilosamente y la vio al fin, escarbando con una pala de fogón junto a la tapia antes de guardar en la cavidad un paquete que sacó de la bolsa y tapar el agujero. Heidi se acercó luego al aljibe cuadrado que ocupaba un rincón del jardín.

Aquel aljibe —donde habitualmente se pudría el agua estancada entre una masa de hojarasca descompuesta— estaba aquella mañana lleno de agua límpida. Heidi había metido una mano en el agua y la removía mientras murmuraba una de sus canciones. Él la contempló sin moverse, pero ella había advertido ya su presencia, porque volvió la cabeza hacia donde él estaba y le hizo un gesto, para que se acercara; él llegó hasta allí y se sentó a su lado, en el borde del aljibe.

—¿Qué escondiste? —preguntó él.

—A lo mejor un tesoro —repuso Heidi, enigmática—. No te lo puedo decir. Ahora tengo que hacer un plano, para recordar dónde lo puse.

Sacó de la bolsa un pequeño bloc de páginas cuadriculadas y estuvo dibujando con un lápiz las marcas y señales que debían servir para recordar el lugar del escondrijo.

Julio Lesmes no se atrevió a preguntarle nada más. La suciedad que habían encontrado cuando escalaron el muro y entraron en la huerta por vez primera había desaparecido, el agua estaba transparente y en ella se movía una bandada de pequeños y nerviosos peces de río que alguien había echado allí.

—Escucha —dijo Heidi.

Él quedó quieto y oyó, como proveniente de un lugar lejanísimo, el canto de un coro que entonaba una canción de aire religioso.

—Pero cierra los ojos —dijo Heidi, y él la obedeció.

—¿No sientes el aire de las cumbres?

De pronto, él tuvo la sensación de hallarse en lo más alto de una montaña, rodeado por el vacío vertiginoso que le separaba de unos valles perdidos en la distancia, mucho más abajo, y sintió la acometida de un breve mareo que le hizo abrir los ojos otra vez y sujetarse al borde del aljibe, con susto.

Heidi tenía sin duda la virtud de convertir sus sugestiones en experiencias de algo que parecía vivo e inmediato. Acaso por las circunstancias en que se habían desarrollado los primeros años de su vida, su relación con las cosas estaba llena de una despreocupación que era franca osadía. Merodeaba de noche, como los gatos, y como si tuviese alguna misteriosa ligazón con ellos, llegaba a acariciar y hasta a tomar en brazos a los que, asilvestrados y huraños, habían hecho su territorio del huerto episcopal; no tenía miedo de tocar los insectos y guardaba las lagartijas entre sus cabellos, como si se adornase con ellas.

Aquella osadía la llevó a otras investigaciones, como la de cavar en el sótano del francés —después de forzar la cerradura de la puerta de entrada— hasta hallar unas espuelas grandes, y unos huesos que, tras la excitación que supuso su hallazgo, resultaron pertenecer al cadáver de un perro. Era la osadía que luego, cuando se hicieron mayores, la llevó a entrar en la lucha clandestina, desde modos de pensar cada vez más tajantes, para terminar encontrando en el aventurerismo de Anselmo la vía decisiva de su destino.

Escribió entonces *Anselmo*, pues aunque nunca hubiese participado directamente en los juegos del Patio, su condición de espectador silencioso daba a su presencia un valor de contraste.

Anselmo había seguido los estudios eclesiásticos, pero al fin colgó la sotana y, cuando le reencontraron, ejercía un radicalismo cuyo diagnóstico, a la luz de todos los textos clásicos, se correspondía con las enfermedades infantiles de la lógica revolucionaria. Pero Heidi halló al parecer en él una seducción que nadie le había ofrecido antes y se convirtió en compañera suya, tan inseparable que, tras seguirle en la aventura de intentar recoger la antorcha del guerrillero muerto en Bolivia, desapareció con él para vivir en China, y luego en Chile, aquellos años en que, mientras tanto, el resto de los antiguos piratas de Anguila comenzaban a ordenar su vida adulta.

Escribió aquel nombre y comprendió que, a pesar de su papel aparentemente subsidiario, había en su persona elementos importantes para el relato. Y subrayó el nombre con la convicción de que se trataba de una pieza muy valiosa, olvidada por el náufrago, que había sido arrebatada un día por la violencia del mar hasta ser arrastrada lejos de la vista, pero que devuelta a la playa de nuevo era comprendida en toda su importancia y recuperada con regocijo.

Anselmo en el Patio: la mirada de Anselmo. Heidi y Anselmo desaparecen. El regreso de Anselmo y de Heidi. Anselmo les achaca haber perdido los viejos ideales y haberse disuelto en un individualismo mucho más egoísta que el que pretendieron combatir: «aquello que la conciencia hace completamente sola no tiene el menor interés», etcétera. La muerte de Anselmo. La huida de Heidi. El accidente de Bernardo.

Y escribió *Bernardo* sin advertir que la palabra tendría un poder que, impidiendo la transfiguración literaria del Patio, habría de devolverle a la realidad de la noche anterior y a aquel deambular entre la niebla, en el tiempo de un Patio deshecho.

Instantáneamente sus evocaciones se desvanecieron y contempló su esfuerzo con una distancia que lo convertía en mera manía mental, que nunca podría cuajar en relato. Al fin el Patio ya no existía y acaso no había existido nunca, o por lo menos ninguno de sus supervivientes parecía recordarlo. Por qué tanto empeño en escribir aquello, pensó, intentando creer —como una justificación que le dignificaba— que era otra forma de luchar contra la descomposición que comporta el olvido. *El olvido de qué*, escribió.

Aquella vez, sentado junto a Heidi en el banco del Paseo del Prado, había vuelto a aludir al Patio, aunque entonces estaba tan embebido en las únicas preocupaciones que creía serias e importantes, que la alusión era sólo el pretexto para el acercamiento amistoso y la placentera rememoración de un tiempo de infancia compartida. Ella le había reprochado sin acritud el haber abandonado el Patio por el Casino. Él dijo que Anguila parecía real. Ella, con un gesto de sorpresa, le contestó que Anguila era real: todo en el Patio había sido real, pero les faltó fe para continuar suscitando aquella realidad.

—Lo dejasteis perderse otra vez en el caos —dijo Heidi—, aunque seguramente no había modo de que las cosas fuesen diferentes.

Lo dijo con un énfasis que, cuando él comenzó a pensar en la construcción del relato, había recordado claramente, como una sentencia que estuviese inscrita sobre una lápida y contuviese la clave de todo, porque el Patio había surgido del caos como debía surgir su novela, aunque hasta entonces el proceso mantuviese una orientación tan descorazonadora.

No hay dentro de mí un Patio, pensó, sino un agujero que tiene la forma del Patio que soy incapaz de recuperar. Un agujero cada vez más hondo y vacío, que puede acabar tragándome a mí.

Y pensó también que, como las partes diminutas de los esquemas de todo lo que existe, que repite hasta el infinito la forma originaria hecha por la pura inercia de la materia, su agujero interior era el modelo infinitesimal del único esquema, un vacío sin límites que sólo era posible recorrer de modo simbólico, a lo largo de las arenas de una playa interminable.

Entonces tachó el nombre de Bernardo hasta hacerlo casi desaparecer. Era necesario recuperar a Heidi. Sintió como un descuido imperdonable el extravío de aquel folleto en que aparecía la foto misteriosa y se levantó para buscarlo de nuevo en su bolsa de viaje. Desde donde se hallaba, las sombras de la lámpara señalaban con mayor intensidad los huecos de la estantería, unas ausencias sombrías que rubricaban la de María Luisa.

Había agarrado su bolsa y, antes de marcharse definitivamente, le entregó las llaves.

—Ya debería habértelas dado —dijo—. Ahora sí que no me queda nada aquí.

—El frigorífico —repuso Julio Lesmes sin recoger las llaves.

—Ya tengo uno, bastante más nuevo. Buena suerte y no te obsesiones con aquello. Hay miles de asuntos, sin ir tan lejos. Escribe de lo que nos pasa ahora.

—¿Pero es que nos pasa algo? —preguntó él, sorprendido de encontrar un acento sincero debajo de su propio sarcarmo.

María Luisa le miró de manera extraña, dejó las llaves sobre la mesa y se acercó a la puerta. Julio Lesmes estaba a punto de decirle quédate, prueba a convivir otra vez, aunque sólo sea unos días.

Como si lo hubiese oído, ella se volvió.

—De verdad que no estoy bien. No estoy para quedarme.

Luego, ya en la misma puerta, habló con tono ausente, como si expresase una reflexión que sólo por casualidad se convertía en palabras:

—No sé por qué me casé con Bernardo, ni por qué le dejé por ti. Os tengo cariño a los dos, pero ahora me parecéis casi unos extraños.

Se marchó al fin, cerrando la puerta con una delicadeza que pertenecía también a su costumbre. Él se había sentido muy afligido y, tras reprimir sus deseos de seguirla, se había sentado frente a la mesa y había reunido los papeles del tren, decidido a escribir como si se tratase de un ejercicio físico capaz de hacerle olvidar. Sin embargo, en mucho tiempo no pudo redactar una sola línea y al fin se levantó y se acercó a la ventana para contemplar la rapidez con que la luz del día era sustituida por las sombras de una tarde invernal.

Las nubes vespertinas tenían esa calidad abigarrada de los cielos pintados y evocó aquel cuadro plástico organizado en el colegio por el hermano Víctor Emilio, en que María Luisa había representado a la Virgen, vestida de azul y blanco.

El escenario abarcaba cielo y tierra, separados por unas nubes parecidas, grandes y aborregadas. En ambos espacios alumnos disfrazados figuraban la presencia de los Hermanos. En la tierra se mostraba la obra secular de la Congregación, mediante profesores y misioneros, ante los niños que hacían la representación de alumnos y catecúmenos. A la izquierda, los mártires estaban interpretados por varios Hermanos muertos y otros arrodillados, en el trance de ser fusilados por unos milicianos de mono azul, con la cara tiznada. Bernardo representaba, precisamente, a uno de los Hermanos en trance de morir, con los brazos en cruz y mirando piadosamente al cielo. Portando la palma del martirio, algunos Hermanos ocupaban lugares entre las nubes, cada vez más cerca de la Virgen. El más inmediato era un interno de gran nariz, llamado Leopoldo, que simbolizaba al Venerable Fundador.

La caracterización de la Virgen, con las manos juntas y un halo dorado alrededor de sus cabellos rubios, proclamaba gloriosamente la belleza de María Luisa; Julio Lesmes, en el brevísimo tiempo que duró la visión, sintió una congoja tan densa que parecía la única cualidad de su alma, al pensar una vez más que la había perdido para siempre. La habilidad de los Hermanos, que había conseguido introducirla en el colegio sin que nadie se apercibiese, la hizo desaparecer con la misma discreción, y durante toda la jornada festiva Julio Lesmes deambuló por los claustros colegiales, entre el fragor de los petardos, como una sombra dolorida y ausente.

Cuando Bernardo, para casarse, se fue del piso que tenían desde los tiempos de estudiantes, Julio Lesmes había sentido por primera vez la ausencia de la única compañía que había conseguido después de su naufragio y su larga soledad; pero cuando María Luisa había venido para vivir con él –tras una llamada telefónica para concertar la cita en que se lo había planteado sin preámbulos– sintió que recobraba, no sólo aquel amor cristalizado en el tiempo movedizo que separa la infancia de la pubertad, sino también una parte del mismo Bernardo, que regresaba a la isla para seguir acompañándole.

Pero ya Bernardo no estaba, ni siquiera como un recuerdo a través de María Luisa, y su nombre, como un conjuro maléfico, conseguía destruir las ensoñaciones que necesitaba para emprender su trabajo.

Se acercó otra vez a la ventana y la madrugada le golpeó con una mirada ausente y vacía en que se concentraba casi artísticamente la inutilidad de todo. Repetidos estruendos manifestaban la euforia o la rabia de los desconocidos conductores que atravesaban la noche en sus vehículos.

El sábado, después de una siesta muy larga, Magdalena despertó descansada y de buen humor. Tenía en el contestador varios avisos y los repasó con curiosidad. Su madre –con quien había hablado ya por la mañana, desde la tienda– la había llamado dos veces. Ya veo que estás descansando, hija, no te preocupes, era sólo por saber si estabas bien, decía su voz acosada por la timidez de enfrentarse al misterio electrónico de la grabación. Había también una llamada equivocada, otra de un vendedor de seguros y dos en que el comunicante, tras evidente titubeo, había colgado su aparato sin dejar mensaje alguno.

Era Bernardo, intuyó Magdalena y alargó la mano para buscar su número en la agenda, pero su primer impulso se vio sujeto por otro de sentido contrario: la cabeza fría, murmuró, hay que tener la cabeza fría.

Llamó a su madre para tranquilizarla e intentó soslayar su insistente petición de que fuese a cenar a su casa, pero acabó cediendo, aunque le advirtió que regresaría pronto. Eran las ocho y media de la tarde y percibía en la casa un fenómeno en que antes no había reparado: la reverberación del eco en algunos tramos de la escalera y en algunos puntos de la sala. Era una casa muy grande para una sola persona, pensó de pronto, es como un castillo antiguo, y se figuró la viñeta de un sombrío castillo roquero en el crepúsculo.

Su madre la recibió con fingida severidad, reprochándole una vez más el haber trasnochado la víspera, a pesar de no encontrarse bien. En casa de su madre estaba también su hermana, y Magdalena comprendió que tras tanta solicitud se mantenía una curiosidad ávida por su velada de la noche anterior, como acontecimiento capaz de alterar un poco la monotonía de aquellas vidas hechas a un inmutable calendario que ocupaba la dirección de los trajines caseros, la compra de alimentos y vestidos, la contemplación de la tele y alguna partida semanal de *brigde* en que se comunicaba la crónica de los sucesos de la vida local o se comentaban los escándalos nacionales, profusamente divulgados en las revistas.

Dios mío, qué diría de ellas Julio Lesmes si a mí me llamaba vaquita, pensó, encontrando en su intimidad una inevitable mezcla de ternura y repulsión por aquellas mujeres que atravesaban tan inocuamente la vida, ensimismadas en una valoración minuciosa y continua de anginas, diarreas, calificaciones académicas, cursos infantiles de inglés en Irlanda y remodelaciones de la decoración doméstica, con un talante que las mantenía a la orilla del tiempo, en un vago limbo atiborrado de minuciosas nimiedades.

Quedó entre ambas mientras su padre y su cuñado conversaban un poco separados y soportó con paciencia todas sus preguntas e inquisiciones. Para ellas, el hecho de que Julio Lesmes y Bernardo hubieran cenado juntos era motivo de asombro. Magdalena no les contó nada de aquellas sospechas de Julio Lesmes sobre la posible supervivencia de Heidi, pero sí que, al parecer, María Luisa ya no vivía con él.

Entonces fue cuando su madre habló de María Luisa bajando la voz: se decía en la ciudad que María Luisa se encontraba muy enferma, sin remedio, añadió, adoptando el tono dramático con que se comunican las desventuras irreversibles. Una biopsia analizada en la Residencia por un médico que era pariente cercano constituiría, al parecer, la prueba fatídica.

Magdalena comprendió –desde una lejanía que había hecho renacer la presencia de Julio Lesmes y la evocación de los tiempos de Facultad— cómo a pesar del paso de los años y de la propia distancia, corrientes sutiles hacían que en la ciudad se mantuviese vigente y hasta accesible la figura de los ausentes. Era como si nunca se hubiesen alejado de allí, y mientras persistiesen los lazos familiares y de amistad, sobre la realidad adulta prevalecería la sombra de los niños que habían sido. A pesar de todo, acaso aquel patio que tanto parecía obsesionar a Julio Lesmes permanecía aún, invisible pero inmutable, en algún espacio de la ciudad.

Algo decepcionadas por la parquedad de sus confidencias, al fin su madre y su hermana encaminaron la charla a los temas rutinarios: los problemas de la dentadura de una nieta, el exagerado precio de unos vestidos necesarios para asistir a una boda elegante. Magdalena las escuchaba rememorando aquellos juicios de Julio Lesmes, para quien personas como ellas constituirían el escalón más bajo en la jerarquía de la humana conciencia.

Pensó entonces en el objetivo del viaje de Julio Lesmes y sospechó que su interés por el contacto con Bernardo, tras tantos años de rotunda separación, tenía una importancia considerable y podía significar de nuevo la cautividad de Bernardo. Pues desde los tiempos de la niñez, la influencia de Julio Lesmes en Bernardo era el resultado de una especie de rapto, que la necesidad de protagonismo del primero y la pereza del segundo habían convertido en un hábito y que sólo una sucesión de desencuentros dramáticos había conseguido romper.

Concluyó la cena y su hermana y su cuñado insistieron para que fuese con ellos al Casino, a tomar una copa. La compañía familiar la había llenado de abulia y accedió.

Hacía ya tiempo que no visitaba aquellos escenarios y cuando volvió a verlos recordó nítidamente a Julio Lesmes y a Bernardo con sus vasos de *gin-fizz* y los ojos brillantes, pavoneándose en sus trajes de etiqueta.

Algunos compañeros de Facultad les habían hecho contemplar el mundo con otros ojos, pero en las fiestas navideñas y en los bailes del verano volvía a vérseles aparecer, y en alguna ocasión en que Magdalena estuvo con ellos quedó confusa por el modo sarcástico y la dureza con que Julio Lesmes lo juzgaba todo, desarrollando un alegato al que Bernardo se adhería entre risas y apostillas burlonas.

Hablando una vez con Heidi, Magdalena aludió a aquella actitud.

—Quieren cambiar el mundo —dijo Heidi.

—¿Cambiar el mundo?

—El mundo está mal hecho, es injusto y cruel —exclamó Heidi—. Yo también quiero cambiarlo.

Magdalena pensó que también había mucha crueldad en la actitud de Julio Lesmes, pero no dijo nada. En el énfasis de Heidi latía el mismo fervor de los tiempos del patio, cuando proponía uno de aquellos juegos que representaban historias imaginarias o reproducían escenas de las más populares películas de piratas y veleros.

Recordó entonces la firme convicción suya de estar inmersa en un sueño que ella misma urdía, pero no se atrevió a preguntarle si seguía creyendo lo mismo, aunque acaso Heidi continuaba viendo la vigilia de los demás como un sueño propio y cada noche creía despertar en aquella casa de las montañas, con su abuelo y las cabras, en una placidez sin estridencias donde la revolución no era necesaria.

Eran duros y burlones. Valoraban la forma más cáustica de la inteligencia como la única aceptable para analizar el mundo y condenaban al corral o a la cuadra a quienes no aprobaban sin objeciones su fe. Por el contrario, en lo que se refería a su fe eran dogmáticos y sectarios y no podían tolerar siquiera una sombra de ironía. Por eso ella acabó asumiendo su menosprecio como una identificación, sin sentirse demasiado herida, aunque tenía algo de envidia de aquella certeza que les hacía aparecer tan firmes y seguros, mientras ella se sentía débil, inestable, a menudo invadida por una intuición de carencia y por una nostalgia de causa inexplicable, que se obligaba a superar con repentinos empujones del ánimo.

Tal vez ellos seguían apoyados en roles parecidos a los que habían desempeñado en los juegos del patio, mientras ella, cuando lo intentaba, no conseguía imaginarse de otro modo que encerrada en el cuadro de una viñeta. Pensaba en ello –fingiendo que seguía con interés la conversación de sus hermanos y de otros amigos que se habían unido a ellos– y se encontró contemplándose bajo aquella figuración.

La viñeta mostraba un salón vetusto, con una gran pista de baile vacía y a un lado algunas mesitas rodeadas por pequeños grupos de gente sentada. La perspectiva estaba visualizada desde el techo, en un punto cercano a la vieja araña de vidrio y con picado casi vertical, y ella, Magdalena, no era sino una figurita más entre todas las que formaban parte de la ilustración, una figurita al fin como las otras, preocupada, como por unas anginas infantiles, por el abono de una factura y el extravío de un suministro.

Como si su visión hubiese cambiado de viñeta se vio luego en un plano mucho más cercano, pero por la magia del *flash-back* había retrocedido al tiempo de la juventud y asistía a uno de sus primeros bailes, sintiendo su cuerpo largo y flaco escurrírsele dentro del traje rosa con pequeños lunares que su madre se había empeñado en encargar para ella. Su estatura y su falta de gracia eran sin duda obstáculos poderosos en el momento en que los muchachos escogían sus parejas de baile, pero aquel traje debía constituir el impedimento definitivo. Sin embargo, Bernardo había bailado con ella varias veces; quedó luego sentada, mirando con gusto el bullicio un poco pueril de la Nochevieja, y en esa postura la recogía la imagen de la viñeta.

Sucesivas viñetas, observadas por ella misma en un curioso desdoblamiento, desarrollaban un relato que ni siquiera llegaba a ser una historieta, donde a ella no le correspondía ningún protagonismo. Acaso Julio Lesmes tenía razón y ella era un ser tan acomodaticio y flotante que carecía de forma, incapaz por tanto de sentir el profundo desorden de todo y la urgente necesidad de su ordenación, pero lo cierto era que ella aborrecía toda clase de violencia, incluso la que pudiera realizarse para conseguir mejorar las cosas.

Así, mientras ellos continuaban cada vez más entregados a su fe —al menos, mientras no debieron afrontar la vida desde la condición adulta— ella percibía fluir el tiempo a su lado como un arroyo que no podía detenerse y se seguía sintiendo crecer como si un día su cuerpo fuese a salirse de la piel que lo cubría, en un avatar pavoroso; y juzgó que sólo el aferrarse a la costumbre y a cierta repetición de los hábitos podría salvarla de una angustia que asomaba a veces en sus lucubraciones con la mueca de la locura.

Se despidió pronto de todos y regresó a casa, pero en lugar de penetrar en ella con el gusto y la plenitud que había sentido desde que la estrenó, escuchó otra vez crepitar los suaves reverberos del sonido con el eco mismo de los mausoleos. Es demasiada casa para mí, pensó de nuevo, mientras se acercaba al teléfono y comprobaba que el contestador había registrado dos nuevas llamadas en que su comunicante no se había identificado.

El cielo extendía su capa parda sobre el techo transparente y Magdalena subió con desgana a su habitación, constatando que había demasiados escalones. La viñeta que describiese aquella subida debería tener la perspectiva oblicua con que la imaginación expresionista convertía ascensiones como aquella en trayectos problemáticos y fatales.

Cuando estuvo en la cama, se sintió muy desasosegada y comprendió que su encuentro con Julio Lesmes y Bernardo había hecho renacer dentro de ella los mismos estímulos enfermizos y negativos del tiempro en que se planteó la constitución de la editorial.

Entonces, cuando ya Bernardo y María Luisa llevaban casados más de cinco años y Julio Lesmes se debatía en los últimos episodios de su historia política, regresaron de su largo viaje Heidi y Anselmo. La dictadura se había extinguido con la muerte natural de su creador y Magdalena todavía no había vuelto a la ciudad natal.

Heidi la localizó por teléfono y se encontraron las dos en una cafetería. Heidi apenas había cambiado, aunque su tonillo de voz se había hecho más cantarín. En poco tiempo habló de su largo periplo como si narrase una aventura de los piratas de Anguila: describió los largos ríos chinos, las aldehuelas rodeadas de extensos cultivos ordenados con mimo, y describió luego el escarpado Valparaíso y las lejanas costas, donde las conchas de los moluscos parecen diseñadas por un artista del Renacimiento.

–Pero ya estamos aquí –dijo–. Y en un gran momento. Venimos a luchar, a empujar.

Aquel día le contó que una de sus principales experiencias de aquellos años había sido la del trabajo en empresas de edición y que tenían el propósito de intentar poner en marcha un pequeño negocio de ese tipo; y cuando Magdalena declaró su interés por colaborar en el proyecto, tanto con su propio trabajo profesional como aportando dinero que su familia le facilitaría, Heidi se mostró encantada. Luego, en el incansable discurrir de su charla, volvió a evocar los montes suaves como senos de la vieja China y aquel mar austral donde la naturaleza parece recién creada.

–Escucha –le dijo Magdalena en un momento de la conversación– de niña decías que aquel patio y tu vida allí era un sueño.

Heidi entrecerró los ojos con un gesto misterioso y se echó a reír.

—¿Eso decía?

—Decías que todos nosotros éramos un sueño tuyo, hasta en nuestras fantasías más íntimas.

Mas Heidi, en vez de responder, le agarró una mano y habló con el tono de una confesión cordial.

—Les he recordado mucho a todos ustedes, quiero decir que me acordé mucho de vosotros. Todo cuanto hacemos es fruto de los sueños. Me gustaría que hiciésemos una editorial que fuese otra vez como aquel patio, como un juego de aventuras.

Habló más veces con ella y el proyecto parecía afianzarse, pero cuando llegó el momento de reunir todos los posibles socios, ella quedó excluida por el veto de Julio Lesmes y la reticencia de Anselmo. Ni Julio Lesmes aceptaba su participación económica —por rechazo, al parecer, de su asepsia política— ni Anselmo estaba inclinado a confiar en ella responsabilidades ejecutivas, porque tampoco tenía entonces Magdalena experiencia profesional. Bernardo y Heidi, se mostraron bastante fastidiados por ello y su pesar parecía sincero, pero optaron por respetar el criterio de los otros dos, ya que una sociedad de aquellas características requería el acuerdo unánime de sus miembros.

Aquellas actitudes, que Magdalena consideró injustas e irracionales y que le hicieron sentirse bastante infeliz, fueron el preámbulo de una serie de acciones más propias del desvarío que de la cordura, pues al fin la empresa proyectada no se constituyó: una noche se supo que Anselmo había sido muerto a tiros junto al Templo de Debod, y no habían vuelto todavía del estupor que les produjo aquella muerte, cuando Heidi desapareció en un accidente aéreo.

La muerte de Anselmo, que nunca llegó a esclarecerse, se atribuiría primeramente a revanchas políticas, pero luego los rumores apuntaron a ajustes de cuentas por motivos relacionados con puras actividades delictivas. De las razones de la huida de Heidi nunca se supo nada. Mas, como si ambos sucesos hubiesen desencadenado una peculiar crisis en los antiguos piratas de Anguila, poco tiempo después se supo que María Luisa había abandonado a Bernardo para irse a vivir con Julio Lesmes y que Bernardo había estado a punto de matarse en un accidente de automóvil, mientras regresaba a la ciudad natal.

Estímulos enfermizos, morbosos, pensó. En Julio Lesmes subsistía una soberbia originaria que le obligaba a ordenar las vidas que le rodeaban, y seguramente aquella tardía vocación por la literatura estaba directamente relacionada con ello. Tomó el bloc de notas de la mesilla y apuntó *comprar los libros de J.L.* mientras se exhortaba a sí misma a la serenidad.

Luego apagó la luz y vio toda la casa en un picado vertical, como una viñeta, resaltando entre las grandes manchas de tinta china las líneas blancas que simulaban los aleros y las chimeneas. Perdido en el páramo, el edificio de vetusta traza parecía la vivienda misma del olvido y entre los tejados fulguraba levemente la pirámide de la claraboya como símbolo de la petrificación definitiva de todos los sentimientos.

A esa viñeta sucedió otra, contemplada también en similar perspectiva, en que ella estaba inmóvil en el centro de su gran cama, mientras un juego de manchas y claros lo inundaba todo con una turbiedad de espejo en penumbra y pensó que a veces la soledad tiene la sustancia fría de los espejos y que nos vamos amoldando a ella como si nuestro volumen hubiera desaparecido, convertido en reflejo pasajero.

Pero todas aquellas imágenes desoladas no conseguían aquietar el removerse de los recuerdos que recorrían sin cesar las infinitas y profundas galerías en su incansable acarreo.

Evocó otra vez a Heidi, pocos días después de la muerte de Anselmo. Contra su costumbre, se había pintado los labios y los ojos y marcado los pómulos con una mancha ocre, y su palidez se hacía estridente. No habló casi nada y Magdalena no encontraba tampoco nada que decir. Cuando se despidieron, mientras Magdalena la besaba, Heidi murmuró: ya navega para siempre en el galeón fantasma, y Magdalena se había estremecido, como lo hizo de nuevo al rememorarlo, pues le pareció que Heidi había dejado traslucir que, como en los años del patio, creía verdaderamente que aquella parte de su vida seguía perteneciendo a un mundo nocturno y espectral, animado solamente por ensueños.

Estímulos enfermizos y morbosos. Las alucinaciones de Heidi habían intoxicado a los demás y, tras el natural fracaso de tanta quimera, Julio Lesmes intentaba recuperar la fábula primigenia para un viaje sin destino en que Bernardo podía perderse definitivamente. La realidad era sin duda mucho menos excitante que los sueños, estaba fabricada con la misma vulgaridad de sus familiares y de sus amigos y consistía en la cotidiana gestión de asuntos que obligaban a rellenar formularios.

En la realidad, las playas de Anguila estaban bastante contaminadas por industrias sin escrúpulos y las rodeaban grandes edificios hoteleros, y entre las hamacas y los sombrajos pululaban muchachitos de color que iban ofreciendo cocos y refrescos para ganarse unos centavos.

En la realidad no había esculturas mágicas ni quedaban ya montañas virginales, y la muerte esperaba continuamente para echar la zancadilla. Recordó entonces a María Luisa –la hermosa princesa de los rescates del patio– y sintió una acongojada solidaridad.

Era ya una viñeta que mostraba sólo un rostro aparentemente apaciguado, con el embozo cubriéndole la barbilla y los ojos cerrados. Estaba a punto de quedarse dormida cuando los comentarios sobre la supuesta enfermedad de María Luisa trajeron a su imaginación la figura de Lohengrin.

Había emprendido el viaje a primera hora de la mañana y cuando llegó y se acercó al mostrador de la recepción, con la súbita timidez de quien está a punto de perder los misteriosos estímulos que le empujaban a cometer un despropósito, la voz de él la recuperó de su zozobra: se había levantado de un sillón cercano y le saludaba con un aire de intimidad tan respetuoso como una genuflexión, en que se traslucía la laboriosa inquietud de una larga espera.

Un mozo recogió su maletín y les acompañó a la habitación, donde la brisa movía suavemente las grandes cortinas de un balcón abierto a una vega llena de álamos verdecidos. Cuando quedaron solos, él se acercó a ella y la abrazó largo rato, y luego la comenzó a desvestir con parsimonia. Magdalena cerró los ojos y los mantuvo cerrados mucho tiempo.

Una vez desnuda, él comenzó a besarla y acariciarla. Ella sentía la cercanía de aquella presencia ávida que recorría su cuerpo olfateándolo y lamiendo su piel con la meticulosa laboriosidad de los reconocimientos previos al acto de comer, y pensó que al final de todo iba a ser devorada por un gran animal lleno de devoción y ternura. Se dejó disolver en la ensoñación de que su carne era el alimento de una criatura que olía a loción de afeitar y que la estaba rodeando y acariciando con innumerables tentáculos.

Aquellos encuentros se sucedieron a lo largo de cinco años. Nunca se reunían más de dos noches seguidas, nunca se tutearon y sólo conversaban cuando se sentaban a hacer las comidas del día. Ella se acostumbró también a no hablarle ni mirarle nunca en sus abrazos, de modo que las palabras y las miradas quedaban del todo sustituidas por la comunicación de la caricia, hasta que la parsimonia y complejidad de sus respectivos tactos fue cumpliendo los designios de una curiosidad continuamente renovada.

Cuando ella despertaba sintiendo al lado la desnudez de él, pensaba que aquella cercanía de los cuerpos desplomados por la fatiga del goce era el momento perfecto de su intimidad, porque entonces el cuerpo de él, dormido e invisible, representaba verdaderamente los que a ella le hubiera gustado tener tan cerca, como una señal precisa de la vida individual y de su breve latido en el vértigo de una noche sin límites.

Su relación concluyó bruscamente. En uno de sus encuentros, él, rompiendo por primera vez aquella costumbre de silencio, la habló en susurros cuando, concluido su abrazo, se habían vuelto de espaldas el uno al otro para iniciar el sueño.

—No me mires, Magdalena. Debo decirte que tal vez transcurra un plazo largo antes de que volvamos a encontrarnos. Al parecer, tengo una enfermedad fastidiosa, que requiere intervención quirúrgica y un tratamiento prolongado.

Guardó silencio y ella estaba a punto de quedarse dormida cuando tomó conciencia de sus palabras y se vió obligada a aceptar que sus encuentros con aquel cuerpo masculino no constituían meras fantasías suyas, que se interferían como paréntesis en su modo de vivir la realidad, sino que eran citas y vivencias verdaderas. Extendió a su espalda una mano y tomó una mano de él y, antes de darse la vuelta, la apretó con un gesto diferente a todos los que hasta entonces habían mediado en el contacto de sus miembros.

No volvió a recibir ninguno de aquellos telegramas y, a la vuelta de unas breves vacaciones veraniegas, encontró entre la correspondencia atrasada una nota de luto en que la empresa fabricante comunicaba el fallecimiento de su director. Intentó sentir en su corazón la tristeza de una pérdida verdadera, pero cada día que pasaba los recuerdos de sus deleites quedaban encerrados con mayor firmeza en una estancia que pertenecía más a sus sueños que a las experiencias de la vigilia.

Sí, la realidad estaba hecha de vulgaridad, de pérdidas, de muerte. Debía salvar a Bernardo de aquel secuestro. Los estímulos enfermizos habían conseguido que otra vez sintiese cómo el tiempo se iba escabullendo; y otra vez era demasiado alta y demasiado grande y acaso seguía creciendo, como si su cuerpo quisiese salírsele de la piel.

Se levantó y bajó a la sala, y encontró que aquel espacio era desmesurado y absurdo. En la viñeta, vista desde la parte exterior de la cobertura transparente de una gran estancia vacía, una mujer estaba sentada en un sillón, con las manos entrelazadas, mirando hacia arriba, al cielo de la noche.

6.

Aquel domingo, Fructu había llevado a Bernardo a la Valcueva. Conducía uno de esos automóviles que, pregonando la potencia del motor y la elegancia del diseño, se anuncian en televisión con imágenes de velocidad y chirridos de frenos en la soledad de parajes exóticos, y Bernardo se había acomodado con encogimiento en el asiento contiguo. Sentado ante el volante y el conjunto resplandeciente de relojes e indicadores, el aspecto tosco de Fructu –que mantenía un silencio distante, dejando claro su reproche por verse obligado a realizar aquel viaje intempestivo– se difuminaba, suavizado por el reflejo de las bruñidas superficies industriales que parecían transmitirle algo de su inhumana perfección.

Bernardo había recordado los recelos de su madre hacia la gestión del administrador y se sintió avergonzado de no haberlos tenido nunca en cuenta –como un detalle sin importancia alguna, indigno de su atención– pero también profundamente desposeído. De la apatía y el anonadamiento voy a pasar a la avaricia, pensó de pronto, descubriendo que aquella idea coincidía con un regusto de sangre en su boca.

La mañana invernal pugnaba por iluminar los prados cubiertos de niebla y la carretera solitaria iba adaptándose, entre curvas y revueltas, a la progresiva aspereza de los parajes. A veces, en los quejigales, los desmontes pelados señalaban el trazado de la carretera que sustituiría a la que ellos recorrían, cuando las obras del pantano estuviesen concluidas. Entraron por fin en el valle y comenzaron a encontrar las primeras ruinas.

—Tanto lío para los derribos y el agua sigue sin embalsar— dijo Fructu, recuperando el habla.

El valle presentaba la imagen de destrucción que sucede a las grandes catástrofes. Apenas un lienzo de pared, la cresta carcomida de una tapia, un dintel mantenido por azarosos equilibrios, evocaban la borrosa imagen de las viviendas que sostuvieron. Todo estaba vacío, pero sin la ciega soledad de los desiertos: la ausencia se hacía notar como una gran burbuja invisible que, a punto de disolverse para siempre, permanecía aún entre los restos de muros de casas y corrales, y unos débiles rayos de sol, súbitamente filtrados entre la niebla, hicieron resaltar más vivamente las consecuencias de aquella devastación. Al cabo de un tiempo, Bernardo comprendió que la misteriosa ausencia intuida como algo latente no estaba sólo en la falta de bestias y personas: del paisaje habían desaparecido casi todos los árboles.

Por fin Fructu detuvo el coche junto a unas ruinas y Bernardo le miró, inquisitivo.

—Ya hemos llegado —dijo Fructu—. Ahí estaba la casa.

Bernardo salió del coche y contempló desconcertado los montones de cascotes y restos que se desparramaban a su alrededor como por efecto de algún implacable bombardeo.

—La echaron abajo, como todas —explicó Fructu.

Sin pedirle ayuda, Bernardo fue buscando una orientación que le permitiese descubrir el emplazamiento de la antigua vivienda, hasta que reconoció restos de la fachada amontonados en el contorno de los cimientos y el color de las piedras del aparejo derrumbadas y, tras los escombros, una oquedad deforme que, sin embargo, seguía representando el espacio originario del corral.

Recordó el lugar tal como era cuando él iba de niño a pasar allí sus vacaciones, un mundo completo que guardaba sus penumbras entre techos de altas vigas, espacios donde volaban los moscones y las golondrinas y gigantescos árboles que meneaban su follaje sacudido por la brisa. La destrucción brutal de aquella realidad que parecía inalterable le provocó un violento mareo, la pérdida del equilibrio que hace sentir la inestabilidad de los navíos sobre una mar muy movida. Intentó entonces atajar el pánico y se volvió lentamente a Fructu.

—Pero aquí había muebles —exclamó—. Había cómodas, camas, un reloj de pared, cosas de valor.

Fructu sacudió los hombros y habló con gesto indolente.

—Todo vale mucho hasta que llega la hora de venderlo. Alguna cosa se pudo colocar, pero casi nada. Tu madre lo sabe bien.

Aquella plenitud que parecía eterna, la densidad de las tardes estivales, los suaves sonidos que rebotaban en la galería, el eco de las voces y de las esquilas, no había existido sino como una breve y burlona concesión de la muerte acechante. Bernardo cerró los ojos, intentando recuperar el equilibrio.

—¿Y lo demás? —preguntó.

Fructu le miraba sin dar muestras de entenderle.

—Lo demás, las tejas, las vigas. Todo eso valía también dinero.

Bernardo percibió que el otro había sido sorprendido, pero que sabía adaptarse rápidamente a las situaciones inesperadas.

—Ya ves que no están aquí —dijo—; claro que valen dinero. Teja vieja, madera de roble y de pino bien curada. Estoy con ello. En cuanto lo tenga vendido, os ajustaré las cuentas al céntimo. Claro que hay gastos de carga y descarga, de transporte.

—Y las barandillas de los balcones.

Descubrió, con un sentimiento de consuelo, que en el espacio que había mediado entre el corral y la huerta permanecía, bien conservado, el brocal del antiguo pozo. Escaló el montículo de cascotes y descendió hasta el espacio del corral, encontrando al otro lado, en el lugar habitual, la piedra circular incrustada de fósiles que sus abuelos utilizaban como mesita auxiliar para los pequeños aperos y los cántaros de leche. Alrededor suyo todo había desaparecido y la piedra se sostenía sobre su basamento como un altar que hubiese recuperado su primigenia posición destacada y exenta.

—¿Y eso? —preguntó Bernardo, señalando la piedra.

—Eso pesa mucho y vale poco —repuso Fructu, tras acercarse para echar un vistazo.

—Eso lo quiero para mí. Encárgate de que me la lleven a casa.

—¿Y dónde la vas a meter?

Bernardo titubeó un momento.

—Ya le encontraré sitio. Que me la dejen en el patio.

Pasó la mano varias veces sobre la superficie de la piedra, retirando el polvo y la tierra, y dejó al descubierto los pequeños fósiles incrustados en la masa rojiza como innumerables anillos. Sobre aquella misma piedra habían reposado los restos del esqueleto. Por un gusto extravagante de simetría, la calavera había ocupado el centro del círculo.

El tío Alfonso había muerto el invierno anterior y él había recibido una llamada telefónica de su madre, pidiéndole que fuese inmediatamente. Sólo cuando Bernardo llegó a su casa le dio ella la noticia de su muerte, mientras le conducía hasta la sala donde se encontraba presente el cuerpo, dentro de un ataúd oscuro que rodeaban cuatro enormes cirios.

En aquella nueva ocasión se había repetido la llamada telefónica y la petición de su madre de que se marchase a casa sin esperar más. La urgencia le hizo imaginar, con pena, la muerte de Basi, y se sintió de pronto muy mayor, aunque no hacía tanto tiempo que había terminado la carrera; mas cuando llegó a casa fue la propia Basi quien le recibió. Su madre le esperaba entre la claridad inmutable de su habitación, de pie ante una ventana.

–Tienes que acompañarme a la Valcueva –había dicho–. Por las obras del pantano, mientras lo vaciaban todo, han encontrado unos restos humanos en la huerta de los abuelos. No se lo han dicho a nadie más que a mí.

Salieron al día siguiente, en un taxi. El valle estaba ya condenado a muerte por el embalse: las casas del pueblo ofrecían sus puertas cerradas y las grandes máquinas excavadoras movían a lo lejos sus miembros y sus quijadas, lanzando ronquidos trepidantes.

El hombre que cuidaba la casa reconoció a Bernardo con esa memoria indeleble que conservan las gentes aldeanas. Su padre había sido cartero del concejo muchos años y Bernardo también recordó a aquel hombrecillo ancho y bajo, de barba cerrada, que llevaba la correspondencia como si portase algún sagrado viático. La figura del hombre que cuidaba la casa reproducía casi exactamente aquella, sustituyéndola, y sin embargo conservaba también la del niño flaco, un poco bizco, que acompañaba al padre en las caminatas del verano. Por un momento Bernardo creyó ver en sus ojos aquellos otros, y en ellos se reflejó también la imagen del niño que él había sido y que encontraba una satisfacción especial en tomar la carta de sus manos y llevarla a las del abuelo, sin que se perdiese el ademán sacramental y solemne de los emisarios.

Pero el hombre era preguntón y ejercía esa curiosidad inmediata para la que solamente existe el tiempo de presente. Su madre había respondido evasivamente y manifestó con firmeza su voluntad de ver de inmediato aquellos despojos. Por fin, sin mostrar contrariedad alguna, el hombre les condujo hasta la casa y, tras atravesar el zaguán oscuro y frío –identificado por Bernardo con el recuerdo del esplendor estival– salieron al corral. Al fondo, el cobertizo del heno, casi vacío, semejaba la balconada de alguna vivienda fabulosa; debajo, apoyados en el muro, dos bieldos hacían contrastar sus largos cuerpos blanquecinos. Había también un carro y, bajo él, un mastín viejo que se mantenía echado y orientaba sus ojos caldosos y tristes hacia los visitantes.

Al final del corral, sobre la piedra circular que marcaba el inicio de la huerta y como reproduciendo el blancor de los bieldos, estaban los restos. Al principio los percibieron borrosamente, como astillas o pedazos de loza, y sólo unos pasos más adelante fueron capaces de identificar con claridad su naturaleza.

Algunas gallinas se afanaban en la puerta de la cuadra, escarbando en el suelo con las patas y mostrando que en la casa no había desaparecido todavía del todo la costumbre de las labores campesinas. Había también un cántaro mediado de leche y, muy cercano, un caldero que contenía sin duda mondas y sobras para los gochos. En forma de viejos cacharros, de botes aprovechados como bebederos, de madreñas reforzadas con hojalata, de rastrillos y yugos ensogados, les rodeaban las huellas rústicas. En aquel panorama, los huesos desparramados sobre la caja podían asumirse como otros objetos guardados para algún uso todavía no determinado, como algunas muestras más de humilde utillaje.

El hombre había colocado la calavera en el centro de la piedra, distribuyendo a su alrededor, acumulados de acuerdo con su condición y forma, el resto del esqueleto y los harapos. El mismo sentido de la simetría le había hecho poner sobre la calavera, en difícil equilibrio ante las cuencas vacías, las gafas que acompañaban a los restos, uno de cuyos cristales estaba astillado. Contemplada de cerca, relumbraba en el frontal la luz del mediodía, haciendo resaltar determinadas protuberancias a los lados y un suavísimo hundimiento entre los arcos supraciliares.

Su madre avanzó con determinación, con un súbito vigor en todo el cuerpo, y tomó la calavera para observarla de cerca. Las gafas se desprendieron y cayeron sobre el resto de los huesos con seco repicar, y con el mismo tono resonaron dentro de la calavera algunos fragmentos o guijarros. Ella miraba cuidadosamente el cráneo y atravesó la mente de Bernardo la letanía memorizada de alguna lejana clase de ciencias naturales. Pero el gesto de su madre se transformó y acercó la calavera al cuerpo, en el ademán de un abrazo.

—Es él —dijo, con la voz alentada desde una perplejidad que parecía, al mismo tiempo, la comprobación de una secreta sosprecha.

—Quién —murmuró Bernardo.

—Tu padre.

Cuando Bernardo comprendió lo que su madre decía, no supo qué hacer. Luego, extendió las manos y recogió la calavera de las de su madre, como si también quisiese participar de la caricia, pero la sopesó con rigurosa ajeneidad, contemplándola como un objeto que nunca hubiera tenido nada que ver con un ser humano y ni siquiera con la vida: como un capricho de la naturaleza inorgánica, una excrecencia calcárea, el peculiar remate de una estalactita, una piedra carcomida por la mar.

Pesaba poco. La balanceó e, inesperadamente, resonó como un gran sonajero. Le sorprendió que, salvo la tierra adherida al maxilar, se encontrase tan limpia, mostrando nítidamente las enrevesadas junturas de los distintos huesos, que ordenaban con exactitud la forma convexa. De nuevo le rondó el recuerdo una ristra de nombres anatómicos, memorizada sin olvido posible: un frontal, un occipital, dos parietales, etcétera.

Como si reconviniese su descuido al mover la calavera, su madre la recogió con algo de impaciencia de sus manos y la depositó entre los demás restos de la osamenta con el extremo cuidado que se utiliza para apoyar en la almohada la cabeza de un herido. Y ya sin prevención alguna, admitiendo como suyos los huesos y las cosas que les acompañaban, revolvió entre los harapos. Había una larga pieza de lana que fue estirando entre sus manos sin asco ni remilgo, absorta en la certidumbre.

—Es la misma bufanda que yo le tejí —dijo—. Él me había pedido los colores republicanos, pero se la hice carmesí. Mira.

Uno de los extremos mostraba todavía el color original. Los demás pingajos eran irreconocibles. Del calzado solamente se conservaba una bota descolorida y flácida.

—¿Había alguna otra cosa? —preguntó ella, volviéndose hacia el hombre.

—También estaba esto —repuso él, sacando del bolsillo la mano izquierda y alargándola con un gesto que recordaba la lejana ceremonia de la entrega del correo.

En la palma había algunas viejas monedas, una pequeña navaja de cachas de hueso y una medalla de la Virgen del Camino, muy ennegrecida.

—Esa medalla se la colgué yo misma del cuello.

Bernardo había contemplado todo aquello mientras se desvanecían sus fantasías infantiles sobre el destino de aquel padre, imaginado a veces como un viajero que, por misteriosas razones, no había podido comunicar su paradero. Se esfumaban las selvas espesas, los lagos azules, las cataratas plateadas, las playas coralinas, los volcanes inextinguibles. Y comprendiendo lo absurdo de tales figuraciones, aceptó la identidad de los despojos sin asombro, como si hubiese sospechado siempre que su padre no podía haber llegado nunca a aquellos lugares, como si siempre hubiese sabido, en la profundidad de ese saber que vela en nuestros abismos sin turbar jamás las corrientes superiores, que permanecía pudriéndose lentamente bajo los paisajes de los veranos de la niñez.

Las gallinas se habían acercado a ellos y picoteaban en el empedrado, entre sus pies. El perro abrió sus fauces babosas en un gesto tan desamparado como su ceguera. El hombre colocó los huesos y los harapos en el mismo orden misterioso y terminó de sujetar las gafas de nuevo sobre las cuencas orbitales de la calavera, que adquiriría un aire levemente risueño.

Mientras le entregaba unos billetes de mil pesetas para compensar las molestias, ella le dijo al hombre que de aquel asunto no había por qué decir nada a nadie, y añadió que se iba a llevar los huesos, porque quería enterrarlos en la capital. El hombre asintió con un gesto de aprobación mientras se guardaba el dinero y Bernardo pensó en el viejo panteón grisáceo –una sepultura de mármol presidida por un ángel de grandes alas y el rostro cubierto de líquenes– donde reposaban los muertos familiares, de pronto más confusos y desconocidos que aquella osamenta corroída y reseca, y donde sus propios restos acabarían acaso siendo depositados alguna vez.

–Bueno, esto está visto –exclamó Bernardo, tras un resoplido decepcionado–. Ya podemos volver cuando quieras.

Habían regresado entre un silencio que reproducía fielmente el que habían mantenido su madre y él en aquella lejana ocasión. Entonces, al llegar a casa, su madre se fue a su habitación y Bernardo vagó por la casa, sin saber qué hacer. Al fin se acercó a la puerta de la habitación materna y oyó los sollozos. Entró sin llamar y encontró a su madre en el lugar de costumbre, de espaldas a la puerta, pero con la cabeza caída sobre los brazos. Se acercó a ella y la abrazó.

–No llores, anda.

Su madre continuó sollozando y Bernardo esperó en silencio. El hallazgo de aquellos restos le parecía un asunto ajeno, un episodio anecdótico, pero la terrible sorpresa de su madre le obligaba a asumirlo como algo propio y decisivo.

Aunque apenas había hablado con ella del asunto, a partir de esa tarde en que Buenaventura le había mostrado el lugar del escondrijo, su madre le había contado cómo el tío Alfonso y el propio Buenaventura se habían llevado a su padre a Galicia, para que tomase en Vigo el barco que había de conducirle a Buenos Aires. Le habían dejado embarcado, según el tío Alfonso aseguraba, sin que hubiese habido problema alguno. Su posterior silencio era pues un misterio que solamente concernía al propio viajero, aunque el tío Alfonso le había dicho a Bernardo que, para intentar localizar el paradero del desaparecido, en los primeros años de su ausencia había encargado algunas investigaciones en las ciudades americanas de mayor población exiliada, sin que tales pesquisas hubiesen tenido buen resultado.

—¿Estás segura de que se trataba de él?

Su madre alzó la cabeza y, sacando el pañuelo de una manga, se enjugó los ojos mientras movía afirmativamente la cabeza. Luego se alzó de modo repentino.

—Buenaventura —exclamó—. Hay que hablar con Buenaventura.

Hacía ya varios años que, convertido por la enfermedad en un anciano de andar despatarrado que sujetaba con la mano derecha una cachava, Buenaventura había dejado el bar. Su corpulencia se le había desplomado sobre las espaldas en un socavón que hacía resaltar la cabeza monda y la firmeza con que sujetaba su bastón le crispaba los nudillos hasta blanqueárselos. Aunque al principio sus ojos parecieron reflejar una actitud de reconocimiento, no fue capaz de responder coherentemente a ninguna de sus preguntas: ante la impasible presencia de otros enfermos que se habían acercado a ellos sin reparos —como si la visita de Bernardo y de su madre fuese un espectáculo preparado para distraerles– balbució una retahíla de confusas declaraciones que mostraban el desvarío de su mente.

—¿No se acuerda de mí? –le había preguntado ella.

El hombre entornó sus ojos cerúleos y luego comenzó a hablar con un murmullo oscuro cuyo significado se les escapaba.

—¿Cómo dice?

Los otros hombres formaban junto a él un coro inmóvil.

—Siempre dice lo mismo, que está encerrado aquí por la muerte del cardenal Soldevila, pero que no se arrepiente, y que bien merecido se lo tenía el cardenal –comentó uno de ellos con seriedad estupefacta.

La visita fue completamente inútil, recordaba Bernardo flanqueado por el perfil de Fructu, en que se mantenía el gesto circunspecto que le daba insólito aire de dignidad, y el paisaje en que se sucedían las laderas desolladas y los caseríos abatidos por la acción de las excavadoras. Se habían alejado del hombre y, cuando hubieron regresado a casa, la madre de Bernardo se encerró en su cuarto y reanudó sus sollozos. Bernardo bajó a la cocina y encontró a Basi trasteando.

Basi dejó un cacharro sobre la chapa y, secándose las manos en el delantal, arrimó un taburete a la mesa y se sentó.

—De modo que el pobre estaba allí muerto, que nunca se fue a las Américas –dijo–. Bien nos tuvieron engañados esos dos.

Él había permanecido todavía unos días en casa, en el escrúpulo de una obligación de compañía que su madre apenas le permitió cumplimentar. De los restos nunca había sabido qué fue, pues las inevitables investigaciones y trámites que su denuncia podía acarrear hicieron que su madre fuese posponiendo indefinidamente la declaración del hallazgo y la solicitud para inhumarlos. Seguramente estaban ocultos en algún lugar de la casa. Al cabo de aquellos días, Bernardo resolvió volver a su trabajo y llamó a la habitación de su madre, para despedirse. Ella estaba de pie junto a la ventana, con las manos juntas, más flaca y pálida que nunca.

–Tengo que irme –dijo él.

Ella no le respondió enseguida. Luego, sin volver la cabeza y con la voz tranquila, comenzó a contarle con todo detalle los sucesos de aquella madrugada; el silencio de la casa, la oscuridad exterior, el sigilo con que todos se movían; el bulto del viejo coche familiar en la plaza, con aspecto de esperar, como si participase de la ansiedad de los humanos. Era una noche de principios de otoño y ella y Basi preparaban la cesta en que se iban a transportat los víveres de los viajeros. Antes de que saliesen, ella bajó al sótano para despedirse: él estaba de pie en medio de la estancia, como abstraído en una reflexión acuciante. Ella le colgó al cuello la medalla, le arropó con la bufanda. Describía el aspecto serio del tío Alfonso, que conducía el coche, y el aturdimiento de Buenaventura, que se sentaba a su lado. El convaleciente iba tumbado en el asiento trasero. Salieron a las cuatro de la madrugada.

–Tu tío regresó el domingo siguiente con ese hombre – concluyó ella– y me dijo que le había dejado en el barco.

–Tengo que volver– repitió Bernardo, tras un largo silencio –. Si no me necesitas.

–No –dijo ella–. Vuelve a tus cosas. Total, qué haces aquí.

Los paisajes del valle desaparecieron y el automóvil se acercó rápidamente a la ciudad, en cuyas calles desiertas se mostraba la jornada festiva. Fructu chasqueó los labios y le condujo hasta la plaza, para despedirse por fin con unas palabras amables que no se conjugaban con la hosquedad de su gesto. Bernardo había entrado en casa para encontrar a Basi que, después de tantos años, seguía en la cocina, llevando los cacharros de un lado para otro, aunque ya muy torpemente. Bernardo se sentó en el mismo taburete que aquella otra vez y la contempló sin hablar, hasta que ella se aproximó, poniendo los brazos en jarras.

—¿Te has quedado mudo?
—He estado en la Valcueva, con ese sobrino tuyo.
—Y qué.
—Echaron la casa abajo y no dijo ni pío.
—Buenas ganas tienes tú de meterte en historias.
—Sólo queda aquella piedra redonda, la de las conchitas. Le he dicho que me la traiga, por lo menos eso. Se la voy a regalar a Magdalena Riesco.

Basi dejó caer los brazos y se alejó con sus lentas pisadas, de vuelta a sus cacharros.

(Fue por entonces cuando decidió proponerle a María Luisa que se casasen. Estaban acostados una tarde en la habitación de él, en aquel piso que seguía compartiendo con Julio Lesmes y el asturiano sucesor de Quirós. Ella le observó con su gesto de princesa impasible. ¿Lo has pensado bien?, preguntó y él le puso una mano sobre los ojos para cerrárselos, en un gesto instintivo y un poco macabro que a los dos les hizo reír).

—No te enfurruñes, Basi —exclamó Bernardo mientras se levantaba.

—Ya está la comida —repuso ella con indiferencia—. Avisa a la señora, si subes.

Bernardo subió a su habitación para dejar la gabardina y los zapatos y, con un nuevo acceso de angustia que no era recuerdo de ningún otro sino un sentimiento nuevo y pujante, encontró entre la luz polvorienta del desván el temblor desolado que seguiría brillando cuando él ya no estuviese en el mundo. La muerte te espera, parecía señalarle aquel resplandor que habían cernido las nubes oscuras y los cristales sucios. Tuvo mucho miedo y permaneció quieto en medio del desván, preso del vértigo que le hacía percibir el espacio infinito que rodeaba el planeta como un sumidero donde, sin otro destino que la extinción, giraban los mundos y las moléculas, entre la luz que era un reflejo de los millones de calaveras que, como aquella de la Valcueva colocada con esmero sobre la piedra de los fósiles, se seguirían acumulando hasta el final de todo.

La voz de su madre en la puerta le sacó de su pasmo y supo que aquel horror que le había atrapado era la prueba definitiva de su resurrección. Bajó a la salita despacio, encorvado, hurtando el cuerpo al gran golpe que debía destruirle para siempre, y guardó un silencio huraño, que mantuvo durante toda la jornada.

No modificó su actitud durante varios días y dejó que su madre creyese, con una mezcla de alivio y decepción, que había recaído en el abúlico marasmo de su convalecencia. Por fin, el jueves siguiente aceptó definitivamente su resurrección y su destino. Enderezó el cuerpo y bajó a desayunar bien afeitado. Como señal expresiva de su nuevo talante, había sustituido por una camisa limpia la chaquetilla del pijama.

—¿No se sabe nada de Fructu? —preguntó.

Su madre le observó con sorpresa.

—Le encargué que me trajese de casa de los abuelos aquella piedra que estaba incrustada de fósiles.

—¿Te encuentras bien? —preguntó su madre.

Había recuperado dolorosamente una ilusión de inmovilidad y equilibrio, asumiendo la espera de su muerte y la seguridad de la destrucción de todo como elementos inevitables y domésticos.

—Estoy perfectamente. Me voy a ir unos días de viaje —contestó.

Había comprendido también que la imagen de aquella mujer tan parecida a Heidi era uno de esos mensajes enigmáticos de las antiguas fábulas que podían llevar, en el intento de su desentrañamiento, la posibilidad de la salvación.

—¿De viaje?

—Quiero saber si Heidi está de verdad viva —dijo, mirando a su madre con una seguridad inédita.

Su madre no repuso nada y él se levantó.

—Voy a llamar a Fructu para que me traiga la piedra y a Julio Lesmes para que me diga adónde tengo que ir. Necesitaré dinero.

Su madre seguía contemplándole y en la antigua tristeza de sus ojos había también un gesto de debilidad y rendición.

—Hijo, de dónde lo vamos a sacar.

Aquel mismo jueves, a las nueve y media, cuando Julio Lesmes se preparaba para tomar un baño, el portero había llamado a la puerta de su apartamento para presentarle el recibo del alquiler, en un gesto que debía ser idéntico al de todas las ocasiones anteriores pero que a él le pareció sutilmente burlón. Sobre el rostro grisáceo, de grandes poros, el hombre tenía el cabello brillante y liso, peinado en surcos simétricos. Julio Lesmes llevaba varios días sin ver a nadie y la presencia de aquel tipo pequeño y fornido, de fuertes manos y aparatoso reloj de pulsera, irrumpía desde un estrato diferente de la realidad, donde no eran posibles las islas solitarias ni las playas en bajamar.

—Como sé que usted madruga —dijo el portero, mientras Julio Lesmes tomaba el recibo y lo manoseaba con perplejidad.

Aquel hombre parecía un artificio literario, el personaje circunstancial que en los relatos surge de la imaginación del autor para justificar o ayudar al arranque de un fragmento. Atareado en las manipulaciones de su labor, había entretenido la mirada y la mano derecha en ordenar los recibos amontonados en la sobada carpetilla que sostenía con la izquierda, haciendo al mismo tiempo comentarios —con esa exageración retórica que precisan los parlamentos de algunos personajes populares en los relatos costumbristas— acerca de la falta de seriedad de la inquilina del sexto.

—No le voy a pagar por ahora, estoy buscando otro apartamento —dijo Julio Lesmes, interrumpiéndole—. Me voy a mudar.

El portero, con un ligero azoramiento que hizo evidente lo impropio de la suspicacia de Julio Lesmes respecto a lo burlón de su gesto inicial, al tiempo que le devolvía la certeza inexorable de una realidad inmediata, retrocedió un paso y, con la mirada llena de sospecha, le preguntó cuándo quería que se lo volviese a pasar. Julio Lesmes consideró que su decisión de abandonar el apartamento le iba a permitir incumplir su contrato algunos meses.

—Usted no se preocupe —dijo, con suavidad—. Usted tranquilo. Dígaselo al propietario, con mis saludos.

El portero le miró con reprobación y volvió las espaldas en el automatismo de un movimiento militar. Los surcos de su peinado brillaron como las estrías del casco de un extraño uniforme y Julio Lesmes contempló su silueta perderse en el descansillo, pero la liberación que debía sentir dentro de él no acababa de concretarse y, cuando la puerta estuvo de nuevo cerrada, sus preocupaciones financieras habían conseguido acallar la naciente euforia y una vez más recordó que debía reclamar el pago de varias colaboraciones.

La sensación de extrañeza que había sentido ante la figura del portero se conjugaba con otra similar, despertada en él a lo largo de los días que mediaron desde su regreso del viaje a la ciudad natal, como si aquella breve ausencia hubiera significado una interrupción causante de sutiles alteraciones en el trato de los habituales destinatarios de sus trabajos periodísticos, que le parecía encontrar más lejanos y displicentes que la semana anterior.

Sin embargo, sólo el nuevo coordinador que tan esquivo se había mostrado con él al entregarle su artículo, el jueves pasado, había manifestado un cambio tajante de actitud, diciéndole —cuando tras su regreso Julio Lesmes le había telefoneado para comunicarle su dócil disposición– que los famosos reajustes del suplemento hacían necesario prescindir temporalmente de algunas colaboraciones, entre las que se encontraba la suya.

Aquello hizo aflorar en él la premonición de que algún día sus interlocutores telefónicos, en vez de saludarle con la cordialidad acostumbrada, le harían repetir su nombre, que habría quedado ya olvidado en las redacciones; y aunque comprendía que aquel temor no tenía fundamento alguno –y un minucioso repaso telefónico de sus contactos le demostró que, salvo el suplemento del bisoño coordinador, todos los demás mantenían una actitud amable y receptiva– a lo largo de las jornadas de aquella semana se había sentido muy intranquilo.

Pensaba que, en un ámbito literario tan acostumbrado a responder de modo periódico a los estímulos de la novedad, el hecho de que hubiese pasado ya tanto tiempo sin que él hubiese publicado un libro debía comenzar forzosamente a orillar su nombre. Su presencia en los medios había coincidido con el éxito de su segunda obra, pero ya era demasiado tiempo el que llevaba sin publicar otra y a menudo encontraba, en la insistente curiosidad de la gente que conocía, el eco solapado de un reproche o la corroboración secreta de un vaticinio.

La causa principal de que aquellos días fuesen tan ingratos no estaba sólo en la congoja por el abandono de María Luisa, sino en la ansiedad ante aquel relato que no era capaz de comenzar, sobre un lugar que imaginaba resplandeciente y que no sabía cómo convertir en materia literaria. Y la idea de que, en vez del Patio, se estaba formando dentro de él una hondonada vacía, un agujero sin fondo, comenzaba a convertirse en una obsesión que no dejaba de acuciarle.

Se sentó otra vez ante los folios y comprobó que, aparte de la descripción somera del Patio de su recuerdo y bastantes anotaciones desperdigadas, referentes a objetos y personas, no había conseguido ordenar un sólo fragmento coherente. La principal dificultad estaba en la propia sustancia novelesca de lo que quería contar, pues aún no sabía si iba a ser la narración estricta de unas aventuras infantiles en un tiempo remoto, si tales aventuras se iban a alternar, en contrapunto, con la peripecia de la vida ulterior de sus protagonistas o si se trataría principalmente de la historia de Heidi.

Mas la historia de Heidi, ¿no significaba, precisamente, el fracaso del Patio? Ella, que había sido su alma, había perdido al fin el poder, o lo había dilapidado, hasta desvanecerse entre pedazos de fuselaje y fragmentos de plástico. La historia completa de Heidi daría al relato del Patio un sesgo fatal y la descripción de su relación con Anselmo no sería otra cosa que la prueba fehaciente de aquel fracaso.

Con los años, Julio Lesmes no había perdido nada de su antipatía por Anselmo. Le recordó claramente la vez en que le había vuelto a encontrar, después de los días del Patio. Él estaba en el bar de la Facultad con otros compañeros y se le acercó un tipo alto, muy flaco, que vestía un jersey de colores estridentes, aunque bastante sucio. ¿No te acuerdas de mí?, le había preguntado el tipo y pretendió prolongar la incógnita, intentando acaso mantener en Julio Lesmes una confusión desazonante, sobre todo en aquellos tiempos en que todos los desconocidos eran sospechosos, como posibles confidentes de la policía.

Se identificó al fin, aludiendo a su tío y al Patio y Julio Lesmes, que le había reconocido desde el primer momento aunque no hubiese dado muestras de ello, se sintió obligado a adoptar un aire de hospitalidad y paisanaje, en el ejercicio de una cortesía con la que se mezclaba cierta mala conciencia ante quien, cuando ambos eran niños, le veía jugar mientras trabajaba.

Anselmo contó que venía de Italia, donde había estudiado cursos de sociología. Ostentaba un izquierdismo crítico y radical, que al principio suscitó la simpatía de Julio Lesmes, hasta descubrir que, sobre cualquier ideología, prevalecía en el otro un individualismo feroz, hostil a toda clase de encuadramientos y agrupaciones. Por otra parte, su desprecio por las formas tradicionales de la moral le permitía asumir con toda naturalidad el escamoteo de libros en las librerías, la discreta retirada sin pagar la consumición en los bares atestados, la decisión de utilizar, durante una noche e incluso un fin de semana, en concepto de préstamo tácito, automóviles de propietarios desconocidos, o una relación explícitamente donjuanesca con las muchachas.

Acaso habían sido precisamente tales aspectos de su personalidad los que habían despertado la curiosidad de Heidi, que pronto se convertiría en su mayor amiga, aunque ella justificaría su intimidad en otros motivos. Los dos tenemos el mismo origen, la vida entre campesinos y la falta de conocimiento de las costumbres pequeñoburguesas, le contestó a Julio Lesmes cuando, con cierto sarcasmo que encubría su despecho, se mostró sorprendido de que ella hubiese intimado tanto con el antiguo seminarista.

Sin embargo, aquella amistad habría de cuajar en una firme y permanente relación de pareja que no deshicieron largos años de aventura. En el tiempo, tales años habían coincidido con los primeros de desilusión política del propio Julio Lesmes, cuando comprendió que la mayoría de sus contemporáneos habían renunciado a la utopía, mientras le parecía descubrir en su propio interior que la mayor parte de su enardecimiento y de su fervor juvenil no había tenido otra solidez que la de su voluntad de distinguirse entre una muchedumbre de seres vulgares.

Y de pronto se fijó en Anselmo y en su muerte y recordó el arma con que se había matado el padre de Heidi y que nadie había sido capaz de encontrar. Dos muertes por disparos que nunca tuvieron explicación.

Después de que el padre de Heidi se matase, él observaba a hurtadillas a la viuda, con curioseo excitado, a través de la ventanilla frontal del pequeño cubículo de madera que ocupaba en el almacén. Vestida siempre con pulcritud, los rubios cabellos recogidos en un moño que sujetaban varios peinecillos, la alemana no parecía mostrar demasiado dolor por la muerte de aquel hombre, como tampoco lo mostraba su hija, y los comentarios de la gente juzgaron el caso de modo adverso al muerto, que sólo por la fuerza de sus propios demonios y el embrutecimiento del alcohol habría adoptado su decisión suicida, y que no dejaba en este mundo ningún hueco irreemplazable.

En cuanto a la muerte de Anselmo, tras el interrogatorio a que le sometió un comisario grueso, de ojos vidriosos, en las oficinas de la Dirección General de Seguridad —donde fueron convocados algunos de los antiguos amigos de Anselmo, con Heidi en primer lugar— quedó sembrada en su ánimo la duda de que aquél, en los últimos años y dado su peculiar pragmatismo, hubiese hecho compatibles la sedicente ideología izquierdista con otros asuntos ilegales donde se manejaba mucho dinero de turbia procedencia.

Destapó la pluma —pues sólo escribía directamente en el ordenador las colaboraciones literarias para los periódicos— y cruzó las manos. En los últimos meses se le ocurría a menudo la idea de que haber empezado a escribir y, sobre todo, haberse empeñado en publicar, habían sido acciones irresponsables y estúpidas, el inicio inconsciente de un camino en que no había considerado los futuros compromisos. Pues una vez ejercida, la condición de escritor aceptado satisfacía de tal modo una de las ansiedades profundas de su vanidad, que no podía pensar en dejar de escribir —y en consecuencia, de publicar, consiguiendo además una acogida favorable– sin sentirlo como la más feroz de las castraciones.

Se admiraba de la facilidad con que había escrito su primera novela –la historia de una casa llamada Cartago y de un hombre que la heredaba, sin saber que el edificio y todo lo que contenía llevaba consigo los elementos de una nueva guerra púnica, que se desarrollaba dentro del personaje hasta aniquilarle– y a veces, en broma, decía que la había escrito para deslumbrar a María Luisa, como lo hiciera con los versos, en la infancia. Pues María Luisa se había hecho acérrima lectora, sobre todo de las novedades literarias, y seguía con atenta mirada la aparición de libros de los narradores y narradoras que proliferaban en los últimos años.

Comenzó a escribir la novela a los pocos meses de haber empezado a vivir con María Luisa y la terminó en menos de un año. La novela fue bien recibida por los especialistas, que valoraron en ella aspectos singulares dentro del abundante panorama narrativo. Mientras tanto, también con una facilidad que cuando escribía le había parecido del todo natural, había escrito otra novela que era a la vez un conjunto de relatos, con el tema de una mudanza: el traslado de domicilio de un personaje y cómo el mero cambio físico iba sumiéndole en un proceso de desidentificación e irrealidad. El libro fue todavía mejor acogido que el anterior y quedó entre los finalistas del Premio de la Crítica del año siguiente.

A partir de aquel momento Julio Lesmes había planteado su vida profesional de otro modo y dos años después pidió la excedencia como profesor y se las arreglaba con aquellas colaboraciones y artículos y con las conferencias que le proponían regularmente, aunque el prurito de escribir otro libro que fuese también original y diferente le había hecho plantearse un plazo de reflexión que había desembocado, precisamente, en aquella angustiosa sensación de vacío y en la certeza de que el paso del tiempo jugaba a favor de su confusión y de su impotencia.

Añoraba la ingenuidad osada con que había acometido la escritura de sus primeros libros narrativos. La experiencia, en lugar de darle seguridad, le había llenado de dudas, haciéndole perder una inimaginada inocencia. Ahora intentaba superar la intuición y que la trama careciese de las imprecisiones de las otras novelas, y halagar mediante un tratamiento peculiar del punto de vista, del antecedente implícito y de la perspectiva irónica, algunos de los gustos de la crítica.

Mas el problema principal del Patio radicaba en su falta de ambigüedad, en su naturaleza de mundo concreto y cerrado; y la condición infantil de sus habitantes –los supuestos piratas de Anguila– incrementaba las dificultades a la hora de intentar que todo tuviese una dimensión simbólica.

Durante aquella semana y tras la conversación con María Luisa, había intentado desesperadamente encontrar otro tema, olvidar el Patio de su obsesión y sustituirlo por una historia en que interviniese ese presente que, por otro lado, muchos críticos encontraban soslayado por la mayoría de los narradores de los últimos años. Sin embargo, la idea de escribir sobre asuntos relacionados con lo contemporáneo le resultaba insoportablemente aburrida.

La tarde del martes, y a la vista de las noticias de corrupción que eran ya habituales, se le había ocurrido escribir un libro de intención política, que describiese con mordacidad algunos aspectos de la realidad acomodaticia e insolidaria del momento; mas inmediatamente había recordado aquellos tiempos en que la política no tenía otra finalidad que la Revolución, cuando hacer política era como practicar alguna de las Bellas Artes, una forma diferente de escultura, cuyo género literario no podía ser otro que la épica. La política se había convertido en una actividad doméstica, propia de funcionarios, actuarios mercantiles y ejecutivos sin escrúpulos, que se desarrollaba además según unos códigos cuyo lenguaje se había hecho clandestino, por debajo del que aparecía normalmente en los periódicos.

Todas aquellas reflexiones le ayudaban a corroborar que, aunque difícil, el único proyecto aceptable era intentar acometer la novela del Patio; y la posibilidad de que la portadora del brillo antiguo estuviese viva renovaba su esperanza en que podría al fin realizarlo, pues Heidi era realmente la clave y sabía que, si pudiese llegar hasta ella, el mismo reencuentro se convertiría en el arranque de la novela: de ahí su intención de implicar a Bernardo, cuya participación en el asunto enriquecería las relaciones del Patio desde la perspectiva de lo que los piratas habían llegado a ser en los tiempos presentes.

Permanecía sentado, con la pluma desenfundada y las manos cruzadas, los codos sobre la mesa, cuando el ruido del mar se hizo mucho más intenso y sobre sus reflexiones resonaba el agua como el testimonio de la única realidad, hasta que, saliendo de su estupor, se levantó y corrió apresuradamente en dirección al cuarto de baño, inundado por la pequeña cascada que se derramaba desde el borde de la bañera. Cerró los grifos y buscó en la cocina objetos para atajar y enjugar aquella masa de agua que cubría también parte del pasillo. La labor le ocupó bastante tiempo, se empapó las suelas de las zapatillas y el malestar de su ánimo se hizo aún mayor, de modo que cuando finalizó y regresó a la mesa se sentía mucho peor que antes.

Seguía vigente dentro de él aquel Patio vivido y soñado como el sujeto de un relato que debía escribir y, sin embargo, también permanecía en su interior la intuición de que se trataba de una imagen engañosa, que disfrazaba un enorme agujero, las fauces negras de un olvido del que no era posible regresar. Acaso debería dejar de escribir, volver a la docencia en algún instituto alejado, apartarse para siempre de aquel azaroso afán, aunque sabía que la imaginación borrosa del Patio que pugnaba por ser escrito mantendría su hostigamiento incesante dentro de él, hasta hacerle hundirse en aquella sima como en una ciénaga insondable.

Otra posibilidad era renunciar a la ambición de los símbolos y conformarse con una de esas historias que parecían cómodas de escribir y que resultaban por lo general bien recibidas, un relato de corte policíaco. Había pensado en ello el miércoles, con la excitación de haber encontrado una fórmula que pudiese sacarle de la terrible inmovilidad.

En el relato, la pistola desaparecida después del suicidio del padre de Heidi sería la misma con que se ejecutaría, muchos años después, la muerte de Anselmo. Imaginó a Bernardo escamoteando la pistola y ocultándola mientras rumiaba contra Heidi el aborrecimiento de un amor nunca correspondido y mantenía frente a Anselmo una emulación llena de frustraciones y amarguras. Todavía a la pistola le correspondería cerrar el círculo: Bernardo reencontraría a Heidi –pues ciertamente Heidi continuaba viva en una de las Baleares– y la mataría, cumpliendo el destino del drama de los piratas de Anguila. E imaginando aquellas acciones de sus antiguos amigos con la impunidad de quien se regocija en la figuración de obscenidades, pensó luego que habría sido Heidi la escamoteadora de la pistola –acaso oculta en aquel bulto que la vio enterrar una mañana en la huerta del obispo– y ella misma la matadora de Anselmo, en ejecución de una venganza cuyos motivos se habrían fraguado en los años de ausencia. Pero por encima del sabor prohibido que le suscitaba lo desleal de sus hipótesis, se impuso enseguida la idea de que argumentos como aquellos trivializarían la historia del Patio hasta convertirla en puro melodrama.

El enigma de la supervivencia posible de Heidi tenía fuerza suficiente para sostener un relato. Reafirmó la necesidad de comprobar si estaba viva, como parecía denunciar aquella fotografía, diciéndose que viviese o no viviese en la realidad, Heidi debería seguir viva en el relato, si es que él era capaz de acometerlo.

Envuelto tambien en la incertidumbre y en el abatimiento se encontraba una jornada más tarde. Para estimularse un poco, pensó que el viaje hasta la isla, con el propósito de localizar a la persona retratada en el catálogo, podía ser un buen motivo para interrumpir la rutina y, con ello, acallar durante un tiempo su obsesión. Entonces se le ocurrió que era posible aprovechar el viaje para preparar algún reportaje sobre los artistas plásticos que trabajaban allí y se dispuso a llamar al jefe de redacción de una revista de viajes con el que mantenía buena amistad, para ofrecérselo.

Justamente en el momento en que hojeaba su agenda para buscar las señas sonó el teléfono, sobresaltándole. Era Bernardo. Tenía la voz ronca y hablaba con cierta reserva.

—Soy Bernardo —dijo, sin otro saludo—. Lo he estado pensando y creo que iré a comprobar quién es la mujer que se parece tanto a Heidi. Te llamo para saber cómo se va y cuánto puede costar el viaje.

El náufrago sintió que un golpe de buenos augurios barría su desolación.

—Pero iremos juntos.
—Claro.
—Yo te lo explicaré todo.
—¿Es ésta buena época?
—¿Por qué no? Creo que hay menos barcos, pero por lo demás no vamos a tomar el sol.
—Oye, yo voy a decirle a Magdalena que venga, si quiere.
—Haz lo que te parezca.

Acordaron por fin que, antes de llamarle nuevamente para fijar la fecha del viaje, Julio Lesmes confirmaría los horarios de los distintos medios de transporte.

Algunos miembros del antiguo grupo de amigos que vivieron su infancia en el Patio deciden hacer un viaje para comprobar si vive todavía una chica del grupo, aparentemente desaparecida muchos años antes, pensó Julio Lesmes, sintiendo que el agujero oscuro que amenazaba devorarle se convertía de pronto en una extensión de tierra pisada, alumbrada por el sol. Por fin el náufrago había encontrado aquel objeto imprescindible que estaba buscando con tanto ahínco.

Siguió repasando la agenda y, cuando localizó el teléfono de Vallina y le llamó, los augurios intuidos confirmaron su carácter favorable, pues el otro estuvo muy interesado en el reportaje y hasta le prometió pagarle por anticipado los gastos de viaje.

¿Cómo se escribe una novela?, pensó. Se saca de lo invisible, palabra a palabra, como los mineros escarban en la sólida oscuridad de sus galerías. Se escribe con esfuerzo, casi a ciegas, y sólo mientras uno cava y cava pueden ir apareciendo los pedazos valiosos.

Escribió: *Cuando descubrió la fotografía reciente de quien llevaba tantos años muerta, R. supo que en aquella enigmática contradicción se ocultaba una clave fundamental para comprender el sentido de su propia vida.*

Releyó la frase varias veces. Al fondo del apartamento, en la cocina, un aparato electrodoméstico vibró con ruido que sugería claramente el graznar de las gaviotas.

Magdalena encontró la piedra cuando regresaba a su casa, el viernes por la tarde. Entre la luz casi extinguida del crepúsculo y el breve reflejo del resplandor de los faros, el círculo y su sombra originaron la figura agazapada de algún ser desconocido, oblongo como un gigantesco escarabajo. Magdalena frenó con brusquedad y tras comprender que se trataba de un objeto inanimado, detuvo el automóvil y se acercó a él. Tendría unos ochenta centímetros de diámetro y más de quince de espesor y en su superficie estaba incrustada una infinidad de pequeños anillos blanquecinos.

Aquella piedra extraña, apoyada en el muro de la fachada, muy cerca de la puerta, parecía uno de esos sellos mágicos de que hablaban las leyendas orientales; Magdalena tuvo un escalofrío y la intensa sensación de que aquel atardecer había llegado a un lugar desconocido, a pesar de la apariencia familiar. Al fin descubrió el sobre caído en el suelo, casi oculto por la piedra; al encontrar su nombre escrito en él, entró de nuevo en el coche y se dirigió al garaje.

Para que guardes un recuerdo sólido de tu viejo compinche, B., decía la cuartilla metida en el sobre, y sus temerosas prevenciones se desvanecieron para ser sustituidas por una desazón renovada. Pues tras aquella semana había olvidado ya los sucesos del pasado viernes y la imagen de Bernardo había vuelto a reposar entre una impotencia más melancólica que dolorosa.

Salió de nuevo al exterior –donde hacía mucho frío– para contemplar aquel enorme disco de piedra, que a la luz del farol de la fachada parecía de un color sanguinolento; cuando volvió al salón llamó por teléfono a Bernardo pero la voz cascada de Basi le dijo que no estaba en casa y le dio algunas explicaciones que ella apenas comprendía: ha ido a buscar a Heidi, la alemana, la hija de aquél que se pegó un tiro, creyó entender que decía la vieja criada.

–¿Está de viaje entonces? –preguntó Magdalena desconcertada, acusando una vez más la certeza de haber sido excluida.

–Qué va –dijo la vieja–. Anda perdido. Toda la culpa es de ese rey malo.

–¿Puedo dejarle un recado?

–Tengo que colgar –exclamó Basi, con súbita impaciencia–. Quién le digo que ha llamado.

–Soy Magdalena –repuso ella, con la actitud suplicante y vergonzosa de ciertas turbaciones adolescentes–. Estoy en mi casa.

Se puso por fin ropa de casa y bajó al salón. Su conversación con aquella vieja que desvariaba con voz patética le hizo imaginar la casa de Bernardo, los largos pasillos olorosos y crujientes, aquellas penumbras indelebles. Cuando jugaban en el patio, había subido una vez a pedirle agua y aquella mujer le había prevenido contra el rey malo con misteriosos susurros. Imaginó también al propio Bernardo, con los picos del pijama asomando por el cuello de la gabardina como dos hojas estrambóticas del flaco tallo de la garganta y sintió vibrar en ella la compasión nacida muchos años antes, en los tiempos de la infancia, como reflejo de la que solía expresar su madre al hablar de aquel muchacho sin padre, nacido como consecuencia de oscuros y desconocidos sucesos.

No preguntes, que tú no tienes edad para interesarte por esas cosas, le respondía cuando ella intentaba aclarar los rumores comprendidos a medias. ¿Es que ella no tenía novio?, preguntó una vez, cuando ya era una muchacha. ¿Es que no se le conoció ninguno? Sí tuvo, sí, desgraciadamente, un comecuras, exclamó la madre, suspirando, un comunista tremendo que decían después de la guerra que estaba con el maquis, pero al que nunca cogieron, ni se supo cosa más de él. Ella era una chica muy piadosa y tras la muerte de los padres cuidaba a su hermano y de la casa sin dar nunca de qué hablar. Fue un escándalo su preñez, cuando se supo. Estuvo recluida en un convento bastante tiempo.

Sin duda su afecto por Bernardo estaba cimentado principalmente sobre aquella compasión nacida tanto tiempo antes. Se preparó un té y abrió la novela de Julio Lesmes que había estado leyendo a lo largo de la semana. En ella se desarrollaba la peripecia confusa de un hombre solitario, encerrado en una casona, que asistía al transcurso de una larga guerra dentro de su imaginación; había también una mujer lejana, con la que se relacionaba a través de cartas oscuras, llenas de circunloquios. Todo era frío y extraño, con una escritura de largos párrafos, sin diálogos, bastante difícil de seguir, que incitaba tanto al aburrimiento como a la tristeza.

A eso de las nueve y cuarto sonó el teléfono y resultó ser Bernardo. Tenía la voz jovial y se mostraba bastante solícito.

—Encontré tu obsequio —dijo Magdalena.

—¿No te ha gustado? Te advierto que se trata de un objeto raro y venerable.

—¿Es una muela?

—Qué va. Si te fijas, está cubierto de fósiles. Era de mis abuelos. Lo único que ha quedado de la casa de la Valcueva.

—Me asustó —dijo Magdalena, transmitiendo involuntariamente una queja difusa que se proyectaba hacia el viernes anterior.

—Pensé que tu casa era el sitio más adecuado. Ellos la tenían en la huerta, sobre un poyo de mampostería, como una mesa de jardín.

—Qué tal te ha ido desde la grata velada.

—Quisiera hablar contigo —repuso Bernardo —. ¿Por qué no me invitas a tomar una copa?

—¿Ahora mismo? ¿Tan urgente es?

—Mejor hoy que mañana, si pudieras.

Magdalena intentó mantener aquella distancia que le había devuelto el equilibrio de los últimos días, pero no lo consiguió.

—De acuerdo, a una copa y a un bocado. Ven a cenar.

—Estoy ahí en media hora.

Magdalena subió a arreglarse sintiéndose bastante enojada consigo misma por la facilidad con que había accedido a recibirle. Una profunda blandura la impelía a abandonarse en la corriente de su atracción, aunque sabía que era necesario contrarrestar aquel abandono con un enérgico movimiento de rechazo. ¿Es que no me voy a librar nunca de ello?, pensó, moviendo los labios. Después de tantos años, ¿seguiré pendiente de él, como cuando era adolescente? Pero por debajo de sus consideraciones sobre lo morboso y enfermizo del reencuentro de Bernardo y Julio Lesmes, y de su peligro de contagio, sentía el gusto dulzón de dejarse arrollar por la debilidad, como los que gozan con las penas que les produce su propia humillación.

Se arregló con cuidado, escogiendo cada una de las prendas y luego se perfumó y maquilló como si fuese a asistir a alguna de aquellas fiestas de su mocedad, mientras contemplaba con delectación su propio rostro en el espejo.

Bernardo estaba también mucho más arreglado que de costumbre: la habitual chaqueta del pijama había sido sustituida por una camisa y sus mejillas estaban bien rasuradas. La miró con una sonrisa y parecía haber rejuvenecido.

—Estás muy guapa. Y hueles a jardines remotos.

—¿Cómo has llegado tan pronto?

—Esta vez cogí un taxi. Ahora explícame por qué no te ha gustado la piedra de mis abuelos.

—No puedo negar que se trata de un regalo consistente.

—Mi abuelo decía que es un ara de antes de los romanos. A lo mejor tiene propiedades ocultas.

—Cuando la vi de cerca me pareció uno de aquellos sellos de las mil y una noches que aseguraban el encierro de los genios. Quién sabe lo que has dejado libre al sacarla de su sitio.

Fueron al salón y, mientras ella buscaba en la cocina bebidas y alimentos, él contemplaba el cielo a través del techo de cristal, alzando la cabeza.

—¿No te marea? —preguntó Bernardo cuando Magdalena regresó al salón.

Magdalena dejó la bandeja sobre la mesita y le miró sin comprender.

—Ese cielo ahí mismo, asomado a tu intimidad —explicó Bernardo, señalando a lo alto—. Es como estar dentro de una burbuja, flotando en el espacio. Yo no sé si lo resistiría. No podría olvidar mi insignificancia. Inventamos los techos para protegernos, pero también para conseguir nuestra propia medida.

Magdalena comprendió que aquellas palabras coincidían con la sensación que ella había descubierto temerosamente la misma madrugada del anterior domingo, cuando bajó de su habitación y se sentó en el sofá e imaginó una viñeta en que ella era el innominado personajillo de un tebeo, una mujer desvelada en la noche.

Había alzado la cabeza y vio que las nubes se abrían de pronto, desgarradas por alguna ráfaga de viento, y que aparecía la negrura sin volúmenes del espacio profundo, donde relucían las estrellas parpadeantes. Había permanecido durante un rato observando el cielo y a su estupefacción sucedió un temor incipiente, que al fin le hizo apartar la mirada de aquel fragmento del cielo infinito colgado sobre los espacios concretos y accesibles de su casa y ponerse de pie con un escalofrío.

—No —repuso Magdalena, con firmeza—. Creo que es un privilegio poder contemplar el cielo desde el mismo centro de la propia casa.

Bernardo paladeó el vino de su vaso.

—Yo, incluso rodeado por los muros y los techos de la casa de mi madre, muchas veces siento la vibración del planeta recorriendo el espacio y estoy a punto de tambalearme.

—Hablé con Basi y me dijo cosas muy raras, que te habías ido a buscar a Heidi.

—La pobre chochea cada vez más —repuso Bernardo—. No hay que hacerle caso.

—También me habló del rey malo. Me acordé de que una vez, cuando era niña, subí a la cocina de tu casa y me dijo que procurase que no me oyese el rey malo. Ya lo había olvidado.

—Una fobia que le entró contra mi tío. Le alucinó uno de esos romances antiguos y lo confundía con Alfonso el Casto. No te imaginas las historias que me contaba a mí de niño, a propósito de eso.

—Yo creía que el rey malo eras tú —dijo ella, con ironía.

—Con el tiempo, lo cierto es que mi tío se llevó a la tumba un secreto extraño y siniestro. Quién sabe si la vieja tenía razón.

Ante la súbita seriedad de Bernardo, Magdalena sintió que aquellas palabras significaban bastante más que una simple suposición sobre las rarezas del boticario aficionado a la arqueología, pero no quiso insistir en ello.

—Ahora dime qué es eso tan urgente que tenías que contarme.

—Yo no soy un rey malo —exclamó Bernardo—. Yo sólo soy un caballero pobre como las ratas. *Yo vos quiero pedir un don.*

—¿Un don?

—He venido a pedirte un préstamo.

De modo que venía a pedir, pensó Magdalena. Como la noche en que llegó empapado, para hablarle de la venida de Julio Lesmes y conseguir que fuese a la cena, aunque todavía no había comprendido el motivo. De nuevo renació en ella el enojo por haberse dejado abordar tan fácilmente y se dispuso a prevenir futuros errores.

—Qué préstamo, de qué hablas.

—No te asustes —dijo Bernardo y se levantó para ordenar con el atizador los leños chisporroteantes de la chimenea—. Una cantidad modesta. Quiero ir a ese sitio donde se encuentra la mujer que parece Heidi, pero la economía familiar está casi en bancarrota. Voy a ocuparme de ello en lo sucesivo, pero en este momento necesito pedirle dinero a alguien.

Magdalena le encontraba aún más flaco que la semana anterior, en aquella ropa recién devuelta de la tintorería que hacía resaltar la rigidez de su tejido recién planchado con la delgadez de las muñecas y de los tobillos del cuerpo que vestía.

—Si supieras qué delgado te encuentro.

—Pensé pedírselo a nuestro administrador, pero creo que es un auténtico sinvergüenza.

—Pero ¿por qué decidiste que ese alguien fuese yo? ¿Por qué no se lo pides a tu amigo Julio Lesmes?

Bernardo alzó rápidamente el brazo izquierdo, como para apoyar una inmediata protesta, pero luego lo hizo descender lentamente.

—Así que sigues molesta por lo del viernes.

Magdalena se echó a reír.

—Mis agravios son mucho más antiguos y serios, pero ya están olvidados. El puro transcurso del tiempo me ha vengado. El jabalí perdió los colmillos y parece que la historia tampoco le dio la razón. Te digo que se lo pidas a él, que también está empeñado en escarbar en la historia de esa mujer que se parece a Heidi.

Bernardo dejó el atizador y volvió a sentarse en el sofá, cerca de ella. Guardaron silencio y en la sala sólo se oía el crepitar del fuego.

—Yo sé por qué —dijo al fin Bernardo—. Para escribir una novela. Me contó que anda buscando asuntos. Creo que vino a verme para excitar su imaginación. Sin embargo, esa foto es demasiado rara y la posibilidad de que Heidi esté viva merece el esfuerzo de intentar aclarar el asunto.

—A mí Heidi me parece ya algo olvidado y hasta anacrónico —exclamó Magdalena.

Bernardo no contestó nada, pero la miró con cierta tristeza.

—¿Has leído alguna de las novelas de Julio Lesmes? —preguntó entonces Magdalena.

—No.

—Yo estoy leyendo una. Es como él, fría, amarga, despectiva.

Bernardo se echó a reír y, aproximándose, le rodeó los hombros con un brazo.

—Cómo le aborreces.

—Siempre fue un mal bicho, un saqueador. Nunca tuvo escrúpulos en utilizar a los demás en su provecho.

Bernardo la ciñó con el otro brazo y apoyó el rostro en su cuello.

—Yo creo que el asunto de esta novela ni siquiera es suyo. Yo le oí varias veces a Anselmo comentar que en las guerras púnicas había un gran tema novelesco, el norte contra el sur, la petulancia y el racismo ario contra los semitas, la política de exterminio de un imperio. Que pensaba escribir algo sobre eso.

—Qué bien hueles —murmuró Bernardo—. Es el aroma de los jardines púnicos.

Magdalena se encontraba muy tensa e intentó separarse, pero Bernardo no la soltaba. Juntó su mejilla con la de ella y acercó la boca. Magdalena apartó la cabeza.

—No –dijo.

—Por qué, es que ya no te gusto –susurró Bernardo y Magdalena dió un respingo.

—Nunca me gustaste –dijo.

—Claro que te gusté –repuso Bernardo, sin soltarla –. Una vez me lo indicaste tan claramente que tuve miedo. Ahora estoy convencido de que hice mal.

—No sé de qué hablas.

—Hablo de unas braguitas rojas.

La antigua vergüenza se abrió dentro de Magdalena como una herida. Se sintió enrojecer y alzó la mirada al techo, vislumbrando aquellas estrellas impasibles.

—Déjame, anda.

—Estoy convencido de que hice mal. He descubierto que siempre me atrajiste mucho –murmuró Bernardo.

Los luceros parpadeaban un mensaje que nadie era capaz de interpretar, porque su destino no tenía nada que ver con el de la gente del mundo.

—Me gustaría ver una estrella fugaz –dijo Magdalena, dejando de intentar soltarse.

—Lo más problable es que no fuese una estrella, sino uno de esos satélites de comunicaciones, o algún artefacto militar. Anda, dame un beso. Ya no estamos para melindres.

Magdalena –sin perder aquella tensión en que, con una insidiosa disposición a la entrega, concurrían y se enfrentaban las viejas ofensas y el malestar por su propia debilidad–, se dejó besar y cerró los ojos mientras Bernardo aumentaba la fuerza de su abrazo y apretaba la boca contra la suya. El olor a whisky se mezcló enseguida con el sabor un poco acre de la otra saliva, pero enseguida las sensaciones fueron más allá del paladar y abrió la boca para tocar con su lengua la lengua de Bernardo, que desplazaba las manos para buscar un contacto más íntimo con sus espaldas y sus pechos.

Magdalena evocó entonces otra vez los tiempos de la Facultad, unos amores fugaces con un estudiante de meteorología que la llevaba a bailes oscuros y a cines de sesión continua para besarla y acariciar sus pechos, sin que su frenética exaltación buscase otros contactos más profundos. Como un juego, quiso imaginar que por una quiebra en la linealidad del tiempo había vuelto a aquellos mismos años y estaba en brazos del Bernardo de entonces y se dejó acariciar, olvidando sin esfuerzo los motivos de su anterior enojo.

Al fin Bernardo la desnudó, se desnudó él también y se recostó junto a ella en el sofá. En la sala resonaba suavemente el chisporroteo del fuego y el chasquido del hielo en los vasos y Magdalena sintió los besos y el tacto de Bernardo en su cuerpo como si el hombre lo estuviese reconociendo con parsimonia y pensó, abandonando sus fantasías sobre el regreso a un tiempo pasado, que también a ella le parecía reconocer en aquel tacto la certidumbre de una percepción familiar. Alargó las manos para acariciar a su vez el cuerpo del hombre, que respiraba agitadamente.

La exaltación de Bernardo culminó con demasiada rapidez. Perdona, musitó él, hacía demasiado tiempo que no abrazaba a una mujer, y siguió acariciándola con fervorosa dedicación. Pero ella se mantenía placenteramente excitada, como en un sueño. Déjalo, le dijo, quédate quieto a mi lado, y quedaron los dos tumbados en el sofá, sintiendo el calor que llegaba desde la chimenea como el suave resoplido de un animal.

Después de un rato, Magdalena se levantó, recogió su ropa y se dirigió a las escaleras. Bernardo abrió los ojos.

—¿Qué tal estás? —dijo.

—Esto ha sido una chifladura —repuso Magdalena.

Bernardo se incorporó sobre un brazo.

—Tienes un cuerpo muy hermoso —dijo.

—Nada más que una chifladura —repitió ella.

—Te aseguro que el préstamo será insignificante —añadió el, risueño.

—No te voy a prestar nada —repuso Magdalena, deteniéndose en mitad de la escalera—. Iremos juntos. Yo me ocuparé de todo, si me dices las fechas, aunque prefiero marchar un viernes.

Cuando volvió a salir, vestida con una bata, vio el cuerpo flaco y blanco de Bernardo, estirado boca arriba ante el fuego, sobre la alfombra.

—Acabo de ver esa estrella fugaz que esperabas —dijo él.

—Pídele algo.

—Ya está pedido. Que vengas otra vez conmigo.

Magdalena permaneció quieta, con las manos apoyadas en el balaustre. Pensaba en la culminación de su deseo de tantos años y se sentía invadida por el mismo aturdimiento que en la adolescencia llenaba el corazón de una ternura empalagosa, que al fin no se sabía si se trataba de algo gustoso o de un verdadero malestar.

Bernardo había cerrado los ojos y su inmovilidad la inquietó. El resplandor de la chimenea bailaba entre la penumbra del fondo y el reflejo del cuerpo desnudo suscitaba una luz insólita, que daba a los objetos una apariencia extraña, como si un morador distinto a ella hubiese cambiado sutilmente su posición, acomodándolos a una simetría que ella no podía interpretar.

A Magdalena, que nunca había percibido en la casa el mínimo eco de los latidos de tantas vidas como sin duda la habían ido habitando en el pasado, le pareció sentir una presencia amenazadora e invisible.

—Bernardo —exclamó—. Yo no quiero esa piedra para nada. Debes hacer que se la lleven otra vez.

7.

Bernardo había cumplido la primera parte del viaje como si estuviese soñando: encontraba en las tierras rojas y peladas, iluminadas por la luz declinante de aquella tarde de invierno, y en las bandadas de grajos que saltaban entre los rastrojos, esos elementos mortecinos y torpes con que algunos sueños aseguran la inmovilidad y la postración del durmiente, y el perfil atento de Magdalena, que conducía el automóvil con gestos de precisión mecánica, le sugería la compañía también soñada de algún ser misterioso que le estaba llevando a uno de esos destinos inescrutables que no pueden existir en la vigilia.

Te advierto que no vas a fumar en todo el viaje, le había dicho ella al arrancar y él aceptó aquella renuncia impuesta como si se tratase de alguna prueba necesaria para el éxito de su misión, igual que el hecho extraordinario de que Magdalena hubiese abandonado sus negocios en mitad de un día laborable.

Sin volver la cabeza, ella continuaba el largo interrogatorio que había comenzado a partir de su primer abrazo y que había continuado a lo largo de toda la semana, convertido también en una sutil imposición, un diálogo en que él presentaba las únicas respuestas.

Háblame otra vez de tu accidente, fue en una recta como ésta, verdad, decía Magdalena y él, con la docilidad de quien recita una lección, volvía a describir la carretera solitaria de aquella mañana, el impreciso resplandor y luego la larga negrura inconsciente.

Se había ido de frente contra un automóvil que venía en dirección contraria. El conductor del otro vehículo logró evitar el golpe, pero él se había estrellado contra una de las pocas tapias que acotaban el paraje desértico.

—¿Estabas desesperado?

Bernardo se quedó en silencio, sorprendido por la pregunta, pero luego negó con vivacidad.

—Qué va. También a veces he pensado que intenté aplastarme contra aquel coche, no por desesperación, sino por la abulia que me hacía ver las cosas vaporosas, como si hubiesen dejado de ser y permaneciese sólo la apariencia de su bulto. Pero realmente creo que fue un despiste.

Se detuvo para ordenar los recuerdos antes de continuar.

—Tuve la misma sensación cuando fuimos a reconocer el cadáver de Anselmo e incluso lo toqué, pues me parecía que era sólo una simulación, una figura sugerida por un efecto óptico.

Volvió a guardar silencio, recordando.

—Le toqué con la mano varias veces y todos se extrañaron un poco. Yo no dije nada, aunque tampoco el advertir la consistencia de su cuerpo había disipado mis dudas. Más adelante, cuando Julio y yo fuimos a recorrer el lugar en que había caído el avión de Heidi, la impresión de que todo era un espacio imaginario volvió a asaltarme. Así, el día en que llegué a casa y me encontré la carta de María Luisa, me pareció que culminaba el proceso de irrealidad. Supe pronto que se había ido con Julio Lesmes, intenté verla y sólo le vi a él. Discutimos y nos agarramos, estuvimos a punto de golpearnos, pero mientras forcejeaba con él me pareció que nada de lo que sucedía era verdadero. Anduve como hipnotizado un par de días y luego decidí marchar a casa de mi madre. En la carretera, intenté posiblemente atravesar el fantasma de aquel coche que venía hacia mí, aunque puede que fuese sólo a causa de mi distracción.

—Estuviste a punto de matarte.

—No me maté, pero conseguí una especie de amnesia que era igual a esa conciencia puramente física de nuestros primeros momentos de vida. Me convertí en un ser disecado, sin pasado, con un futuro estático constituido por espejos en que se reflejaban los rostros desvaídos de las enfermeras. El período del sanatorio fue uno de los más felices de mi vida —concluyó Bernardo, con una sonrisa.

—Estabas completamente envuelto en vendas, como una momia.

Bernardo recuperó con claridad aquella imagen, como si la hubiese contemplado desde la mirada ajena de algún visitante, acaso desde la de la propia Magdalena. Cubierto casi completamente de vendas, permanecía tumbado en una cama de altas patas, en cuyos largos barrotes se ensanchaban, como nudos, las articulaciones que mantenían el armazón en forma horizontal. Todo era blanco: la cama, las ropas, la mesita, un armario de metal y otros adminículos clínicos. La luz penetraba por una ventana sin cortinas ni celosías y la blancura general podía sugerir la de alguna cámara sepulcral en que, sobre un armazón, reposase un cadáver momificado.

Una momia que, tras miles de años de quietud, mantenía su apariencia de reposo, de sueño sin sobresaltos, iluminada por la luz suave de las linternas de los arqueólogos cuando llegaron hasta ella. Acaso un papiro donde se describía su historia —y el sortilegio que la haría revivir— esperaba a los pies del catafalco. Una momia imaginada así por un autor romántico y reproducida al ser recordado el libro entre la fiebre.

Pero él vivía, consciente de haber quedado libre también de aquel embotamiento que le había ceñido con el sordo torpor de la calentura. Por primera vez desde hacía mucho tiempo, ni el tentáculo había rastreado los rincones ni el diminuto guerrero había cruzado la habitación. La fiebre había estado primero compuesta de sensaciones nacidas y expandidas solamente dentro de sí mismo: un hondo descoyuntamiento, sucesivas cegueras; pero luego la fiebre abandonó su interior y había cuajado en imágenes externas: un lento, sinuoso tentáculo verde, de brillos que recordaban humedades, que salía todas las mañanas del orificio de la pared en que se insertaban los cables y el tubo del acondicionador y cruzaba el suelo de linóleo tanteando lentamente hasta tocar el zócalo con tacto tembloroso. Y tres horas más tarde una figura diminuta, un hombrecillo vestido también con algún ropaje o armadura verdosa, de brillos húmedos o metálicos, que aparecía en lo alto del armario y descendía en lenta sucesión de movimientos, la espada colgada a la espalda, y que al llegar al suelo se dirigía con pasos menudos y decididos y la espada en la mano hacia la cueva de donde el tentáculo provenía.

Todos los días se repetía la misma escena lentísimamente, desarrollándose al mismo ritmo que la expansión y retracción de la luz solar: pues con el fin de la luz —y cuando ya la sombra vespertina se había apoderado de la habitación— el tentáculo y el hombrecillo desaparecían.

Acaso tras el armario pasaba un río, pues afinando el oído por encima de los ruidos que llegaban desde el exterior se oía el eco de una corriente acuática. Acaso el hombrecillo se iluminaba con hogueras, o cocinaba, pues algunas noches veía el brillo tenue de un pequeño fuego en lo alto del armario o llegaba a él, muy atenuado, el olor del pescado frito. Pero la fiebre desapareció al fin y ni el tentáculo ni el hombrecillo volvieron a presentarse.

—Ésa era la sensación que yo tenía: ser una momia que asistía impasible a la lucha cotidiana entre un guerrero diminuto y un largo tentáculo verde.

Magdalena volvió la mirada hacia él, un instante.

—Los rayos de luz suscitaban en mí unas curiosas alucinaciones, mientras me sentía completamente exhausto —concluyó Bernardo—. Era feliz, en los inicios del marasmo que ha sido mi condición hasta el día en que me telefoneó Julio Lesmes. Entonces resucité y ahora ya estoy otra vez vivo, ya soy real entre las cosas reales.

Atardecía con rapidez. Magdalena detuvo el coche para cargar gasolina y entraron en un bar cercano a tomar un café. Magdalena revolvía el azúcar sin mirarle y él comprendió que estaba a punto de preguntarle algo que la inquietaba y esperó la pregunta con el afán del contrincante en el campo de juego, preparado a devolver la pelota de un raquetazo.

—Háblame del rey malo —dijo Magdalena.
—¿Qué quieres saber?
—Dijiste que tenía un secreto.

Bernardo estaba a punto de contar la historia del esqueleto de la Valcueva, pero un impulso de cautela le hizo callar. Pensó que, a lo largo de aquellos días, Magdalena había conseguido hacerle confesar muchas cosas que sólo le pertenecían a él, dentro de un patrimonio que no por ser amargo determinaba en menor medida las marcas originarias de su identidad, y tuvo miedo de que su larga confesión acabase despojándole de esa riqueza dolorosa de los propios secretos.

—¿Por qué te interesa tanto? —repuso.

Aquella repentina rebeldía sorprendió a Magdalena, que se sobresaltó ligeramente, antes de mostrarse conciliadora.

—Tienes razón, perdóname. Quiero saberlo todo de ti y soy impertinente. Pero te prometo que no es por chismorrería.

—Qué más da —repuso Bernardo—. Tampoco se trata de algo que valga la pena ocultar. El secreto de mi tío Alfonso era la muerte de mi padre. Él había sido amigo de mi padre desde los tiempos de la niñez. Siempre dijo que, unos años después de la guerra, tras ocultarle mientras convalecía de las heridas que recibió cuando andaba huido, le había llevado a Vigo y le había embarcado, rumbo a Buenos Aires. Nos hizo creer que mi padre había desaparecido en América, por razones que no podíamos imaginar. Pero resultó que un día aparecieron en la Valcueva unos restos humanos que, según mi madre, correspondían a mi padre. Nunca supimos qué pudo suceder. Mi tío había muerto ya y aquel Buenaventura del bar, el tío de Anselmo, que también intervino en el suceso, era un enfermo descerebrado cuando fuimos a verle y no nos pudo aclarar nada. Imaginamos que se les murió por el camino. En todo caso, por qué le iban a matar ellos. Pero cualquier hipótesis puede ser igualmente verosímil y absurda.

—Y Basi le llamaba rey malo.

—Ya te dije que lo confundía con el personaje de un romance. Lo cierto es que yo acabé descubriendo un misterioso sentido en aquellas fantasías de Basi. Quién sabe si ella tenía razón y yo también soy sólo el personaje de un viejo romance, que he olvidado el argumento al que pertenezco.

—Eso sería posible si a mí me sucediese lo mismo —repuso Magdalena, levantándose—. Pero para mí sólo existe esto que pisamos, aunque a veces los sueños nos jueguen malas pasadas.

—Digas lo que digas, tú también estás buscando a Heidi.

—Ella no era un sueño, ni un personaje, aunque se lo creyera. Además, lo hago sólo por ayudarte. A mí el patio aquel ya no me dice nada. Si acaso, queda como un conjunto de recuerdos donde me siento bastante postergada.

Bernardo suspiró. Seguía pensando en aquella historia que nadie podría desentrañar jamás.

—Quién sabe si Basi tenía razón. Y quién sabe si anda por ahí perdido un romance antiguo donde se explica la solución del enigma.

Habían comenzado a hablar entre murmullos la misma noche de su primer abrazo, tumbados ante el fuego de la chimenea, después de que Magdalena descendiese al salón otra vez. Parecía que celebraban un encuentro largamente pospuesto; Magdalena preguntaba por todos los asuntos que, desde los años de la Facultad, e incluso antes, habían quedado oscuros o ininteligibles para ella y Bernardo iba respondiendo con el sentimiento de liberación de quien confiesa sus culpas tras un período extenso de ansiedad y de mala conciencia.

A lo largo de aquellos abrazos, Bernardo había descubierto en Magdalena un enardecimiento lleno de gestos y caricias que parecían propias de una larga y sincera convivencia y un fervor sensual desconocido en su relación con María Luisa. Tras la inicial turbación, se había entregado al gusto de aquellos abrazos con el júbilo de un estudiante. Pero después de varios días de apasionada comunicación, empezaba a sentirse otra vez frío y lejano, como si realmente sólo fuese el secreto anfitrión del amante que se acomodaba de manera tan gozosa al frenesí de Magdalena.

Desde su primer encuentro, él permanecía con ella todas las tardes y, sin aceptar quedarse durmiendo allí ni que ella le trasladase a la ciudad, regresaba por fin en aquel autobús que había utilizado para volver la primera vez que fue a visitarla.

Desconcertada por su nueva actitud –aquella súbita vuelta a la actividad y las ausencias vespertinas que le hacían faltar a la hora de la cena– su madre le esperó la tercera de las noches, pero debió ver en él alguna evidencia de su recuperación y acaso señales de sus amorosos entretenimientos, porque no hizo otra cosa que desearle las buenas noches, sin signo de reproche alguno. En cambio, Basi manifestó haberlo adivinado.

—Así que andamos enamorados —murmuró, cuando él acababa de encender la luz del pasillo.

Bernardo se azoró.

—Mira que te gusta asustar a la gente.

—Haces bien, Bernardín. Esa Magdalena es muy lucida. Y parece que está forrada de cuartos.

—Pero qué cosas tienes.

—Hueles a ella, hombre. Y yo me alegro de verte así. Ya sabes que esta vieja siempre te quiso bien.

—Basi es una mujer extraña —exclamó Bernardo—. Parece medio bruja. Ya sabe que tú y yo nos acostamos. Y también que vamos a buscar a Heidi.

—¿Y tu madre? ¿Le has contado a ella lo del viaje?

—Mi madre está bastante confusa, pero confía en que, a la vuelta, le ayude a desenredar sus asuntos.

—¿Y vas a hacerlo?

—Yo que sé. A lo mejor no vuelvo.

—Cómo no vas a volver. A dónde vas a ir que más te den.

Habían salido el viernes a media tarde y llegaron cuando el sol se había puesto, con el propósito de dormir en un apartamento de la familia de Magdalena; en la mañana del día siguiente debían tomar el avión que les llevaría a la isla principal, donde a media tarde era preciso coger un barco hasta la otra. Magdalena conducía ya en silencio y Bernardo empezaba a mecerse en un sopor que derivó rápidamente en sueño.

Soñó que era un caballero medieval y que iba embutido en una armadura asfixiante, en el trance de un duelo de cuyo resultado dependía algo muy valioso, que él había olvidado. Sudoroso y casi paralizado por el peso de su armadura, galopaba por algún palenque en contra de un adversario que no podía ver. Angustiado, intentaba mirar a través de las rendijas de su celada, pero se la habían colocado mal y sus esfuerzos no tenían casi resultado; sólo podía atisbar el resplandor polvoriento sobre el que estaba galopando, con sacudidas lentas y dolorosas.

Le despertó Magdalena al llegar y subieron al apartamento para dejar el equipaje y lavarse. El apartamento era pequeño y en la única alcoba había una gran cama matrimonial. Volvieron a la calle enseguida y la visión de la ciudad le devolvió a Bernardo a los días que había vivido en ella en su época de estudiante, que evocados con aquella distancia eran como una prolongación certera, aunque frustrada, de las aventuras del patio, y a las últimas jornadas que pasó allí antes de su partida definitiva, cuando todos los sucesos que vivía le parecían adscritos a la pura fabulación. Aunque la noche estaba helada, su cuerpo apreciaba el frío con la gratitud de volver a encontrar una sensación verdadera.

—¿Y por qué piensas que saliste de esa abulia? —preguntó Magdalena.

Bernardo le apretó fuertemente el brazo.

—¿Te has dado cuenta de que, hasta ahora, no has parado de hacerme preguntas?

—¿Es verdad eso?

De nuevo en el pensamiento de Bernardo se encendió la idea de que ella estaba apoderándose de muchas de sus señales ocultas.

—¿Por qué necesitas saber tantas cosas? ¿Es que quieres robarme el alma?

—Siempre me ha interesado todo lo tuyo, siempre, desde que era niña.

—Pero ¿por qué?

—¿Cómo llamas tú a eso?

—Vampirismo —exclamó Bernardo, con una carcajada, antes de cruzar la puerta del restaurante.

Cuando regresaron al apartamento, Bernardo se sentía de nuevo soñoliento y poco propicio a las caricias, pero ella se acostó a su lado y le abrazó.

—Espera —dijo Bernardo—. Hay algo que quiero preguntarte yo, algo que me ha sorprendido en ti.

Magdalena se reclinó sobre un brazo, mientras le acariciaba con el otro.

—Te ha sorprendido algo mío. No deja de ser halagador.

—¿Dónde has aprendido tanto? Porque no me vas a decir que yo soy el primero.

Cruzó el rostro de Magdalena una mueca fugitiva que él no fue capaz de comprender.

—¿Por qué ibas a serlo?

Bernardo se encontró otra vez aturdido por la desenvoltura de Magdalena.

—Yo imaginándote tan formalita y tal vez eres una libertina.

Magdalena enrojeció.

—Te has ruborizado —exclamó Bernardo—. Anda, háblame de tu doble vida, dime quién fue el primero. ¿Le conocía yo?

Magdalena apartó la mirada y titubeó. Luego, sonriendo, dijo un nombre con voz muy tenue, que resonó secamente. Bernardo quedó tan sorprendido que se incorporó con brusquedad.

—¿Anselmo?

—En los tiempos famosos del patio. Para que veas que a algunos sí les gustaba.

Bernardo la miró con evidente asombro.

—En la Facultad me acosté con bastantes, ya ni me acuerdo. Como tú no me quisiste. Y te advierto que Anselmo estaba a punto de dejar a Heidi por mí. También Julio Lesmes me hizo insinuaciones. Y tú, sin enterarte de nada.

Bernardo pensó en los años pasados, cuando se encontraba con Magdalena en aquella chocolatería destartalada y maloliente arrostrando los juicios sarcásticos de Julio Lesmes que le condenaban por su supuesta blanduenguería, y sintió con desagrado que su piedad había sido burlada, a la vez que despertaba en él la comezón de unos celos absurdos.

—No sé qué decir —musitó al fin, mirándola con hosquedad—. Te confieso que no me hace gracia nada de eso.

—Pero tú te acostabas con María Luisa y con quien te daba la gana.

—De modo que fue Anselmo.

—¿Qué más te da? Dame un beso.

Bernardo había quedado apresado en una melancólica apatía y el entusiasmo juvenil de las noches pasadas fue sustituido por un desinterés que era casi hostilidad. Apagó la luz y se dio la vuelta, pero ella continuó hablando, con voz llena de asombro.

—¿Te has enfadado? Nunca dejarás de sorprenderme. Era sólo una broma, hombre. Es cierto que el pobre Anselmo intentó meterme mano una vez, en los tiempos del patio, cuando se excitaba con los líos de la alemana. Pero la cosa no llegó a nada. Yo me asusté y salí corriendo. Y en la Facultad sólo me hizo la corte uno que era medio bobo.

Bernardo la escuchaba con la serenidad de saber que la idea de que estaba soñando, que se le había ocurrido durante su viaje, había encontrado en aquella oscuridad su certero destino.

—¿Los líos de la alemana? —murmuró—. ¿Qué quieres decir?

—¿No lo sabías? La madre de Heidi se entendía con el padre de Julio Lesmes. Anselmo les espió varias veces. Lo hacían en la propia ferretería. Yo creo que por eso el alemán acabó pegándose un tiro.

Un sueño, pensó Bernardo, mientras su inquilino le obligaba a darse la vuelta y tocar con sus manos el cuerpo desnudo y cálido extendido a su lado, un sueño, y esperó con resignación el despertar.

Julio Lesmes inició el viaje con la convicción de comenzar la propia trama de su novela. Cuando llegó al aeropuerto lo contempló despojado de todo lo que lo mostraba concreto y cotidiano, bajo la pura figuración verbal y la inmovilidad temporal de las imágenes literarias, para bosquejar el vestíbulo que debía servir de decorado alegórico a la introducción de su relato.

El personaje que él podía representar, tras abandonar la idea de quedarse esperando a quienes habrían de acompañarle en el vuelo, se acercaba al mostrador en que debía formalizar su pasaje, recogía la tarjeta de embarque y descendía a los corredores que, iluminados por la luz neutra de las costas estériles en que el náufrago intenta atisbar un navío en el horizonte, acogían el deambular de los viajeros ensimismados y silenciosos.

Imitando al personaje que imaginaba, Julio Lesmes compró una revista y recorrió distraído las tiendas que relucían a lo largo del corredor; luego, aunque todavía era muy pronto, se dirigió a la sala de embarque, mostró su tarjeta y entró. Todavía había poca gente en la sala, pero enseguida empezó a formarse ante el mostrador una cola de pasajeros.

Poco tiempo después, Julio Lesmes se acercó de nuevo al mostrador para exponer a una de las azafatas su necesidad de salir un momento de la sala. Entretenida en la identificación y recuento de los nuevos viajeros, la azafata le autorizó con un gesto. No se retrase, dijo, saldremos enseguida, y Julio Lesmes dejó la sala con su tarjeta intacta y se sintió casi exultante por haber corroborado de modo tan fácil una de sus hipótesis sobre la posibilidad de que Heidi no se encontrase entre los pasajeros accidentados.

Una vez fuera permaneció indeciso unos instantes, se acercó al quiosco, compró otra revista y regresó, pero en lugar de entrar buscó entre los sillones exteriores, más confortables, un sitio que le permitiese estar al tanto del momento del embarque. Sacó luego de su bolso de mano un pequeño bloc y anotó sus impresiones desde el momento en que había llegado al aeropuerto: el edificio como un pórtico, no sólo físico; los pasillos que se alargaban como playas; las pisadas multiplicando un extraño retumbar ritual.

Alzó la vista y les vio llegar; su disposición —Magdalena cogida con ambas manos de un brazo de Bernardo— le hizo comprender que la relación entre ambos se había hecho más firme que como lo estaba la vez anterior; se reclinó lo más posible, hurtando el cuerpo a la vista de ellos, y les observó mientras se aproximaban al mostrador, antes de pasar a la sala.

Cómo interpretar la unión de ellos desde las conductas del Patio, pensaba. Esa señal de decadencia sería uno de los interrogantes iniciales de la novela. Pues Magdalena no había significado allí sino el rostro sin rasgos de la comparsería, un mero gesto coral al servicio de los verdaderos protagonistas, y más tarde había llegado a identificarse claramente con el rechazo de los sueños, con el puro acomodo pragmático y la falta de fe en otras cosas que no fuesen el espejismo convencional de la religión heredada o la consecución de dinero.

Sin embargo, tampoco la fe de Bernardo se había conservado, ni la suya. Bernardo había terminado regresando al útero y encerrándose allí con el pretexto de reconstruir objetos que habían perdido su finalidad y escrituras sin sentido, y él intentaba mantener algo de la vieja llama en la invención de ficciones, con pasión poco sincera y que ya no manaba de una fuente directa.

En todo caso, la novela debe ser precisamente el viaje de tres tipos como nosotros en busca de quien supo una vez hacerles compartir un sueño, pensó. Y la idea le seguía pareciendo tan sugestiva, que incluso el dolor permanente ante la ausencia inexplicable de María Luisa quedaba atenuado.

¿Qué sucederá luego? Abrió el bloc y puso el interrogante por escrito, pero al releerlo comprendió que aquello carecía de importancia, porque la trama sería completamente secundaria; el simple hecho de juntar aquellos tres personajes y dar los datos suficientes para que el lector participase de su desazón, comprendiese algunos de los motivos de su búsqueda y barruntase el paraíso perdido, constituiría la novela, que ya en sí sería una exaltación de los sueños y hasta un Patio en que, con distintos elementos, quedaría recreada la ilusión del Patio verdadero.

Ni más ni menos. Con los años, había descubierto también que las novelas cobran sentido solamente por sí mismas. La insidia de los dogmas le hizo creer, durante su juventud, que las novelas debían estar al servicio de otros intereses; desde aquella convicción, los recuerdos de sus lecturas infantiles, en las que buscaba sólo el embeleso de participar en la historia leída, quedaron estigmatizados por las señales del placer y del juego, entonces sospechosas, que las condenaban a permanecer en los reductos de la inmadurez y de la infancia.

Pero el abandono de tantas ideas le había hecho dejar también atrás la consideración salvífica y superior de la actividad política. Para la mentalidad política una novela era sobre todo, como las demás cosas del mundo y hasta la propia gente, un instrumento utilizable para otros fines pretendidamente sagrados. Mas había llegado a creer, con una convicción de inverso sentido pero igualmente firme, que las novelas eran principalmente ámbitos puros de imaginación que en su misma existencia cumplían su fin último, y que no tenían por qué ponerse al servicio de ninguna otra cosa distinta de la propia literatura.

Encerrado en aquel espacio determinado por largas superficies brillantes, recordó algunos de los argumentos de sus conferencias. También el aeropuerto resultaba el producto de muchos procesos de imaginación, capaces de que la inerte materia del planeta hubiese quedado transformada en escaleras, mostradores o teléfonos. Sin tantos siglos de esfuerzo de la imaginación él no estaría sentado en aquel sillón al amparo de los techos luminosos, sino en la superficie de un páramo desértico, sobrevolado solamente por los gorriones y las urracas. Pero el aeropuerto estaba hecho para servir a otros fines, mientras que el destino primario de las novelas era reproducir en el lector la paradoja de su naturaleza de mentiras metamorfoseadas en verdades paralelas, incrustadas al fin en la realidad como nuevos aspectos de la realidad misma.

Debía llevar a cabo su novela y buscar en ella el fulgor de aquel Patio que sólo la literatura podía ya introducir en el mundo. Y pensó en María Luisa como el destinatario fundamental del relato, sintiendo abrirse en su congoja una grieta esperanzadora.

A través de las cristaleras pudo ver que Bernardo miraba con atención a su alrededor y pensó con halago que le estaba intentando localizar. Agachó la cabeza otra vez, para no ser descubierto, pero en el mismo momento Magdalena requirió la atención de Bernardo, que volvió el rostro hacia ella y se puso a escucharla.

El caballero pirata que había capturado aquellos galeones cargados de botín en los mares de Anguila seguía siendo el perpetuo huérfano necesitado de tutela. Sin embargo, la de Magdalena sería la peor, como si los caníbales se hubieran llevado otra vez a Viernes, devolviéndole la apariencia de una compañía que acabaría por devorarle. Y pensó que era necesario recobrar al viejo amigo, para ayudarle a recuperar la lucidez como única felicidad posible.

En los altavoces se anunció entonces el embarque y los pasajeros se aglomeraron en el centro de la sala. Julio Lesmes esperó a que la cola se fuese agotando y por fin pasó rápidamente ante la azafata del mostrador, que quedó un poco sorprendida antes de recordarle.

Entró también el último en el avión y se sentó al final, dispuesto a repasar de nuevo los papeles y las notas de su relato. Entre ellos estaba el catálogo, ya muy sobado, que al fin había conseguido encontrar, donde figuraba la fotografía de aquella mujer. Más adelante, casi al principio de los asientos, percibió la cabeza de Bernardo, que se volvía de un lado al otro antes de desaparecer tras los respaldos, e imaginó con maligna satisfacción que continuaba buscándole.

En la mano de la mujer de la foto figuraba un brillo borroso que sugería el anillo de los delfines y Julio Lesmes recordó el verano en que Bernardo y él habían salido al extranjero para ver cine y recorrer librerías, cuando las ideas de progreso parecían moverse en dirección inalterable, al ritmo de la razón colectiva. Encontraron aquella sortija en una platería del Marais, entre estrellas de David y jaboneras modernistas, y la compraron para regalársela a Heidi como un símbolo que no podían discernir, pero que sin duda tenía que ver con la libertad y con la inteligencia.

El vuelo fue muy breve y Julio Lesmes pudo pronto contemplar las islas, perdidas en la inmensidad oscura del mar, la mayor como un óvalo y la otra alargándose cerca de ella, como un pequeño hueso con voluminosas apófisis en los extremos. Ambas –con los islotes que las enlazaban, entre el reverbero amarillento que las hacía resplandecer bajo las nubes dispersas– presentaban la forma de uno de aquellos espejos de metal bruñido que servían para el acicalamiento de las damas en algún imperio antiguo.

Descendió del avión recibiendo en el rostro la primera impresión de humedad y esperó a los otros. Bernardo le descubrió con señales evidentes de alivio. Tomaron un taxi y Bernardo se sentó al lado del conductor, como si con su gesto buscase inconscientemente una posición de neutralidad. Magdalena, con una mueca de disgusto, se sentó junto a Julio Lesmes, en la parte trasera.

Desde atrás, las orejas de Bernardo aparecían tan desguarnecidas y blancas sobre el cuello flaco, que Julio Lesmes sintió un acceso de afecto que se correspondía con el mismo que le hacía añorar la cercanía de María Luisa. Sobre el cuello, el pelo de Bernardo estaba bastante encanecido.

Le regalaron la sortija a Heidi y ella les besó entre exclamaciones de alegría. Le quedaba bien y ellos hicieron bromas acerca del conocimiento que, al parecer, tenían de su anatomía. En aquel tiempo Anselmo acababa de llegar de Italia y Heidi empezaba a acompañarle con asiduidad. No nos engañarás con él, le decía Julio Lesmes y los tres se reían. Pero al año siguiente el guerrillero mítico fue muerto y ellos dos se habían ido juntos –y Bernardo con ellos, para cosechar un fracaso breve e intenso– y otro año más tarde él se encontraba de nuevo no lejos del Marais, esta vez sólo, intentando acurrucarse junto a unas verjas de hierro, entre el griterío de los manifestantes y aquel humo de las bombas que hacía vomitar, empezando a sospechar que la estructura de ideas que le había parecido tan sólida se estaba viniendo abajo y que acaso había fundado su fe en puros embelecos.

¿Y los años siguientes? Todavía quedaban en su memoria hitos que marcaban cada año con las resonancias de un suceso: otro año más tarde, en el bar de una playa, una noche calurosa, contemplaba con indiferencia cómo unas figuras vagamente humanas caminaban torpemente por la superficie de la Luna, destruyendo con la sordidez de lo real algunos de los paisajes literarios de su infancia, evocados desde los libros en el vientre apacible de la ferretería. Y los años siguientes se extiende la guerra de Vietnam y llegan las dictaduras sangrientas al cono sur y se brinda con muchas copas por el interminable suspiro final del Generalísimo.

A partir de entonces y entre las decepciones de sucesivas noches electorales, los años se iban convirtiendo en su recuerdo en un alargamiento de jornadas donde las cosas más heterogénas se mezclaban sin criterio ni sentido.

—¿Te acuerdas de aquella sortija que le compramos a Heidi en París?

Bernardo movió afirmativamente la cabeza, sin hablar.

—Estaba pensando en aquellos años. Lo malo no es que el tiempo haya pasado vertiginoso, sino que hayamos olvidado tan fácilmente cómo éramos.

Le habían traído también ediciones de clásicos de la revolución, que ocultaban en las maletas con el temor de ser registrados en la frontera.

—¿Cómo érais? —preguntó Magdalena.

—Éramos —repuso tajantemente Julio Lesmes—. Existíamos. Intentábamos transformar el mundo.

—Érais unos jovenzuelos que se hacían los duros y despreciaban a todo el mundo —dijo Magdalena, con tono sarcástico.

Julio Lesmes se quedó contemplándola desafiante.

—Estábamos vivos —exclamó—. Creíamos en cosas decentes, éramos solidarios, pretendíamos aprender el lenguaje de los pobres.

Golpeó con una mano un hombro de Bernardo, obligándole a volver la cabeza.

—¿No estoy diciendo la verdad? ¿No tengo razón?

—Claro que la tienes —repuso Bernardo—. Claro.

En los ojos de Magdalena brillaba una chispa resentida y pareció dispuesta a contestarles. Luego debió cambiar de idea, porque apartó la mirada sin hablar. Julio Lesmes pudo ver con turbia complacencia que una ligera capa había humedecido más de lo normal sus ojos, antes de que pusiese la vista en el paisaje.

Embarcaron pocos pasajeros y el pequeño barco soltó amarras a la hora en punto. Ellos se sentaron sobre la cubierta en unas sillas de plástico blanco y contemplaron la ciudad que iba quedando atrás, un escalonamiento de edificios blancos y ocres coronado por la mole parda del viejo castillo, hasta verla difuminarse entre el perfil cada vez más oscuro del resto de la isla. Frente al barco, el horizonte estaba también acotado por el volumen azul oscuro de la pequeña isla a la que se dirigían y los islotes desperdigaban sus bultos negruzcos frente al círculo anaranjado y desvaído del sol poniente.

—Me voy abajo —dijo Magdalena—. Tengo frío.

Bernardo se puso de pie, en ademán de acompañarla, pero Julio Lesmes le sujetó de un brazo.

—Pero tú no te sientas obligado, déjala que baje, si quiere.

El titubeo de Bernardo fue evidente y Magdalena se encolerizó.

—¿Es que no puedes dejar de creerte el gallo del corral?

El sol se hundía rápidamente y anticipaba su desaparición un ancho estrato de nubes negras que se mantenía sobre la línea del horizonte.

—No pierdas la calma —repuso Julio Lesmes con una sonrisa. —No te pongas histérica.

—Si vieras lo ridículo que resultas hablando de solidaridad y de idealismo. Un tipo que siempre ha ido a lo suyo, utilizando a la gente. Bastante daño le hiciste a Bernardo. Como has hecho con María Luisa, tirándola a la basura cuando ya no te servía para nada.

Julio Lesmes se puso también de pie y Bernardo intervino.

—A ver si os tranquilizáis los dos. Vamos todos abajo, que empieza a hacer frío.

—Pero qué dices tú de María Luisa —exclamó Julio Lesmes, con furia que dejaba traslucir una perplejidad auténtica—. Pero qué estupideces son esas.

Magdalena mostró una expresión de desconcierto sincero y miró un instante a Bernardo, antes de hablar.

—¿Es que no lo sabes?

—¿Qué es lo que tengo que saber?

Magdalena recogió su maletín y, sin hablar más, se dirigió a la escalera que comunicaba con la cabina.

—¿Qué es lo que tengo que saber? – repitió Julio Lesmes, dirigiéndose a Bernardo –. Ya te conté que María Luisa se fue de casa sin explicaciones. No quiere nada conmigo.

Esforzándose de una manera que sentía como desconocida en su vida, añadió:

—Me dijo que tanto tú como yo éramos unos extraños para ella.

Bernardo sacó las manos de los bolsillos.

—Allí han contado que está muy mal.

—¿Muy mal?

—Muy enferma.

—¿Muy enferma? ¿Pero enferma de qué?

—Comprobaron la biopsia en la Residencia —repuso Bernardo, evasivo.

La mar estaba algo movida y Julio Lesmes sintió el aturdimiento propio del mareo y se sentó otra vez, agarrado a la barandilla. La luz del atardecer tenía ese tono tétrico que se derrama sobre las mesitas de los desahuciados, entre fármacos y termómetros. Bernardo permaneció a su lado unos instantes, y luego se encaminó a la escalerilla.

—Yo voy a bajar también —dijo—. Aquí se está poniendo desagradable.

Julio Lesmes intentó recuperar la serenidad, pero su mareo era real. Algunas luces parpadeaban ya sobre los islotes oscuros y la humedad se había hecho fría como el aire de una cueva. Pensaba en María Luisa y entre la congoja que le había estado oprimiendo a lo largo de los últimos meses aparecían filamentos de horror en sucesivas palpitaciones que se acompasaban a sus propios latidos.

Pero qué me ha dicho, pensó, qué tiene que ver una biopsia, qué pasa.

Quería seguir preguntándoles pero un súbito desfallecimiento le impidió ponerse de pie y tuvo la seguridad de que, de hacerlo, empezaría a vomitar. Un conjunto de luces borrosas se encendía a lo lejos y el barco se fue aproximando rápidamente a ellas. Julio Lesmes se quedó sentado mientras se realizaba el atraque e incluso durante un rato después, hasta sentirse suficientemente recuperado. Bernardo asomó por el acceso de la escalerilla y le preguntó si estaba bien y él, recogiendo su bolsa y levantándose, se dispuso a salir sin decir nada. Al otro lado del pequeño puerto se alargaba un edificio de una sola planta, con soportales iluminados por el blancor del neón.

Julio Lesmes intentó pensar en sus personajes en el momento de descender del barco que les había traído hasta la isla, pero no lo conseguía. Como el estrépito que sobresalta al durmiente, expulsándole del sueño, aquellas vagas noticias sobre María Luisa le habían devuelto a una realidad sin novelas.

En lugar de la novela, le vino al pensamiento una imagen olvidada de María Luisa, en los tiempos del Patio, sonriendo en la penumbra mientras sostenía entre las manos un gran puñado de nueces. Habían conseguido abrir el cerrojo del sótano del francés y mientras Heidi y Bernardo, con el resto de los piratas, escarbaban el suelo de tierra pisada en busca del mítico esqueleto, ellos inspeccionaban el resto del lugar, hasta descubrir aquel montón de nueces que, a través de alguna grieta del suelo del almacén, se habían vertido en un rincón como un regalo secreto que les estuviese destinado.

Igual que a las princesas verdaderas de las ficciones, a María Luisa el regocijo le encendía los ojos con el brillo de las piedras preciosas.

Descendió hasta el muelle mientras Magdalena y Bernardo le contemplaban.

—Perdóname —dijo Magdalena con seriedad—. No lo hice con mala fe. Creí que lo sabías.

—¿Quién os lo contó a vosotros?

—A mí, mi madre. Allí lo sabe todo el mundo.

—No, no lo sabía —repuso él, inclinando la cabeza—. ¿Qué dicen?

—Hicieron allí un análisis. Al parecer, es algo que no tiene solución.

El horror era tan pegajoso como aquella humedad fría que soplaba sobre su rostro y Julio Lesmes sintió el suelo del muelle, comprendiendo que aquella isla era la isla verdadera de sus ensoñaciones y que lo que Magdalena le estaba contando no era sino un recuerdo; pues hacía ya muchísimo tiempo que él había naufragado allí, donde estaba irremediablemente solo, aunque la evocación de algunos fantasmas consiguiese, a veces, una misteriosa verosimilitud.

Estaban los tres inmóviles. Los demás pasajeros se alejaban más allá del muelle y la luz del atardecer se sostuvo todavía unos instantes, pero enseguida se desplegó la bandera negra de la noche. Magdalena se acercó a un hombre con gorra de plato que se había hecho cargo de un fajo de documentos de manos del sobrecargo. Un pequeño remolque había comenzado a transportar bultos desde el barco hasta el muelle.

—¿Sabe usted si hay cerca un sitio para dormir?

El hombre les señaló el edificio de los soportales.

—¿Un hotel? Pregunten en el primer bar. En estas fechas no les ha de faltar.

Echaron a andar. Las altas farolas del puerto alargaban sus sombras y en el agua oscura se alineaban los yates atracados, pero Julio Lesmes no buscó ningún símbolo en aquellas manchas desfiguradas, aunque las escotillas cerradas y las velas enfundadas señalaban claramente ese marasmo invernal que tiene más apariencia de muerte que de reposo.

Resonaba el oleaje más allá del malecón y el pequeño puerto estaba silencioso. Sólo alteraban la quietud de la penumbra los ligeros balanceos de los barcos, cuyos mástiles oscilaban con movimientos leves y uniformes. Magdalena recorría los muelles lentamente, pugnando por absorber lo que aquella soledad tenía de sosiego, por encima del suave vaivén adormecedor.

Se había acercado a ella un perro de piel hirsuta que, al no encontrar hostilidad de su parte, la iba siguiendo a cierta distancia, con la desvalida timidez de los perros sin amo que se ofrecen a una posible dominación. En la noche había cuajado un frío suave y Magdalena se encaminaba hacia el extremo del espigón, donde parpadeaba una luz roja.

Cuando llegaron al hotel se había visto sorprendida por la intervención de Julio Lesmes, que pidió tres habitaciones sin que Bernardo pusiese ninguna objeción. Indecisa, había esperado luego a que Bernardo viniese con ella, pero tras largo rato de permanecer en su habitación, contemplando desde la ventana una gran masa de agua inmóvil que se alargaba hasta desaparecer en la oscuridad, había decidido salir a pasear, moviéndose con una lentitud que era la prueba física del cansancio de su ánimo.

Subió las escaleras que conducían a lo alto del espigón y el sonido del mar le llegó con mucha más fuerza. En el exterior, al pie del gran muro, relumbraba la espuma de unas olas poco intensas; a lo lejos, al ras del horizonte, las luces de la otra isla se agrupaban en diminutas constelaciones, señalando el límite más lejano de una oscuridad sin matices que sólo interrumpían algunas señales de mínimo parpadeo. Era un lugar que no le pertenecía y donde ella se encontraba de un modo tan inaprensible y ajeno como aquella distancia perdida en la negrura.

Sentada en el poyo adosado a lo largo del muro, Magdalena contempló el puerto. El perro se había quedado en el muelle y olisqueaba los adoquines con ahínco. La figura del guarda en su garita, envuelto en su zamarra, intensificaba el aspecto hipnótico del paraje.

Pensaba en Bernardo con una mezcla de perplejidad y decepción. Reconstruía con ira los momentos en que le había visto plegarse a las observaciones de Julio Lesmes y comprendía que la influencia de las viejas convenciones era demasiado poderosa. En su enojo, analizaba todos los comportamientos de Bernardo, recordando algunos momentos de intimidad amorosa, cuando ante ciertas reticencias de él, un poco pacatas, ella había debido disfrazar de desenvoltura su espontaneidad, o aquellos comentarios un poco escandalizados de la víspera, en que le reprochaba su pretendida experiencia.

Estúpido, dijo en voz alta y el perro dejó de husmear y alzó la cabeza para mirarla, mientras movía levemente el rabo.

En el colmo de la extrañeza y como burla, le había contado aquellas fabulaciones sobre su vida amorosa, la relación con Anselmo, la promiscuidad universitaria, y él se lo había creído todo sin que se le plantease la mínima duda. Estúpido, murmuró, pensando que acaso a lo largo de los años se había creado una imagen totalmente falsa de Bernardo y sintiendo, sobre una antigua vergüenza, el sabor del desengaño.

Ciertamente en los tiempos del patio, entre todos los chicos, solamente con Anselmo tuvo un encuentro que pudiera rozar los límites de la conducta amorosa, y durante varios años lo había recordado con el mismo bochorno confuso.

Anselmo era el más alto de todos y estaba a veces con ellos, en los breves momentos que le dejaba libre el trabajo en el bar de su tío, aquellas temporadas en que abandonaba el seminario por fiestas o vacaciones. No jugaba, pero les observaba, se reía de ellos con el desdén de la superioridad, dirimía a veces sus disputas con equidad que, por sus resultados, parecía malintencionada. Su estatura determinaba que tuviese con Magdalena una relación peculiar, que sin duda tenía que ver con el reparto de volúmenes y la simetría de los esfuerzos.

Un atardecer ella se encontraba sola en el carro, leyendo tebeos, cuando sintió el ruido del portillo que comunicaba el patio grande con el pequeño patio de la ferretería y le vio salir sigilosamente, con aire tan azorado que era evidente que le había sucedido algo inusual. Le llamó y él se había sobresaltado con el estremecimiento de la culpabilidad.

—Anselmo, soy yo —repitió ella, asomando del carro.

Él se acercó remoloneando. Su rostro estaba rojo.

—Qué te pasa, de qué te asustabas.

Anselmo titubeó unos instantes y Magdalena comprendió que, ciertamente, algo inusual y extraordinario sucedía y que debía tener el valor incalculable de las cosas secretas, y se mantuvo expectante, con la cautela del cazador que sabe que cualquier movimiento puede espantar a la pieza.

Por fin Anselmo la miró sin disimular en sus ojos la malicia y se acercó a ella.

—No me asusté.
—Ibas muy raro.

Anselmo se acercó todavía más y metió las manos en los bolsillos.

—Te lo digo si me juras que no lo vas a contar.

—Te lo juro —exclamó Magdalena y besó la cruz formada con el índice y el pulgar de la mano derecha.

—La alemana y el padre de Julio estaban solos —dijo Anselmo y, cerrando la mano derecha, sacudió secamente el antebrazo en un breve bamboleo que lo acercaba y lo apartaba del torso.

—¿Qué hacían?

—¿Es que eres tonta? En la tienda, donde la oficina. Todos se marcharon, él trancó las puertas, se fue a donde ella y se puso a quitarle la ropa y a besarla. Luego, lo hicieron.

—Hicieron qué.

Anselmo volvió a sacudir el antebrazo del mismo modo, pero ella había comprendido por fin y se sintió enrojecer. La luz de la tarde se extinguía y el tío de Anselmo estaba asomado a la puerta trasera del bar.

—Anselmo, qué pasa, qué esperas, hay gente.

—Ya voy —exclamó Anselmo.

Antes de alejarse, la miró con severidad.

—Si le dices a alguien que yo te lo he dicho, diré que es mentira.

Magdalena recogió los tebeos y salió del carro. Había oscurecido tan pronto porque ya no era verano, recordó. En cuanto a su soledad en aquél lugar, era tan insólita que debía haber sucedido muy pocas veces, dos o tres tardes a lo sumo, el tiempo que hubiera tardado en leer tranquilamente aquel manojo de tebeos que alguien le dejara al comenzar las clases y cuya lectura era considerada por su madre dañina, o por lo menos superflua.

Magdalena había buscado un lugar donde poder ensimismarse sin ser molestada en la lectura y contemplación de las viñetas y el lugar idóneo resultó aquel, un poco apartado de su casa pero familiar después de tantas horas de juegos con su amiga Clara, la hermana de Julio Lesmes, y con el resto de los niños vecinos, donde podía entrar sin que nadie se lo impidiese. Su coincidencia con Anselmo debió ser también casual, pues en aquellas fechas él debía haber comenzado ya el curso en el seminario.

Oscurecía pronto y se ponía fresco, recordó, y ella llevaba una rebeca roja. Y acababa de llegar al día siguiente —o pudo ser un par de días después, ya todo quedaba confuso en la memoria— y estaba sentada dentro de la caja del viejo carro, la que hacía de cabaña para los juegos del grupo, cuando Anselmo se acercó otra vez, sorprendiéndola.

—¿Quieres venir a verles? —susurró y en sus ojos brillaba nuevamente aquella veraz expresión de pecado.

—No, no quiero.

Pero durante el tiempo que había pasado desde su encuentro anterior, había estado pensando con morbosa delectación en lo que significaba el gesto de Anselmo al narrar aquello que al parecer hacían la madre de Heidi y el padre de Clara y, tras ver desaparecer a Anselmo furtivamente, apenas fue capaz de leer los tebeos, llena de curiosidad, esperando su regreso.

Le vio salir cuando la tarde se desvanecía y le llamó con un susurro. Él llegó hasta la caja del carro y entró dentro.

—¿Les viste? —preguntó ella.

Anselmo estaba también muy turbado aquella vez.

—Don Julio cerró la puerta con llave y luego volvió a donde estaba ella y le desabrochó la blusa, le sacó las tetas y se puso a besárselas. Luego, ella se quitó las bragas.

De pronto, Magdalena percibió que una mano de Anselmo penetraba entre sus muslos, hasta tocarle la parte inferior del cuerpo. Magdalena permaneció inmóvil unos instantes, mas al fin cerró las piernas bruscamente y se apartó.

—¿No quieres que te lo cuente todo? —preguntó él, con tono trémulo.

Sin contestar, Magdalena recogió los tebeos y saltó del carro con prisa torpe. La luz de la ventana de la cocina de Bernardo empezaba a marcar el suelo del patio con una larga escala lívida y ella recorrió aquel fulgor y atravesó luego el patio y la penumbra del zaguán hasta salir a la plaza, para regresar corriendo a su casa. Rememoraba fragmentariamente una fuerte riña por aquella tardanza, pero sobre todo la firme prohibición de regresar al patio, como si una extraña intuición hubiese de pronto advertido a su madre de los últimos sucesos.

Llegaba el otoño, los días se iban volviendo cada vez más cortos y fríos y en el colegio había conocido nuevas amigas, de modo que no echó de menos el patio ni a sus piratas. Pero a veces, antes de dormirse e incluso sentada en su pupitre, le parecía sentir la presión de la mano de Anselmo tanteando entre sus piernas.

Aquel contacto, que le había ocasionado mucha turbación, despertó en ella gran interés por conocer mejor la verdad de las noticias inseguras sobre los juegos secretos que hombres y mujeres practicaban entre ellos cuando, abandonando su pública respetabilidad, se encerraban en sus alcobas, pues sospechaba que en aquella intimidad, la vista y el tacto de la desnudez ajena eran la más certera vía para el conocimiento profundo del propio cuerpo.

Estúpido, murmuró por tercera vez, pensar que yo pudiera ser una mesalina.

Los cambios políticos y sociales habían ido permitiendo la proyección de películas y la publicación de libros y de tebeos donde la actividad sexual se manifestaba en todas sus posibilidades. Esa información libresca y subsidiaria había constituido la mayor parte de su cultura carnal. En sus más íntimas fantasías ella había imaginado muchas veces que afrontaba el combate amoroso con aquella variedad de actitudes y gestos, y el contacto con Bernardo, tan largamente deseado, la había enardecido más allá de toda reserva.

El leve ruido de un motor llegó hasta ella desde la parte del mar y se alzó para descubrir las lucecitas de un navío invisible que navegaba paralelo al malecón, buscando la entrada del puerto, hasta verle al fin aparecer a la luz tenue y penetrar lentamente en las aguas quietas.

Parecía un barco de pesca. Como si lo hubiese estado esperando, el perro echó a correr por el muelle en su dirección y desapareció tras los edificios de los almacenes. El barco llegó al extremo opuesto del muelle, frente al edificio de los soportales, y fue realizando rápidamente las maniobras de atraque.

Una inesperada animación comenzó entonces en aquella parte del puerto y el silencio de la noche quedó turbado por las voces lejanas e ininteligibles de los marineros y de los parroquianos que habían salido del bar. La luz poderosa encendida en lo alto del mástil iluminaba algo que el grupo de gente contemplaba con atención. El guarda de la garita sacudió de pronto su inmovilidad y, abandonando su puesto, echó a andar por el muelle, encaminándose al barco.

Magdalena se levantó también y buscó las escaleras del otro extremo del espigón, caminando lentamente. Cuando llegó al barco, casi todo el mundo se había trasladado al bar; en la acera, bajo el soportal, permanecía un pequeño grupo con la mirada fija en los bultos de dos enormes pescados extendidos en el suelo.

—Son delfines —comentó el guarda, que tenía un acento andaluz muy fuerte.

—¿Delfines?

—Los han encontrado muertos —añadió el guarda, tratándola con un aire de confidencia más propio de un antiguo conocimiento.

Los ojos de los animales presentaban un estupor doloroso. El perro de pelo hirsuto se acercó furtivamente a uno de ellos y, tras olerlo, se puso a lamer con delicadeza los labios de una herida, pero el guarda lo espantó dando un pisotón en el suelo.

—Alguien los mató a tiros —explicó—. Tienen varios balazos cada uno.

Magdalena comprendió entonces que aquella jornada ya no era como cualquiera de las suyas, por la que, en una rutina plácidamente repetida, ella se desplazaba sin resistencia, temor ni esperanza. Aquellos animales muertos señalaban una jornada feroz, abierta a un mañana diferente e incógnita, donde a ella no le correspondía lugar alguno, una jornada que no podía esfumarse ni escurrirse fácilmente porque llevaba dentro de sí el germen de una sañuda brutalidad.

Entre los hombres que comentaban las incidencias de aquel hallazgo y los mástiles enhiestos y cabeceantes que señalaban el límite de la penumbra, pensó que aquel viaje era una equivocación y comprendió que, en el fondo de su alma, jamás había renunciado a conocer el secreto del porvenir, sino que había preferido olvidar cualquier pregunta que tuviese que ver con ello. Sus calendarios estaban llenos únicamente de olor a cuero, dentro de una vida provinciana y confortable, pero los calendarios podían llenarse de muchas otras cosas, casi todas terribles y repugnantes.

—¿Quiere un café? —le dijo al guarda y éste aceptó con naturalidad.

Vistos desde el interior del bar, los cuerpos de los delfines ofrecían una vaga actitud de cadáveres humanos.

—¿Por qué los matan? —preguntó ella.

—No los matan —repuso él.

—¿Y esos?

—A esos los han matado, pero no los suelen matar. Habrá sido un deportista, por tirar al blanco, por juego.

Luego, ahondando en su trato confianzudo, pasó a informarle de que estaba encargado de la venta de algunos yates y amarres del puerto y describió con prolija verborrea las calidades de los barcos y el tiempo de vigencia de los amarres. Magdalena le oía con gusto y le hizo muchas preguntas, encontrando en aquella conversación sin sentido el contraste de una palpitación cotidiana que había perdido desde la noche misma en que Bernardo apareció en su casa, bajo la lluvia.

—¿Y van a estar mucho tiempo? —preguntó al fin el guarda, apurando su copa.

—No, qué va, venimos sólo a ver a una persona. Me imagino que aquí será fácil alquilar un coche.

—A partir de las nueve y media o diez, al lado mismo de su hotel, todos los que quiera.

Magdalena regresó al hotel y el perro mísero recuperó su compañía. Su timbrazo debió despertar al muchacho que, soñoliento, le abrió la puerta, impidiendo la entrada del perro. Tras recoger la llave, Magdalena subió a su habitación y contempló otra vez la masa de agua tenebrosa del gran estanque que se extendía detrás del edificio y en el que estaban fondeados algunos barquitos que proclamaban débilmente su blanquecino volumen.

Pensó entonces que no había llegado a la isla en el azar de un enredo ajeno, sino que aquella búsqueda le concernía también a ella, pero no por descubrir si Heidi estaba viva, sino por conocer cuáles eran realmente los límites del mundo que a ella le correspondía vivir y si aquella recién nacida relación con Bernardo podía tener algún porvenir.

Sonó entonces el teléfono, asustándola. Era Bernardo.

—Te llamé antes, pero no contestabas. El de la recepción me dijo que habías salido.

—Sí, salí a dar un paseo.

—A ver el puerto.

—A ver delfines muertos.

—¿Delfines muertos?

Magdalena no dio explicaciones.

—¿No quieres que te haga una visita? —preguntó Bernardo.

Ella guardó silencio un instante, dubitativa. Luego contestó con firmeza.

—No. Quiero descansar. Seguramente mañana será un día bastante ajetreado.

—Entonces, hasta mañana. Un beso —dijo Bernardo.

Aunque en la voz de Bernardo se había filtrado una nota de alivio, Magdalena asumió su llamada como el augurio más favorable para cerrar aquella jornada y, tras meterse en la cama, se desplomó en un sueño sin inquietudes.

8.

Bernardo había despertado muy pronto, pero se quedó en la cama; vislumbraba el día pálido que se iba abriendo sobre la isla y observaba la habitación intentando aceptar su viaje y su presencia allí como hechos normales, que carecían de cualquier significado misterioso o extraordinario. Esa foto es solamente la de un rostro parecido, pensaba, pues Heidi murió en aquel accidente y el patio ya no existe, como no existe el rey malo, ni las ansiedades de la juventud. He resucitado y debo aprovechar esta oportunidad.

Cuando bajó, ya Magdalena y Julio Lesmes estaban dispuestos para salir. Magdalena, que se mostraba esquiva, había alquilado un automóvil que debía transportarles en sus pesquisas; Julio Lesmes les dijo que había intentado comunicarse por teléfono con María Luisa, sin conseguirlo, y les mostró un mapa de la isla, indicándoles el lugar en que podrían localizar a la ceramista de la fotografía, según la información de la persona que le había dado el catálogo.

Aquel mapa, donde se señalaban los lugares principales, estaba cubierto por las líneas rojas y marrones de una red anónima de caminos que se ramificaban desde la carretera y parecía la reproducción de alguno realizado muchos años atrás, con gusto arcaico: los números y las letras estaban escritos con la caligrafía de un barroco pendolista y en la parte que correspondía a los alrededores marítimos figuraba una iconografía pintoresca, abundante en carabelas y sirenas de hermosos pechos, que incluía al propio dios Neptuno, sosteniendo con severa solemnidad su tridente y una cartela en que figuraba la sentencia de un sabio árabe con la denominación que, al parecer, habían dado a la isla los antiguos.

—¿De dónde lo has sacado? —preguntó Bernardo—. Parece uno de aquellos que venían en las ilustraciones de los libros de piratas.

—Lo venden en todos los comercios —repuso Julio Lesmes.

En el reverso del mapa se presentaban varios datos complementarios —nombres de las plantas, de los pájaros y de los peces y referencias climatológicas— y también estaban indicadas las distancias que entre los puntos más lejanos no debían ser superiores a los veinticinco kilómetros. Bernardo pensó que la isla era un microcosmos cerrado que sólo la industria turística y el moderno frenesí de los viajes debía haber sacado de una larga y modesta placidez.

Con el avance de la mañana, el sol se iba imponiendo cada vez más sobre la bruma. Recorrieron un paisaje de casas diseminadas, entre muretes de piedra rojiza que separaban las fincas, y atravesaron un pinar frondoso que rodeaba la subida hasta el promontorio, para llegar a un pequeño caserío cuya construcción más importante era una iglesia encalada, de volúmenes redondeados.

Bernardo quedó sorprendido al encontrar en el paisaje una imagen de llanura, pues el promontorio, que no tendría más de cuatro kilómetros de diámetro, se presentaba a la vista como una ilimitada extensión ocre, donde las casas de labor se desperdigaban entre los rastrojos. Había también algún molino de viento y escasas manchas de vegetación. Si no estuviese el faro en uno de los extremos, alzando su inconfundible silueta, podría pensarse que aquel paraje correspondía, más que a una pequeña isla del Mediterráneo, a alguna comarca del interior continental. Así debe ser Anguila, imaginó, una isla diminuta que, vista desde el interior, parecerá inmensa.

A un lado del pueblo se abría una pequeña explanada y los talleres de los artesanos se anunciaban sobre los muros. Junto a la carretera había una construcción desvencijada, que tenía en la fachada un cobertizo de teja y un poyo de mampostería. Muy cerca, bajo un techado de ramajes, una cabra con una pata sujeta a un poste por una cuerda ramoneaba los matojos. En el cobertizo, sobre unas tablas sostenidas por caballetes de madera, se mostraban diversas piezas de cerámica esmaltada en que figuraban imágenes antropomórficas del sol y de la luna, lagartijas y estrellas de mar. Se movían por el suelo algunos gatos pequeños, con aspecto famélico y sucio, y uno de ellos, sentado en el poyo, les miró con la desolada fijeza de un único ojo.

Estaban observando las cerámicas expuestas sobre los tableros cuando salió de la casa un hombre con una gran taza en las manos. Tenía el rostro muy curtido y arrugado, melena enrevesada y barba blanca y greñuda.

—Yo soy el autor —dijo en castellano, con fuerte acento insular.

—Estábamos mirando —repuso Julio Lesmes—. Es todo muy interesante.

—Pues todo está en venta —añadió el hombre.

—Luego pasaremos a verlo más despacio —dijo Julio Lesmes—. Ahora tenemos un poco de prisa. Estamos intentando localizar a una artista que trabaja por aquí. Esta es su foto.

Julio Lesmes le alargó el catálogo, abierto por la página en que figuraba la fotografía, pero el hombre ni siquiera le echó un vistazo.

—Lo único que yo puedo proporcionarles está ahí —dijo categóricamente, señalando las piezas, antes de volver las espaldas y desaparecer otra vez dentro de la casa.

Más allá del primer taller había una callecita estrecha y corta, en cuyos muros figuraban anuncios de otros talleres, pero casi todas las puertas permanecían cerradas. Una muchacha que daba el biberón a un bebé desaliñado entre cacharros verdosos y prendas de lana tejida, no supo identificar a aquella mujer ni a las demás ceramistas que, según el catálogo, trabajaban también en la isla. Otra muchacha que se afanaba haciendo paquetes en un portal inmediato les dijo que ella era de otro pueblo y que no conocía a nadie allí, donde estaba de paso.

—La feria es sólo los domingos —les informó, con fuerte acento extranjero, la mujer rubia que habían encontrado al fin en la última casa—. Además, en invierno no viene casi nadie por aquí.

Estaba pintando a la acuarela, en el rincón soleado de una estancia amplia donde había mostradores con joyas de plata y vasijas esmaltadas.

—Estamos buscando a esta ceramista —dijo Julio Lesmes con cautela, mostrándole el catálogo.

—Yo no conozco a todo el mundo aquí, no vayan a creer —les advirtió la mujer antes de mirar el catálogo.

Las sucesivas respuestas habían ido consolidando en Bernardo la actitud con que había despertado aquella mañana: su viaje y su presencia allí no tenían nada de extraño, a pesar de aquella fotografía que había surgido con la extravagancia de los sueños. La isla estaba en esa parte del océano de la razón donde tal especie de sorpresas no tiene lugar y el viaje no sería sino una constatación de ello. Así, esperó despreocupadamente a que la mujer confirmase por algún motivo las negativas de los anteriores interlocutores. Mas la mujer, tras observar la foto durante algunos instantes, pareció reconocer a la ceramista.

—Claro que sé quién es.

Les miró a continuación con suspicacia, como si hubiera sido de pronto consciente de haber cometido una imprudencia.

—Pero qué quieren ustedes de ella —exclamó, devolviéndole a Julio Lesmes el catálogo—. Por qué la buscan.

—Es una gran amiga que no veíamos desde hace muchos años —dijo Magdalena, con aire convincente—. Queremos solamente darle un abrazo.

Tranquilizada, la mujer comenzó entonces a explicarles el modo de llegar hasta su casa, pero sus aclaraciones eran tan confusas que Julio Lesmes desplegó su mapa y lo colocó sobre la mesa. La mujer se secó las manos con un trapo y señaló un lugar hacia el norte.

—*Es Monestir* —dijo—. Por aquí es. La casa tiene detrás un bosquecillo de pinos y sabinas. Es un edificio de color ocre, con una enramada delante y un horno.

—¿Seguro que la conoce? —preguntó Bernardo.

—Naturalmente —exclamó la mujer—. Es alemana, como yo, y vino aquí casi al mismo tiempo. Cuenta unas historias preciosas.

Mientras recorrían los caminos solitarios de tierra en busca de la casa, Bernardo comenzó a sentirse tan nervioso como cuando, en la infancia, se aproximaba el momento de un examen. A pesar de todo no puede ser, pensaba. Sin duda en aquella alemana de la fotografía coincidían esos rasgos que a menudo identifican con un aire similar a individuos que, perteneciendo al mismo grupo étnico, carecen sin embargo de cualquier relación.

La casa estaba en lo alto de una pequeña elevación del terreno y para llegar a ella era preciso abandonar el camino de tierra y entrar en una senda estrecha y pedregosa. Dejaron el coche y subieron andando hasta la casa, donde no se veía nadie.

Cuando se acercaban al voladizo que protegía la parte inferior de la fachada, una figura se movió en el otro extremo, al pie de una gran masa de chumberas. Era una niña que se aproximó lentamente a ellos, hasta detenerse. Ellos también se detuvieron y sintieron los tres la misma estupefacción y una turbación que estuvo a punto de hacerles retroceder.

La niña era Heidi, la misma Heidi que había llegado un día a la casa de la torre en aquella destartalada furgoneta de madera acompañando a un hombre torvo de manos peludas y una mujer de cutis blanco y pelo rubio.

Les observaba en silencio, con la inmovilidad segura de quien ocupa el territorio que le pertenece y como si esperase de ellos una contraseña o una justificación.

—Heidi —exclamó Bernardo, aunque comprendía que era imposible.

—Mi nombre es Eva —dijo entonces la niña en la lengua de la isla.

—Dice que se llama Eva —explicó Julio Lesmes y de nuevo quedaron los tres callados.

—Así que te llamas Eva —dijo al fin Magdalena—. Yo me llamo Magdalena. Éste es Bernardo y éste Julio. ¿Me entiendes?

—Claro que sí —exclamó la niña en castellano, con un gesto de impaciencia.

—Estamos buscando a una persona —dijo Julio Lesmes, con suavidad—. Mira.

Sacó el catálogo de la bolsa y estaba buscando la página, cuando alguien habló desde la puerta. La luz casi vertical dejaba a oscuras su rostro, pero era una mujer. Vestía un pantalón azul mahón y un jersey amarillo. Como las facciones de la niña, todos reconocieron su voz.

—¿Querían ustedes alguna cosa?

Había salido de la sombra y estaba junto a ellos. Era también Heidi, pero no niña, sino con el aspecto que seguramente presentaría si estuviese viva. Como la niña, ostentaba la firmeza de quien ocupa pacíficamente el sitio que le corresponde y les observaba con amabilidad un poco inquisitiva, pero Bernardo creyó ver reflejarse en su mirada la recíproca sorpresa de un reconocimiento.

Ellos seguían inmóviles y otra vez mudos, como sujetos por el efecto de un encantamiento. Al cabo de unos instantes, Julio Lesmes le alargó el catálogo y ella lo tomó con gesto maquinal que no alteró la serenidad de su talante.

—Andábamos buscándola —dijo Julio Lesmes, en actitud casi humilde.

—¿A mí? ¿Precisamente a mí?

—Sí, a usted —exclamó Bernardo, también dulcemente.

—Perdonen, pero no sé qué quieren.

—Encontramos su foto en ese catálogo y nos recordó tanto a una amiga, que quisimos conocerla.

—¿Una amiga? —preguntó la mujer.

—Una amiga de la infancia y de muchos años. Se llamaba Heidi.

—¿Qué fue de ella? —dijo la mujer, tras mirar brevemente el catálogo.

—Desapareció hace años —repuso Julio Lesmes.

Bernardo comprendió que aquella mujer no aceptaría ser Heidi, se sintió liberado de su inquietud y recuperó aquella sensación de estar viviendo unos sucesos ordinarios y conformes con la lógica de las cosas comunes. Todo estaba en orden y el pasado mantenía sin alteraciones la sólida imbricación de sus fragmentos.

—Murió —exclamó él, con energía—. Se mató en un accidente de aviación.

La niña se había acercado a la mujer y la cogió de una mano, con aire temeroso.

—Vete a jugar —le dijo la mujer en la lengua de la isla y la niña se dirigió despacio hacia la puerta de la casa.

—¿Es hija suya? —preguntó Julio Lesmes.

—Sí —contestó la mujer.

Julio Lesmes miró a Bernardo y a éste le pareció que en sus ojos brillaba el desconcierto de sentir también que su presencia allí era absurda.

—De todos modos, mi nombre figura aquí —añadió la mujer, como si adivinase su pensamiento, devolviéndoles el catálogo–. El mundo está lleno de gente que se parece.

Tenía las manos manchadas de barro y barro también en el jersey, en los pantalones y en las viejas botas deportivas.

–Yo no sé si puedo ayudarles en algo –dijo luego con el tono de una fórmula de cortesía previa a la despedida.

En aquel momento resonaron en el silencio voces y gritos infantiles. Julio Lesmes se acercó a la puerta, como impulsado por una llamada. La mujer echó a andar también y los otros llegaron junto a ellos. La penumbra del cobertizo preludiaba una sombra más densa, que ocupaba un amplio espacio, hasta quedar súbitamente rota por el resplandor del sol, más allá del rectángulo de otra puerta que se abría al espacio exterior, en la parte trasera de la casa.

–Hay un patio –exclamó Julio Lesmes.

–Sí –dijo la mujer–. Es donde juegan los niños.

Las voces infantiles eran casi ininteligibles, pues en ellas se mezclaba con otras la lengua de la isla.

–¿Están jugando a piratas? –preguntó Julio Lesmes.

Julio Lesmes permanecía inmóvil ante la puerta, escrutando la luminosidad que se veía brillar al fondo del zaguán. Un murete construido con guijarros rojizos como los que marcaban en el resto de la isla los límites de las fincas se alzaba a unos pasos de la puerta y no era posible ver a los niños que jugaban.

Bernardo volvió la vista para separarse de aquella actitud que sugería el acecho de un animal y contempló la larga panorámica que se extendía hasta un confín que, si no conociese sus límites verdaderos, le hubiera parecido interminable. Imaginó aquella extensión cubierta por las mieses doradas y recordó que los romanos habían dado a la isla un nombre que conmemoraba su fertilidad cereal.

—¿Han dicho *sangre en el ojo?* —exclamó Julio Lesmes, con la voz crispada.

—¿Sangre en el ojo? —dijo la mujer.

—Eso mismo —repuso Julio Lesmes, mirándola con los ojos muy abiertos.

—Es posible —contestó la mujer—. Los indios lo decían de los que eran muy irascibles. Lo leí en una novela. Ya sabe que los niños lo mezclan todo.

Julio Lesmes permanecía en una postura forzada donde parecían mezclarse el ansia del acecho y la urgencia de la huida.

—¿Quiere pasar? —exclamó entonces la mujer—. ¿Quiere ver el patio?

—Nosotros jugábamos también en un patio —murmuró Bernardo—. Uno de los extremos era la isla de Anguila.

—Una isla de piratas —dijo la mujer—. ¿No quieren verlo?

Julio Lesmes, que había recuperado su actitud habitual, negó lentamente con la cabeza.

—¿Y usted? —le preguntó la mujer a Bernardo.

—Ya hemos molestado bastante —respondió él—. Usted estaba trabajando.

—Yo lo veré —dijo entonces Magdalena y Bernardo la vió cruzar el zaguán con pasos decididos y desvanecerse por fin en la claridad, tras atravesar el vano de la puerta trasera.

—¿Trabaja usted mucho? —preguntó Bernardo, después de un instante de silencio.

—Trabajo lo que me apetece —repuso ella—. A mi ritmo, sin ningún tipo de agobios. Al fin y al cabo me lo compran todo, aunque tampoco lo vendo muy caro. Éste es un lugar ideal para vivir sin prisas, como si los romanos no hubieran conquistado todavía ese mar. Como de los productos del campo, ordeño mi cabra, doy de comer a mis gallinas. Lo más moderno que poseo es una bicicleta.

Salió entonces a la puerta un joven de greñas pelirrojas que llevaba ropas también muy manchadas de barro y la habló en una lengua que parecía alemán.

—Tengo que dejarles —exclamó la mujer—. Han llegado en un momento delicado de mi trabajo. Su devoción por aquella amiga es admirable, pero yo creo que no puedo ayudarles en nada.

Entró en la casa y todo recuperó un silencio denso, en que tampoco se oían ya las voces infantiles y donde solamente parecía resonar la vibración del sol sobre las briznas de los sembrados. El alboroto de un bando de gaviotas cruzó el espacio sobre ellos, dándoles señal de la cercanía del mar. Bernardo sintió en su interior una peculiar euforia. Aquel viaje extravagante había demostrado que, como en el campo de los fenómenos geológicos, los asuntos de la gente se iban depositando al fin hasta ocupar estratos inmóviles y perennes, y se sintió alegre de haber resucitado en un mundo sin Heidi.

Quedaron allí sin que ninguno de los dos manifestase impaciencia, hasta que una silueta cruzó resueltamente el zaguán y Magdalena apareció ante ellos. Tenía las mejillas enrojecidas, como si hubiese estado corriendo.

—¿Qué hay ahí dentro? —preguntó entonces Julio Lesmes.

—¿Por qué no entras a verlo? —contestó ella.

Julio Lesmes hizo con los hombros un gesto ambiguo.

—Deberías entrar —añadió Magdalena, con una extraña sonrisa—. Parece un patio, con una huerta al fondo, junto a un pinar, pero es una isla de coral donde se refugia una partida de piratas. Estoy segura de que lo podrías aprovechar en tu novela.

Fue ella quien, por fin, deshizo la irresoluta actitud que les mantenía a los dos quietos y silenciosos.

—Yo me voy —dijo—. El que quiera, que venga conmigo. En todo caso, en esta isla no hay distancias. Desde aquí no debe haber más de quince kilómetros hasta el puerto. Hay un barco a las cinco y ya sabéis que el avión sale a las ocho y media. Yo quiero estar de vuelta en mi casa mañana a mediodía, a más tardar.

—Pero espera —exclamó Bernardo—. Claro que vamos. Hasta nos queda tiempo para hacer algo de turismo.

—Yo necesito encontrar un teléfono —dijo Julio Lesmes.

Entraron en el coche y Magdalena buscó entre los caminos la ruta del faro, que iba apareciendo cada vez mayor ante sus ojos: un cilindro de piedra amarillenta que sostenía en la parte superior una gran linterna de cristal cubierta por una cúpula de hierro.

—Es Heidi —exclamó Julio Lesmes—. Tenía yo razón.

Magdalena le miró a través del espejo retrovisor y Bernardo volvió el torso, abrazando el respaldo.

—No lo es —contestó Bernardo—. Se parece mucho, pero no lo es. Además, ya oíste lo que dijo.

—¿Qué iba a decir? —exclamó el otro—. Está claro que no quiere saber nada de nosotros.

Entre los sembrados quedaban a veces unos árboles sin hojas, de tronco achaparrado, cuyo ramaje desnudo, ordenado en forma cilíndrica y sujeto a su alrededor por una sucesión de varas entrelazadas, estaba sostenido por un nutrido conjunto de horquillas de madera.

—Son higueras —dijo Magdalena—. Lo he aprendido en este patio.

Bernardo pensó que aquellos grandes árboles, organizados como construcciones, eran acaso el mejor exponente de lo que había sido la complejidad técnica cuando aquella isla pertenecía al mundo agrícola.

—Me da igual que sea Heidi —continuó Julio Lesmes—. Yo le había dado demasiada importancia a este encuentro.

El faro estaba ya muy cerca y en su base asomaban los volúmenes de las construcciones que debían servir como viviendas y habitaciones auxiliares para su servicio.

—Siento haberos hecho venir —añadió Julio Lesmes.

Magdalena le miró nuevamente a través del espejo retrovisor.

—Si quieres llamar por teléfono, ahí hay una cabina —dijo.

Detuvo el coche al final de la carretera, en una gran explanada que antecedía a las construcciones del faro. Salieron del coche y Julio Lesmes se encaminó hacia la cabina telefónica, que se encontraba junto a la puerta de un pequeño comercio cuyo escaparate ofrecía recuerdos pintorescos y artículos de pesca.

A la izquierda estaba erigido un pequeño paralelepípedo de piedra, con unas manchas rectangulares que parecían lápidas desvaídas, Bernardo se aproximó a Magdalena.

—¿Estás más contenta?

Magdalena le miró con ojos que a él le parecieron burlones.

—¿Es que me has visto triste?

—Esta mañana estuviste un poco seca conmigo.

—Sería el madrugón. Andaba buscando un coche mientras tú continuabas durmiendo.

La brisa del mar traía hasta el olfato de Bernardo el olor persistente del perfume de Magdalena y él lo aspiraba con gusto.

—¿Nunca te dije que tu perfume me recuerda al que usaba Heidi?

—¿Eso es un cumplido?

Bernardo la miró con simpatía. Al verla atravesar el zaguán oscuro, había sabido que, de todos los supervivientes del patio, era ella quien mantenía aún la mezcla de osadía e inocencia suficientes para manifestar aquella curiosidad.

—¿Por qué no? —repuso—. Al fin y al cabo, se trata de un aroma que parecía perdido, ya que Heidi murió hace tantos años. ¿Tampoco te he dicho que, de todos los piratas, tú eres el único superviviente verdadero?

El paralelepípedo de piedra era un peculiar monumento alzado veinte años antes, a instancias de la colonia francesa de la isla, a la memoria de Julio Verne. Adosadas a un lado del monumento, dos placas de bronce carcomidas por la erosión manifestaban la petulancia de todas las retóricas.

—*Los jóvenes de espíritu* —leyó Bernardo—. Cuánto hace que no veía una cosa semejante.

Pero Magdalena le miraba fijamente.

—¿Crees de verdad que Heidi ha muerto?

—Lo creo de verdad, te lo juro —respondió Bernardo.

—Puede que acabemos entendiéndonos —dijo ella, con un suspiro—. Pero no me atrevo a fiarme de ti.

En el lugar más sombrío del establecimiento, detrás del mostrador, estaba sentado un anciano muy flaco, tocado con un sombrero de fieltro lleno de lamparones. Julio Lesmes le pidió cambio pero el hombre no reaccionaba: con las manos apoyadas en una cachava oscura parecía absorto, tan inmóvil como las caracolas, las gafas submarinas y los barquitos que se amontonaban en las estanterías.

—No le puede oír y casi no ve —dijo la mujer que surgió del cuarto contiguo, mientras atravesaba una cortina de tiras de plástico—. Yo le atenderé.

Contó cuidadosamente las monedas y cuando Julio Lesmes salía regresó a sus tareas, dejando la tienda sumida en aquella quietud en que las cremas solares y los *souvenirs* guardaban el letargo de la estación.

Aquella vez, la voz de María Luisa había irrumpido bruscamente al otro lado de la línea y Julio Lesmes se quedó momentáneamente mudo.

—Diga —repitió María Luisa, impaciente.

—María Luisa, soy yo —consiguió decir él—. Por fin te encuentro.

—Qué quieres —repuso ella, tras un breve titubeo.

—Hemos venido a buscar a la mujer de la foto. Vine con Bernardo. También está con nosotros Magdalena Riesco, ¿te acuerdas?

—¿La habéis encontrado?

Julio Lesmes intentó reproducir en su voz la sorpresa del hallazgo.

—Al llegar nos encontramos con una niña que era idéntica a Heidi en los tiempos del Patio. Luego salió ella, que al parecer es la madre. Tiene la misma voz y las mismas facciones, pero no ha dado ninguna muestra de reconocernos y asegura que es otra persona.

—Dime qué quieres, Julio —repitió María Luisa después de una breve pausa, sin abandonar su amabilidad—. Yo salía en este momento, estaba abriendo la puerta de casa cuando llamaste.

No hacía calor, pero Julio Lesmes tenía las manos húmedas y sentía que el sudor se le escurría por debajo del cuello, desde la nuca. Vio las figuras de Bernardo y Magdalena detenidas junto a una masa rectangular, una especie de monolito que se alzaba más allá de la carretera, y al fondo el faro, a cuyo alrededor volaba una bandada de gaviotas.

—Me han dicho que estás enferma.

—Quién te lo ha dicho.

—Me lo han dicho ellos, Bernardo y Magdalena.

—Cuánta novedad. Eso ya te lo había dicho yo hace tiempo. ¿Para eso me llamas?

—Yo no sabía qué era. Nunca me lo dijiste.

—Qué más te contaron.

Julio Lesmes contemplaba fijamente el vuelo de las gaviotas y le pareció que giraban en torno al faro describiendo continuamente la misma trayectoria, como si no pudiesen alejarse y volar con libertad.

—Ellos se han enterado de unos análisis que te han hecho. Allí lo sabe todo el mundo.

María Luisa suspiró y su aliento resonó en el auricular con claridad amplificada, como si hubiese sido transmitido por un conducto diferente del que llevaba el sonido de la voz.

—Ya me lo imagino. Es un sitio como para guardar un secreto. Se habrán puesto en lo peor, claro.

—Dicen que es una cosa muy mala —murmuró Julio Lesmes.

—Quién sabe —repuso ella—. Tal vez no sea tan malo como piensan esos cazurros.

—María Luisa, yo quiero estar contigo —exclamó Julio Lesmes, como si fuese una de aquellas gaviotas y hubiera conseguido arrancarse de la atracción del faro.

—Para qué, Julio.

—Déjame estar contigo.

—Esto tengo que pasarlo yo sola —dijo ella muy despacio, como si repitiese una vez más la frase obligada a escribir muchas veces en el cumplimiento de un castigo escolar.

—Mañana estaré ahí y voy a ir a verte. Por favor, no me digas que no, no me rechaces.

—Ahora tengo que salir, de verdad —repuso ella.

—Iré a verte a primera hora. ¿Te viene bien?

Ella volvió a suspirar.

—Bueno, anda, ven. Te lo explicaré todo.

Julio Lesmes salió de la cabina y el sudor se transformó instantáneamente en un tacto frío alrededor de su cabeza. Las figuras de Bernardo y de Magdalena se habían separado del monolito y se alejaban hacia el borde del acantilado, cubierto de alargadas peñas grises. El sentimiento de ser un náufrago solitario que estaba viviendo ensoñaciones singularmente verosímiles volvió a asaltarle con fuerza, a pesar de la persistencia de la evocación de María Luisa. Y cuando llegó junto al monolito y leyó las placas conmemorativas, su figuración de que aquello parecía una realidad ficticia se hizo aún mayor. En la placa inferior, un texto pomposo indicaba que aquel lugar había sido, precisamente, el elegido para el desarrollo de *Héctor Servadac*.

Julio Lesmes recordó entonces aquel libro y su lectura en el vientre del almacén. Aunque estaba lleno de prolija información sobre los planetas del sistema solar y rezumaba un nacionalismo exultante que hacía resplandecer la figura del protagonista entre españoles indolentes y míseros, ingleses estólidos, rusos serviles y un judío alemán en que cristalizaban todos los tópicos del antisemitismo furibundo, la aventura que relataba suponía uno de los naufragios más desmesurados y sorprendentes de cuantos había tenido ocasión de conocer en los libros.

Acaso el Patio fue atrapado por el impacto de un cometa y vaga todavía por los confines del sistema planetario, transportando a todos los piratas, imaginó. Volvió entonces a él con intensidad la evocación de aquella placidez de sus primeras lecturas, ya perdida, y se alejó del monumento intentando también abandonar aquellos recuerdos que le devolvían a un tiempo sin pena ni fracaso.

Al pie del acantilado se extendía el mar oscuro y bullente. Algunas gaviotas planeaban contra la brisa.

–¿Conseguiste hablar con María Luisa? –preguntó Magdalena.

Julio Lesmes afirmó con la cabeza, pero no quiso seguir hablando de ello.

–¿Qué había allí? –preguntó a su vez–. ¿Qué encontraste?

–Ya te lo dije –repuso Magdalena, tras un instante de confusión–. Un pequeño patio de tapias de piedra y una huerta con árboles. El pinar lo rodeaba todo.

–¿Había muchos niños?

–Unos cuantos. Tantos como en tu patio, por lo menos. No sé por qué no entraste.

–Me gustaría pisar la arena –dijo entonces Julio Lesmes–. ¿Tenemos tiempo para ir a una playa?

–Nos sobra tiempo –repuso ella–. Quizá haya algún sitio para comer junto al mar.

Echaron a andar hacia el coche.

–¿Sabíais que ese faro tiene más de ciento veinticinco años? –dijo Bernardo y en su voz encontró Julio Lesmes el tono renacido de la curiosidad juvenil.

La mujer de la tienda les aconsejó dirigirse a la cala que se encontraba justamente al otro lado de la isla, en el oeste, donde había un hotel y un pequeño merendero que no cerraba en todo el año. Bernardo quiso conducir, se puso al volante y atravesaron la larga carretera que dividía en dos aquella meseta, para descender luego a través del pinar. En un punto del descenso, la isla, desde la estrecha franja central hasta los promontorios occidentales, se ofreció ante sus ojos salpicada de pequeñas construcciones, como el paisaje diminuto de un belén que alguien hubiese instalado entre dos grandes masas de agua.

—Esto es un microcosmos —dijo Bernardo.

Entonces Julio Lesmes comprendió que también el Patio era un microcosmos donde las partes se interrelacionaban para asegurar el equilibrio general. Acaso la novela debería ser solamente eso, la reconstrucción de algunos elementos de un microcosmos que guardase el esquema de mundos mayores, como esas geometrías fractales en que la disminución de las escalas permite descubrir sucesivamente imágenes semejantes, incluso en ampliaciones un millón de veces mayores que la anterior.

Sin embargo, se extrañó de pensar en la novela con lejanía y desinterés, como si se tratase de un asunto pasado. Ante el desasosiego que le habían producido las noticias sobre la enfermedad de María Luisa, la novela ya no mantenía en sus preocupaciones el lugar imprescindible que parecía haber ocupado a lo largo de tantos meses.

La playa era una larga lengua de arena blanca que se extendía entre riberas escarpadas. En la parte más cercana al camino, el enorme tronco carcomido de una palmera, varado sobre la arena, parecía el despojo de un temporal catastrófico, impropio de aquellas latitudes. Bernardo y Magdalena se sentaron al sol en una mesa del merendero y Julio Lesmes se quitó los zapatos y bajó a la playa.

En la playa solitaria sólo se veían los cuerpos desnudos y blancos de cuatro bañistas rubias. Julio Lesmes fue andando con esfuerzo, reconociendo en las plantas de los pies la áspera suavidad de la arena, llena de fragmentos de conchas. Ya estoy de verdad en la playa de mi naufragio, pensó con la familiaridad de una interminable costumbre.

Recordó a la mujer que habían encontrado y, relacionándola con la trama de la novela de su obsesión, vio claramente que se trataba de la propia Heidi, la Heidi verdadera. Y supo que aquella mujer debería cerrar la novela mientras les miraba marchar, confusos y perdidos. Se detuvo y observó fijamente la arena, a sus pies, donde permanecían aún los trazos de un nombre que sucesivas pisadas habían ido borrando.

Aquella idea de Heidi viéndoles marchar era sin duda un buen hallazgo, pero no le reportaba ninguna satisfacción. Sentía la novela como algo superfluo y vacío en aquellos momentos en que barruntaba ya casi todos los extremos de la trama, unos personajes con un pasado, el Patio y la isla, y sobre todo a Heidi viva, disimulada bajo otra identidad.

Le parecía escuchar otra vez la voz débil de María Luisa, el suspiro que se quebraba en pequeñas vibraciones agudas, y la novela y hasta su profunda identidad de náufrago adquirían el aspecto plano y gris de todas las sombras. Su desasosiego no provenía ya de su imposibilidad para ordenar un sueño que le había invadido y del que debía librarse convirtiéndolo en relato, sino de su incapacidad para evitar la ejecución de una sentencia que provenía del exterior de sí mismo, de allí donde reinaba solamente el azar.

Se escribe una novela para oponer al azar que nos rodea un ejemplo de certeza, un objeto que tiene justificación y sentido, pensó, pero para escribir una novela es necesario tener la seguridad profunda de que merece la pena engendrar algo cuyos elementos provienen de un cementerio. Escribir una novela es un acto de fe, descubrió con estupor, porque es reproducir el mito primero de la creación.

Llegó hasta uno de los extremos de la playa, en que la brisa marina se envolvía con la leve fetidez de las algas que se pudrían al sol y trepó con cuidado por las rocas. En el agua transparente, cerca de la orilla, brillaban los cuerpecillos plateados de algunos peces. Había llegado a un punto en que no se movía el aire y hacía bastante calor y estuvo calentándose hasta conseguir una modorra que favorecía la ensoñación.

Acaso escribimos novelas porque nos intuimos personajes de una novela que alguien escribe y buscamos cumplir con ello una secreta correspondencia, asegurando el engranaje de una cadena infinita.

Pensó en el Patio, en Bernardo y Magdalena, en Anselmo y Heidi, en él mismo. Como un juego, imaginó que toda su peripecia era el asunto de una novela que alguien estaba escribiendo, un autor que había decidido asignarle a él el papel de escritor, obligándole a escribir también una novela con el mismo asunto.

Conseguir que fuesen la misma la novela que él debía escribir y la que aquel autor estaba escribiendo, de modo que la una contuviese a la otra, manifestando sus distintas identidades sin que los asuntos y los personajes fuesen diferentes, sería lograr uno de esos artificios literarios valorados por algunos especialistas. Pero pensó también en María Luisa, imaginó su angustia y su soledad, y se sintió culpable de seguir lucubrando fantasías.

—Yo se lo voy a estropear —exclamó.

Tenía la conciencia de realizar un acto de humor negro, donde además de haber un puro ejercicio gratuito de penitencia estaba también la intención de destruir la simetría de cualquier relato que, incluyendo sus obsesiones sobre el Patio, alguien pudiera estar escribiendo.

Se quitó la cazadora, la puso a su lado y abrió la bolsa para sacar los papeles. Acaso algunas cosas cambiarían si él no escribía aquella novela. Acaso haciendo lo posible por impedir que existiese aquel relato que había imaginado, impediría también que se trazasen algunas líneas lógicas y fatales en su vida. Sería como romper uno de los hechizos inevitables en los cuentos de hadas.

—Se lo voy a estropear —dijo otra vez en voz alta—. Yo no voy a escribir esa novela.

Fue sacando cada uno de los folios que describían el Patio y los rompió hasta dejarlos desmenuzados en fragmentos diminutos, y mientras lo estaba haciendo sentía dentro de sí que aquello era realmente un acto sacrificial, la expresión de una invocación desesperada. Nunca olvidamos totalmente lo que nos inculcaron, pensó, pues acaso aquella destrucción era también un acto de fe.

Rompió todos los folios que describían el Patio, el plano en que figuraban los espacios y los nombres, los papeles en que había anotado las distintas cuestiones sobre personajes y asuntos, y los fue arrojando al agua. Un par de gaviotas llegaron volando hasta el lugar donde flotaban los pedazos, pero se alejaron luego entre graznidos al comprobar que no se trataba de nada comestible. Sacó al fin su bloc y rompió también las páginas en que figuraban las últimas anotaciones, pero entonces recordó el reportaje que se había comprometido a escribir y, poniéndose en pie de un salto, recogió la cazadora y la bolsa y recorrió apresuradamente la playa para regresar al merendero.

—¿No vas a comer? —le preguntó Bernardo.

Ellos continuaban sentados más allá del cañizo, y en la mesa había platos con comida y botellas de cerveza.

—Es absurdo que lo haya olvidado, pero yo no venía sólo a buscar a Heidi —dijo Julio Lesmes—. Había colocado un reportaje sobre los artesanos de la isla, esos que trabajan allá arriba. Tenía que haber hecho alguna entrevista. Y sobre todo fotos.

—Si quieres, subimos otra vez —repuso Magdalena—. Estamos bien de tiempo y aquí todo está al lado. Pero come antes algo.

Volvieron allí, pero ya todo estaba cerrado y a pesar de aquel sol sin nubes les envolvía una luz de tarde efímera.

—Ya me las arreglaré —exclamó Julio Lesmes.

Aquellas puertas cerradas en la calle vacía y silenciosa no eran sino aspectos de los farallones de la isla en que a él le había tocado sobrevivir. Se colocó en medio de los otros dos y les cogió de un brazo, como había hecho cuando les visitó en la ciudad. Se encontraba bastante desanimado.

—No voy a escribir esa novela —confesó—. He roto todas las notas que había redactado.

Magdalena le miró con curiosidad.

—¿Por qué no?

—Voy a buscar a María Luisa. He hablado con ella. No puedo pensar en otra cosa.

Entraron en el coche y Bernardo se sentó otra vez en el puesto del conductor.

—¿Cómo está ella? —preguntó Magdalena.

—No lo sé. Mañana me lo contará todo.

Descendieron nuevamente. La luz declinante hacía resplanceder en los claros el polvillo dorado que convertía el bosque en un cobijo mágico. Acaso en aquella isla, que había sido el destino de Heidi, estaba oculto el Patio verdadero, con una María Luisa que no había perdido su salud ni su belleza adolescente.

—¿Por qué te empeñaste tanto en ser el novio de María Luisa y en casarte con ella? —le preguntó Julio Lesmes a Bernardo.

Bernardo recibió la pregunta con toda naturalidad, como si la estuviese esperando, y se encogió de hombros sin decir nada.

—Y tú, por qué me tuviste siempre tanto asco —dijo Magdalena, que seguía vuelta hacia él.

Julio Lesmes hizo con los hombros el mismo gesto que Bernardo y los tres permanecieron en silencio.

—A cualquiera que se le diga lo que hemos venido a buscar aquí —exclamó luego Julio Lesmes, con ligereza.

—¿Es que esperabas haberlo encontrado? —preguntó Magdalena.

—¿Por qué no?

—Porque esas cosas sólo suceden en las novelas —repuso ella.

Devolvieron el automóvil y se acercaron al barco, que ya estaba en el muelle. El guarda de la sobada gorra de plato se ocupaba en entregar un montón de papeles y los escasos pasajeros iban subiendo. Ellos lo hicieron también y se sentaron sobre la cubierta, en las mismas sillas que habían utilizado el día anterior.

—¿Sabéis lo que pienso? —dijo Julio Lesmes—. Que seguimos sin hacernos mayores.

—Sobre todo tú —exclamó Magdalena.

Él aceptó el juicio sin acritud.

—Es posible. Yo siempre he lamentado que el Patio no durase toda la vida.

—Vamos, vamos —dijo Bernardo—. Eso para Magdalena sería el infierno perdurable.

—Qué se yo —contestó ella, que se arrebujaba dentro de sus ropas con aire de frío—. Yo me acabo acomodando a todo.

El barco que lleva a los tres antiguos compañeros abandona el puerto y se aleja de la isla mientras el atardecer avanza desde el horizonte de las aguas sombrías. Desde un punto de la costa, Heidi, que les ha estado observando a través de un catalejo subir al barco e instalarse en los asientos de la cubierta, les ve marchar. Adiós, murmura, adiós para siempre, sabiendo que despide los últimos componentes de la vieja piratería.

Julio Lesmes intentó apartar de su mente imágenes como aquéllas, pero continuaban rondándole sin cesar.

—Quien sabe si no tendré que escribir esa novela a pesar de todo —dijo, pero los otros le miraron con desinterés.

Los tres estuvieron en silencio durante el trayecto y aunque la tarde estaba fría y el barco se bamboleaba más que el día anterior, se mantuvieron sentados en cubierta, contemplando la progresiva negrura del mar y las luces que a veces la atravesaban.

Apretando los brazos contra el cuerpo, Magdalena seguía pensando en aquella jornada como en una anormalidad del calendario, un día sobrante que se hubiese deslizado, por algún fallo de la lógica, dentro del devenir regular de los demás días de su vida.

Cuando cruzó aquel pasillo y sintió las voces de los niños, estuvo a punto de retroceder, porque supo que la curiosidad que había surgido de pronto dentro de ella tenía raíces que se hundían en un subsuelo recóndito que había procurado mantener siempre lejos de sus inquietudes. Pero la luz del sol sobre la tierra rojiza ofrecía una imagen de serenidad cotidiana y salió por fin al patio, deslumbrada por el repentino abandono de la sombra.

Como si la estuviese esperando, aquella niña estaba a unos pasos de la puerta, junto a un murete semiderruido que formaba una pequeña separación con el resto del espacio.

—¿Aquí jugáis? —preguntó Magdalena y la niña afirmó con la cabeza.

—¿A qué jugáis?

Vio que, a lo lejos, se movían las figuras de otros niños. Uno de ellos llamó a la niña.

—A muchos juegos —contestó la niña.

Al fondo del patio se alzaba la masa de uno de aquellos grandes árboles con el ramaje trenzado, sostenido por horquillas de palo. Bajo el ramaje, una cabra mordisqueaba los tallos de la hierba seca.

—¿Qué es esa armazón? —preguntó Magdalena.

—Es una higuera —dijo la niña, señalando el árbol—. En verano da mucha sombra. Es la cabaña para contar cuentos y para leerlos.

El lugar donde se encontraban los otros niños estaba separado del patio por un pequeño muro. Sin duda se trataba de una huerta, en cuya superficie se dispersaban varios frutales que, por la estación, estaban todavía también desnudos de follaje. Aquel sitio no se parecía a ningún rincón del patio de su propia niñez, donde se localizaba la isla, pero Magdalena recibió la impresión de que ya lo conocía, como si hubiese estado en él otras veces.

—Y eso es la isla, ¿verdad? —musitó y la niña afirmó con la cabeza.

—La isla de coral —dijo, con gravedad.

El niño que la había llamado antes la llamó otra vez y ella comenzó a separarse de Magdalena.

—Espera —exclamó Magdalena, pero la niña no debió oírla.

—Adiós —dijo, y cruzó el vano del murete que daba acceso a la huerta.

Magdalena se acercó a aquel lugar. A unos cincuenta metros, en lo alto de la pequeña ladera, se alzaba una masa densa de pinos retorcidos, que contrastaba con las suaves ondulaciones rojizas y peladas del resto del promontorio. El brillo del sol y la distancia no le permitían identificar bien a los niños que estaban jugando, pero el que había llamado a la niña le recordó de pronto, con exactitud, alguna figura de su memoria infantil.

—No puede ser —murmuró.

La niña llegó junto a él y ambos echaron a correr hacia el fondo de la huerta, aquella suave ladera del pinar en que se alzaba una pequeña estructura encalada que debía ser un pozo. Otro niño salió gritando de detrás de la construcción. La distancia hacía imposible conocer claramente sus rasgos, pero la actitud del cuerpo le hizo recordar, con desasosiego, otra figura familiar de su infancia.

Cuando los tres niños estuvieron juntos, del grupo más lejano se separó una niña alta y flaca que fue acercándose a ellos. Magdalena la contempló con estupor, pero enseguida dio la vuelta y estuvo a punto de echar a correr hacia la salida. Recorrió unos pasos y luego permaneció quieta, hasta que fue capaz de contemplar con claridad la parte trasera de la casa, la gran masa de una buganvilia que trepaba junto a la puerta y la larga fila de los geranios adosados a la pared.

Comenzó a andar otra vez lentamente, sin volver la cabeza, hasta llegar a la puerta. Estaba a punto de entrar en la penumbra del pasillo, cuando de la puerta contigua salió la figura de la mujer que se parecía a Heidi.

—¿Les ha visto? —preguntó la mujer—. Se pasan el día jugando.

—Sí, les he visto —dijo Magdalena, consiguiendo tranquilizarse—. Me han recordado el tiempo en que yo era también niña.

—Todos llevamos dentro el niño que hemos sido —dijo la mujer, con soniquete sentencioso.

—Es posible —repuso Magdalena—, pero no hay más remedio que crecer.

—Es tan aburrido crecer —exclamó la mujer, soltando una risa—. En esta isla no es preciso crecer, si uno no quiere. Yo estuve creciendo hasta que la descubrí. Ahora me paso el día jugando, como ellos.

Magdalena salió por fin al exterior y encontró a Bernardo y a Julio Lesmes, sintiendo un alivio de la misma naturaleza que el que sucede al esfuerzo final que nos devuelve al despertar, tras debatirnos bajo el peso de un sueño agobiante del que no conseguíamos desembarazarnos.

Julio Lesmes le había preguntado qué había allí dentro y ella le invitó, sonriente, a que entrase a verlo, pero se alegró de la negativa de él, pues estaba deseando alejarse.

Un día que no tenía correspondencia con los que le habían precedido, salvo por la absurda obsesión que aquella borrosa foto había ocasionado en Julio Lesmes, hasta llevarles a todos a una isla dormida en el invierno, entre los simulacros de un pasado que ya no les pertenecía a ninguno de ellos.

No les quiso hablar de su alucinación, pero se encontraba incapaz de pensar en otra cosa y permanecía junto a ellos, en la cubierta, con los brazos cruzados sobre el pecho, entre el jersey y la cazadora, estirando el rostro para recibir aquella humedad que le golpeaba y el frío que hacía condensarse su aliento, como el baño purificador que debía dejarla otra vez limpia de fantasmas, devolviéndole su confianza.

Tampoco habló en el avión hasta que las luces de las islas quedaron definitivamente atrás. La habían sentado entre los dos, aceptando naturalmente una camaradería inédita.

—El sueño ha terminado —dijo Julio Lesmes.

—Tienes que escribir esa novela —exclamó Magdalena—. ¿Sabes que leí la que escribiste sobre Cartago?

—Le pareció fría y repelente —dijo Bernardo—. Por mi parte, te prometo que no la leeré jamás.

—¿Te pareció eso? —preguntó Julio Lesmes.

—¿Tú crees todo lo que dice éste? —repuso ella, evasiva.

—A ti tenía que interesarte, por lo menos —dijo Julio Lesmes. Es una novela a favor de los fenicios. ¿No eres tú fenicia?

No lo tomó a mal, comprendiendo que, acaso por primera vez en su vida, en la calificación de Julio Lesmes no había intención injuriosa. Ciertamente ella había llegado a creer que la única comunicación igualitaria entre los seres humanos era la de la pura relación comercial, pues en la amistad y en el amor había siempre coacción y voluntad de dominio. Ella entregaba sus maletas, sus cinturones, sus carteras, sus bolsos, a cambio de dinero, sin que mediase en el intercambio ninguna violencia sentimental.

—Es muy posible —contestó—. A mí me pareció siempre verdad que la civilización fue creciendo con el comercio, sin que unas culturas arrasaran a las otras. Comprar y vender es una actividad igualitaria.

—Siempre que tengas algo que quieran comprar o dinero para pagar lo que te venden, y fuerza para que no te obliguen a comprar o a vender lo que no quieres —dijo Bernardo.

—Ya sé que no te voy a convencer —contestó ella—. En este país se ha creído siempre más noble imponerse por la violencia y hacerle tragar al otro nuestras ideas.

—¿Qué vas a pagar tú por mí? —preguntó Bernardo.

—¿Tú crees de verdad que tienes algún valor? —repuso ella—. Aunque incluyeses en el lote ese archivo de Oblanca y todas tus vasijas rotas, no sé si alguien ofrecería algo por ti.

—¿A eso le llamas una actividad igualitaria? —preguntó Bernardo—. De todos modos, incluiría el patio.

—Entonces yo no pujaría —dijo Magdalena.

La azafata les ofreció un refresco y se quedaron los tres en idéntica postura, con los vasos en la mano, como cofrades de una misma procesión, esperando que el vuelo concluyese.

Aquél había sido un día extraño y seguramente inútil, volvió a pensar Magdalena. Ahora le correspondía regresar a sus rutinas y poner en orden los asuntos de los últimos días, un poco abandonados. No sabía si iba a pagar algo por Bernardo o si asumiría definitivamente la soledad que había debido cultivar como su jardín íntimo durante tantos años. En cualquier caso, y aunque los suyos pensasen que estaba realmente loca, volvería a pensar en una casa para ella sola, pero que no tuviese el aire de enorme mausoleo que tenía la que había estrenado pocos meses antes.

En aquella disposición un poco amarga recordó con fastidio que aún la esperaba un viaje por carretera hasta encontrarse en casa. Sin embargo, había dejado el coche en el aeropuerto y no permitió que Julio Lesmes tomase un taxi.

—Escribe esa novela —le dijo, al despedirse—. Líbrate del patio de una vez, y líbranos a todos. Y dale muchos besos a María Luisa.

Quedó al fin a solas con Bernardo, que había recaído en su ademán encogido y meditabundo tras los atisbos de impreciso rejuvenecimiento que mostrara a lo largo del día.

—¿Desea el señor alguna cosa? —preguntó.
—Bernardo se agitó, al borde del estupor.
—Perdona. ¿Qué dices?
—Te propongo salir ahora mismo. A las tres de la mañana podemos estar allí —dijo ella.
—Haz lo que mejor te parezca —repuso él, con indiferencia.

Aquella sincera pasividad descompuso el talante melancólico de Magdalena, convirtiéndolo en simple cansancio.

Después de todo, qué necesidad había de aquel esfuerzo, pensó. Saldrían al día siguiente y, cuando llegasen, reflexionaría seriamente sobre su relación con aquel hombre. Acaso no debería volver a verle nunca más, aunque tuviese que violentar su inclinación.

Se acostaron en la gran cama y apagaron la luz. El sol esplendoroso seguía refulgiendo aún con reverbero físico en la imaginación de Magdalena. Le parecía ver en la oscuridad aquella meseta suavemente ondulada, el largo camino de tierra entre las bardas de piedras sueltas, la casa de color arena en lo alto de una loma, con el bulto del horno adosado al extremo izquierdo de la fachada.

Le parecía estar otra vez detrás de la casa, en el patio lleno de luz, y veía nuevamente a aquel niño que se acercaba. Era igual que Bernardo, en aquellos años de la infancia, con el pelo liso cayendo sobre su frente y los ojos claros.

Intentó pensar en otra cosa para que aquellas imágenes se desvanecieran, pero la luz había sido tan intensa y el contacto estaba tan cercano, que sin duda su impresión debía mantenerse todavía durante largo rato. Entonces escuchó la voz de Bernardo.

—Era Heidi ¿verdad?

—Y qué cambiaría, si fuese ella —contestó Magdalena, dominando su deseo de simular que dormía.

—Eso mismo he pensado yo. No cambiaría nada.

—¿Qué era lo que queríais de ella? ¿Es que ibais a reclamarle aquel dinero? Tal vez tampoco ella se quedó con él. Todo en la muerte de Anselmo fue muy confuso.

—Me pareció que era Heidi y en el mismo momento me pregunté qué hacíamos allí. Pensé que, si era Heidi, estaba en el lugar que había escogido. Que nosotros no teníamos derecho a perseguirla.

—Me alegra que digas eso —dijo Magdalena, dispuesta a terminar aquella conversación—. Yo siempre lo había pensado.

—Yo no podía pensar en nada. Estaba todavía muy aturdido.

En la oscuridad resonaban los ruidos de los automóviles.

—¿Qué vas a hacer a partir de ahora? —preguntó Magdalena, casi a su pesar.

—Todavía no lo sé muy bien. Creo que lo mejor sería convencer a mi madre para que venda esa casa y compre un piso pequeño. Yo me ocuparía de la administración de lo poco que haya. ¿Qué te parece?

Magdalena no dijo nada.

—¿No te he dicho que la semana pasada volví a sentir el miedo a morirme? —murmuró Bernardo—. Hacía muchos años que no lo sentía. Quiero hacer cosas para olvidarlo. Eso son las ganas de vivir, ¿no?

Magdalena recordó aquel secreto sobre el sentido del mundo, nunca descubierto por ella, que cuando era niña imaginaba en poder de las personas mayores. Acaso Bernardo estaba ya en el camino de intentar descubrir el secreto de su propio porvenir.

—Dejar de conformarme con ver pasar las cosas —añadió él.

Pero ella le imaginó otra vez de regreso a aquella gran casa vetusta y oscura, entre los jadeos de Basi y las manías maternas, subiendo las largas escaleras hasta el desván donde se amontonaban los fragmentos de vasijas y los amarillentos pergaminos, todo lo que le estaba esperando para atraparle de nuevo, y sintió un gran desaliento.

—Deberías empezar por tirar a la basura todas esas cosas de tu tío —dijo.

—¿Tú crees?

—Mañana mismo. Y cambiarte del desván a una habitación normal. Y darte de alta en el colegio de abogados, para volver a ejercer.

—Ha pasado mucho tiempo y no conozco a nadie.

—Y empezar a meterte en la vida de la ciudad. ¿No dices que te molesta tanto que sigan aquellos nombres en las calles? ¿Y toda esa porquería municipal?

Bernardo no dijo nada durante un rato. Luego habló con tono burlón, que no ocultaba la sorpresa.

—¿Desde cuándo te has convertido en una activista?

—Ya sabes que lo mío es la tienda, los negocios. Yo soy una fenicia, como dice Julio. Pero vosotros os considerabais unos héroes. Tú te ibas a comer el mundo.

—No me avergüences.

—No quiero avergonzarte —dijo Magdalena, con una piedad que sólo ella podía comprender—. Aunque el patio siguiese existiendo en alguna parte, ya no tenemos sitio en él.

—Ya lo sé.

—Pero aunque el mundo no haya ido hacia donde tú pensabas, no puedo imaginar que no quede en pie ni una de las cosas en que creías y por las que decías que luchabas.

La voz de Bernardo resonó con asombro.

—¿Me estás hablando en serio?

Magdalena apartó el cuerpo con un movimiento brusco, se volvió de espaldas y guardó silencio.

—Magdalena —dijo Bernardo—. Yo antes estaba convaleciente de un accidente y ahora estoy convalenciente de una resurrección. Ya me has quitado del tabaco. No me pongas tantas tareas al mismo tiempo.

En la voz festiva del hombre descubrió Magdalena una seguridad que la alarmó y cruzó su pensamiento, con imprevisto malestar, la idea de que Bernardo daba por hecho que su solicitud, tras el afecto de tantos años, había derivado hacia una tolerable tutoría. Buscó el interruptor de la lámpara, la encendió e incorporó el torso.

—Por mí fuma, si quieres. Y no me digas que te pongo tareas.

—No te enfades, mujer.

Magdalena contemplaba aquel rostro cercano y le parecía el de un desconocido. Ya no era el del Bernardo niño que gritaba exultante en los juegos del patio ni el del joven a la vez petulante e indeciso que a veces le hacía confidencias sobre sus aventuras políticas clandestinas delante de un plato de churros.

Comprendió que era muy difícil que el porvenir de los dos pudiese coincidir y sintió una súbita añoranza. Pero Bernardo observaba sus pechos entre los pliegues del camisón y la abrazó. No, pensó ella, debo comenzar ahora mismo un período suficiente de meditación y calma.

—Tienes razón —dijo—. Yo no estoy para hacer dejar de fumar a nadie.

—Dame un beso, anda.

Magdalena le sujetó el rostro con las manos mientras besaba sus mejillas. Luego le obligó a apartarse antes de apagar la luz.

—Ahora, a dormir —dijo con firmeza, asumiendo por una vez su tutoría—. Estamos muy cansados y mañana hay que madrugar.

Índice

1.

Bernardo	11
Julio Lesmes	26
Magdalena	41

2.

Bernardo	59
Julio Lesmes	78
Magdalena	94

3.

Bernardo	111
Julio Lesmes	127
Magdalena	142

4.

Bernardo	157
Julio Lesmes	171
Magdalena	183

5.

Bernardo	199
Julio Lesmes	212
Magdalena	226

6.	
Bernardo	241
Julio Lesmes	257
Magdalena	268
7.	
Bernardo	281
Julio Lesmes	292
Magdalena	304
8.	
Bernardo	317
Julio Lesmes	330
Magdalena	341

Este libro
se terminó de imprimir
en los Talleres Gráficos
de Peñalara
Fuenlabrada (Madrid)
en el mes de noviembre de 1991

OTROS TITULOS PUBLICADOS

NUEVA SERIE

21. Juan José Millás
LETRA MUERTA

22. Alfredo Conde
MEMORIA DE NOA

23. Carlos Casares
LOS OSCUROS SUEÑOS DE CLIO

24. Alejandro Gándara
LA MEDIA DISTANCIA

25. Horacio Vázquez Rial
EL VIAJE ESPAÑOL

26. Pilar Cibreiro
EL CINTURON TRAIDO DE CUBA

27. Vlady Kociancich
ABISINIA

28. José Ferrer Bermejo
EL GLOBO DE TRAPISONDA

29. José Almeida Faria
LUSITANIA
(Cuadros de la Revolución)
Traducción de J. Miguel Viqueira

30. Alejandro Gándara
PUNTO DE FUGA

31. Horacio Vázquez Rial
OSCURAS MATERIAS DE LA LUZ

32. Pedro Zarraluki
LA NOCHE DEL TRAMOYISTA

33. Juan Pedro Aparicio
EL AÑO DEL FRANCES

34. Jesús Pardo
CANTIDADES DISCRETAS

35. Alfredo Conde
EL GRIFFON

36. Luis Mateo Díez
LA FUENTE DE LA EDAD

37. César López
CIRCULANDO EL CUADRADO

38. Pedro Molina Temboury
BALLENAS

39. Jesús Díaz
LAS INICIALES DE LA TIERRA

40. Manuel de Lope
JARDINES DE AFRICA

41. Alberto Escudero
LA PIEDRA SIMPSON

42. Juan José Millás
EL JARDIN VACIO

43. Carlos Casares
LOS MUERTOS DE AQUEL VERANO
Traducción del autor

44. Alfredo Conde
BREIXO

45. Manuel de Lope
MADRID CONTINENTAL

46. Andrés Recio
LAS TRIBULACIONES DEL VERDUGO

47. Jesús Pardo
OPERACION BARBAROSSA

48. Manuel de Lope
EL OTOÑO DEL SIGLO

49. Juan José Millás
EL DESORDEN DE TU NOMBRE

50. Carlos Blanco Aguinaga
UN TIEMPO TUYO

51. Francisco J. Satué
DESOLACION DEL HEROE

52. Juan Benet
EN LA PENUMBRA

53. Juan Eduardo Zúñiga
LA TIERRA SERA UN PARAISO

54. Fernando G. Delgado
CIERTAS PERSONAS

55. Manuel de Lope
OCTUBRE EN EL MENU

56. Luis Mateo Díez
BRASAS DE AGOSTO

57. Juan José Millás
CERBERO SON LAS SOMBRAS

58. Mercedes Soriano
HISTORIA DE NO

59. Arantxa Urretabizkaia
SATURNO

60. Javier Memba
HOMENAJE A KID VALENCIA

61. Miguel Barnet
OFICIO DE ANGEL

62. Pedro Sorela
AIRE DE MAR EN GADOR

63. Daniel Moyano
TRES GOLPES DE TIMBAL

64. José María Conget
TODAS LAS MUJERES

65. Kalman Barsy
AMOR PORTATIL

66. Justo Navarro
HERMANA MUERTE

67. Luis Mateo Díez
LAS HORAS COMPLETAS

68. Luis G. Martín
LOS OSCUROS

69. José María Merino
EL VIAJERO PERDIDO

70. Alfredo Conde
MUSICA SACRA

71. Mario Benedetti
DESPISTES Y FRANQUEZAS

72. Virgilio Piñera
MUECAS PARA ESCRIBIENTES

73. Juan Eduardo Zúñiga
LARGO NOVIEMBRE DE MADRID